家庭护理 300问

主编 福建省立医院 王小芳

编者（以下按姓氏笔画排列）

王小芳 甘明秀 李 红

李瑞兰 陈秋华 陈翠娟

林亭亭

注：以上编写人员为福建省立医院
护理部主任、各科护士长。

福建科学技术出版社

图书在版编目(CIP)数据

家庭护理 300 问/王小芳主编.—福州:福建科学技术出版社,2001.2

ISBN 7-5335-1730-X

Ⅰ.家… Ⅱ.王… Ⅲ.家庭-护理-问答
Ⅳ.R473.2-44

中国版本图书馆 CIP 数据核字(2000)第 48321 号

书　　名	家庭护理 300 问	
主　　编	王小芳	
责任编辑	郑爱今	
出版发行	福建科学技术出版社(福州市东水路 76 号,邮编 350001)	
经　　销	各地新华书店	
排　　版	福建省科发电脑排版服务公司	
印　　刷	福州晚报社印刷厂	
开　　本	787 毫米×1092 毫米　1/32	
印　　张	9.125	
插　　页	2	
字　　数	185 千字	
版　　次	2001 年 2 月第 1 版	
印　　次	2001 年 2 月第 1 次印刷	
印　　数	1—5 000	
书　　号	ISBN 7-5335-1730-X/R・346	
定　　价	13.50 元	

书中如有印装质量问题,可直接向本社调换

前　言

　　随着社会的进步,经济的发展和人民生活水平的提高,人们对身心健康更加重视。不仅是病痛时需要帮助,健康的人也在迫切地寻求指导和帮助。世界卫生组织(WHO)提出了"2000年人人享有卫生保健",并指出"发展初级卫生保健是实现这一目标的关键"。初级卫生保健工作的内容之一就是开展对主要健康问题及其预防和控制方法的教育。因为单靠医护人员掌握医疗知识,实施对疾病的治疗和护理是有限的。随着社区医学的发展,家庭护理日益普及,只有通过健康教育,把卫生保健和预防疾病护理知识从医院普及到家庭和社区,才能提高人民群众的自我保健、自我护理意识,积极主动掌握卫生科学知识和各种医疗方法与技能。使健康的人能防病于未然,使生病的人能得心应手解决日常生活中碰到的护理问题,减轻病痛,早日康复。这也是在新世纪之初,我们向大家献上此书的目的。

　　本书着重介绍一般人群易患的各科常见病的家庭护理常识,分为家庭护理基本常识,居家安全与急救基本常识,内科疾病护理常识,外科疾病护理常识,肿瘤疾病护理常识,妇产科护理常识,儿科护理常识等七个部分。

　　在编写过程中,我们参阅了国内外有关家庭护理方面的

1

文献资料，并结合我们多年的临床专科护理经验。全书内容通俗易懂，希望能成为现代家庭的保健工具书。

由于水平与经验所限，疏漏与错误难免，望专家与读者指正。不胜感谢。

编　者
2000 年 7 月于
福建省立医院

目　录

一、家庭护理基本常识

二、居家安全与急救基本常识

三、内科疾病护理常识

4

四、外科疾病护理常识

五、肿瘤疾病护理常识

六、妇产科护理常识

12

七、儿科护理常识

14

一、家庭护理基本常识

家庭病床应如何设置？

家庭病床是把病房办到家中来，适用于慢性疾病、急性疾病恢复期、康复阶段的治疗与护理。该怎样为患者创造一个舒适的环境，以利于促进其身心健康呢？

家是每个人生活的基本空间，洁静的居家环境，是维护身心健康的基本条件。因此设置家庭病床的房间要求尽量宽敞，清洁安静、空气新鲜、光线充足，当然最好能选择朝南方向，病床置南北向（病人头朝南，脚朝北），适应地球磁场效应，有利于休息和睡眠。床铺以单人床为宜，除骨折、腰椎损伤病人需要卧木板床外，其他均可用棕、藤床。由于病人大多数时间卧于床上，所以床垫宜较坚固，以免承受重力较多的部位过分凹陷。年老体弱或瘫痪病人应备有气垫、海棉垫等，有利于预防褥疮。

家庭病床的基本设施除床铺外，还应配置桌、椅、热水瓶、茶杯，必要时配备痰盂、便壶或便盆。椅最好是靠背沙发式且带扶手的，这样病人坐着舒适。有条件的可设活动床尾桌，用于病人床上用膳，以及其他活动如看书、写字等。房间应备有窗帘，有条件的安置纱窗防蚊蝇虫害。室内可放置鲜花或小装饰品以及电视机、收音机等丰富病人的精神生活，以调节病人的情绪。

适宜的温、湿度有利于病人的休息、治疗和护理。室温一般保持在 18～20℃较为适宜，新生儿、老年患者或进行擦浴时，室温宜保持在 22～24℃为佳。湿度以 50%～60% 为宜。可在室内挂一温湿计作为调节的依据。定时的通风换气，可变换室内温湿度，增加病人的舒适感。冬季通风时，要注意不能让风直接吹到病人身上；夏季高温季节，可借用空调、电风扇或冰块等来降温防暑。室内打扫要用湿拖把或湿扫，防止尘埃飞扬。

床上要保持清洁、干燥、平整。被服要经常更换，床褥、棉被要经常曝晒。室内排泄物要及时清除，保持良好的通风和采光，必定能使患者身心愉快，早日康复。

家庭应常备哪些药物和器械？

家庭中常备一些药物和器械，可用于应付一些轻微的疾病及应急处理。备药一般视家庭成员的健康状况和药物的种类而定。家庭常备的药物有以下几种。

（1）伤风感冒类药物：感冒冲剂、速效感冒胶囊、强力银翘片、感冒通等，一旦发生轻微的感冒症状，即可按药品说明口服。

（2）止痛退烧药：阿司匹林、扑热息痛、去痛片、吲哚美辛（消炎痛）、吡罗昔康（炎痛喜康）等。对头痛、神经痛、肌肉酸痛、关节痛和非发自内脏之轻度痛楚都可缓解。

（3）胃肠解痉药物：颠茄片、胃舒平、普鲁苯辛、阿托品、654-2 等都可解除胃肠道痉挛引起的腹痛。

（4）抗生素类药物：黄连素、痢特灵、氟哌酸、红霉素、先锋霉素、口服庆大霉素等，对经常患急、慢性炎症的人常备无患。

（5）冠心保健药盒：为冠心病病人准备的保健盒，应随身携带，以供急用。保健盒内含有 5 种冠心病治疗药物〔硝酸甘油片、亚硝酸异戊酯、长效硝酸甘油、西地泮（安定）及潘生丁〕当心绞痛发作时可舌下含服、吸入或口服。

家庭还应备有治疗、护理外伤的一些外用药物。包括消毒的酒精、碘酒、烫伤膏、清凉油、风油精、伤湿止痛膏、创可贴等。

除此之外，家庭医用器械也可选择备用。常见的有体温计、棉签、胶布、一次性注射器、小砂轮、医用棉花、纱布等。高血压患者可备血压计和听诊器。呼吸功能差的老年患者可备氧气袋，长期卧床的患者可备橡皮气圈垫、海棉垫、便器等。

家庭用药应注意什么?

一般家庭用药多是针对症状治疗的，用药时应注意：

（1）服药前要详细阅读说明书，弄清剂量、服用方法和注意事项。

（2）注意药物的有效期，过期、变质的药物不得服用。

（3）孕妇、哺乳期妇女不得自行用药，以免影响胎儿和婴幼儿发育。

（4）妥善保管药物，药品应放在清洁干燥处和小孩不易取到的地方，以免被污染、潮解或被小孩误食。

（5）避免滥用药物。

（6）服药一二次后如病情不见好转，应及时就医，以免延误病情。

什么时间服药效果最好？

为达到更好的治疗效果，不同的药物可选择不同的时间服用。

通常滋补类药物、补血剂、助消化药物宜在清晨空腹或晚上临睡前服。

对胃肠道有刺激的药物如阿司匹林、泼尼松（强的松）、吲哚美辛（消炎痛）等宜在饭后 30～60 分钟服。

抗过敏药、安眠药、驱虫药宜在晚上睡前服。

抗生素排泄快，为保持在血液中的有效浓度，应每 6 小时服 1 次。

降压药应根据不同个体血压的高峰值时间用药，通常是早上 5～7 点或午后服。

服药时要注意哪些事项？

服药时应取站立位或坐位服药，避免药物在食管内滞留，有利于药物尽快到达胃肠道，发挥其疗效。

服药最好用温开水送服，避免用咖啡、牛奶、果汁、糖水送服。

糖衣的药片不要咀嚼碎了吃，胶囊的药物不可剥开胶囊服用，因为这些"外衣"都是有保护粘膜作用的。

硝酸甘油在心绞痛发作时应放在舌下含服，吸收效果快。

服止咳糖浆后不用开水送服，以免影响效果。

服用酸类、铁剂时为避免药物和牙齿接触可将药液用饮水管吸入，服药后应漱口。

服用磺胺药、退热药时应多饮水。因为饮水可防止尿中出现磺胺结晶，又可帮助发汗，可加强降温作用。

服用健胃药物应在饭前半小时，以增进食欲。助消化药和对胃粘膜有刺激性的药物应在饭后半小时服，使药物和食物均匀混合，减少对胃壁的刺激。

服用洋地黄、奎尼丁前需测脉搏或心率，若每分钟心率低于60次，则应暂停服用。

驱虫药多在空腹时服，安眠药、缓泻药则应在睡前服。

家庭常用的消毒方法有几种?

消毒是将病人接触过的物品上可能存在的病原体，用物理或化学方法杀灭，使它失去活力不再传染疾病的方法。

家庭常用的消毒方法有物理和化学两种。

（1）物理消毒法：

日光曝晒法：通过日光干燥和紫外线作用杀灭病原体。该法常用于被褥、毛毯、衣服等的消毒。曝晒时应经常翻动物品，使其各面都能直接与日光接触。一般曝晒6小时可达到消毒效果。

通风：通风不能杀灭病原体，但可使室内、外空气流通，减少室内病原体。方法：利用门窗换气，通风时间每次不少于30分钟，每天2～3次。

燃烧：是一种简便彻底的灭菌法，可用于耐高热物品和已带菌又无保留价值的物件，如纸张、敷料等。耐高热物品如搪瓷等，洗净后倒入95％酒精，点燃酒精慢慢转动容器，使其内面全部被火焰烧到。无保留价值的物件可点火焚烧。

煮沸：是一种经济、方便的灭菌方法，煮沸 10～30 分钟可杀灭一般细菌，煮沸 1～2 小时可杀死芽胞。煮沸前应将物品清洗，并浸没于水中，带盖的物品应打开使其内部与水接触，计时应从水沸开始。此法常用于消毒呼吸道、消化道和接触传染病病人用过的食具、毛巾、衣物等。

（2）化学消毒法：

喷雾：用喷雾器将化学消毒剂均匀喷射，多用于空气消毒。如用 2％过氧乙酸 100 毫升/平方米。

浸泡：将被传染病人接触过的物品浸泡于消毒液内，浸泡时间依物品和消毒液性质而定。如用 0.2％～0.3％的 533 消毒液，或 0.2％～0.5％过氧乙酸溶液浸泡食具、体温计、换药碗、镊子、痰盂、便盆、尿壶等，时间为 30～60 分钟。用 3％漂白粉澄清液喷洒厕所，漂白粉用于稀便消毒比例为 1：5，干便为 2：5，搅拌后放置 2 小时。

熏蒸及烟熏：利用消毒药品所产生的气体进行消毒。家庭常用食醋（每立方米 3～10 毫升），加水 2～3 倍加热熏蒸，对流感病人房间的空气进行消毒。苍术艾叶消毒香对细菌和病毒有灭活作用，每 45 立方米体积房屋点香一盘，维持 6～8 小时，尽量不开窗。

膳食的种类有哪些，基本膳食适宜的范围有哪些？

我们把膳食分为基本膳食、治疗膳食和试验膳食 3 种。

基本膳食即既有主食又有副食，各种营养素之间均有合理比例的膳食，又称平衡膳食。

对消化不良、老年人、幼儿可给予软饭。除主食应煮烂外，副食宜软，含少量纤维素，避免辣椒、胡椒等刺激性食物。

半流质是半液体状的食物，如面条、肉末、菜泥等，适合于腹泻、消化不良、发热、口腔手术后不能咀嚼者。

流质是液状食物，如米汤、菜汁、牛奶等，适用于病情危重，有口腔疾患和消化道疾患的人。由于流质含的营养素不全，不能长期食用。

给病人喂饭时应注意什么？

给病人喂饭应注意以下问题：

（1）应避免平卧位喂饭，尽可能让病人坐起，或取斜坡位，必须仰卧者应略抬高床头，以利于吞咽。

（2）做好用餐准备，铺好餐巾以免弄脏衣服和被褥，尽量让病人自己进餐。对不能用茶杯或汤匙喝水者备好吸管。

（3）喂饭时不要一口喂太多，应给病人充分咀嚼时间，干食和流质应交替喂下，切忌让病人边咀嚼边说话，以免食物误入气管。

（4）如病人不能视物，应告诉病人吃的是什么东西，并说些引导性的话，如"来，吃了这口米饭"、"尝尝这口汤"。

（5）病人感到不适时应暂停喂饭，当病人诉恶心时应让病人用口作深呼吸。卧位病人呕吐时应将病人头部转向一侧。任何体位发生呕吐时，首先应防止病人将呕吐物吸入呼吸道，避免发生窒息或引起肺炎。

什么是体温、脉搏、呼吸？

体温是指体内深部的平均温度。人体正常温度腋下为36～37℃，口腔为36.5～37.5℃，肛门为37～38℃。

由于心脏的收缩和舒张引起的动脉血管壁扩张与起伏活动称作脉搏。我们可以在桡动脉等浅动脉所处的皮肤表面摸到动脉的跳动。正常脉搏是每分钟 60～100 次。

人体从外界摄取氧气，排出二氧化碳的气体交换过程称之为呼吸。正常人每分钟呼吸 16～20 次。

什么是发热（烧），发热的热型有几种？

体温升高超出正常范围为发烧。正常体温为 37℃。发烧热型分 4 种：

（1）稽留热：体温持续高于 39℃，数日不退，每日温差在 1℃ 以内，常见于急性传染病。

（2）间歇热：体温骤然升高至 39℃，然后很快地下降，经过一段时间又升高，如此反复发作。多见于疟疾，俗称"打摆子"。

（3）弛张热：体温高低不一，差值大于 1～3℃，但最低温度仍高于正常值，见于败血症。

（4）不规则热：体温变化不规则，多见于流行性感冒。

什么情况下应测量体温？

当出现疲倦不适，有发热以及头痛、咽喉痛、腹痛、腹泻、呕吐、出疹子等症状时，应测量体温。发烧经退热处理，如服用退热药、冷敷半小时后，应测量体温，观察退热效果。如有突然病情变化、畏冷、寒战、昏睡、烦躁不安时也要测量体温。生病时，每天在同一时间测量 1～2 次，必要时每 4 小时测 1 次。

如何测量体温？

目前市场上常见的体温计有电子和水银两种。最常使用的体温计为水银体温计，它又分为口温表、腋温表和肛温表，其差别在水银端。口温表和腋温表的水银端较细长，肛温表的水银端较粗短。体温表上都标有刻度，从 35～42℃，每一小格表示 0.1 度，每次测体温前都应检查体温表有无破损，并把水银甩到 35 度以下。

（1）口温测量法：将体温计洗净、擦干，将水银端放置在患者舌下，请患者嘴唇紧闭固定体温计，测量 3～5 分钟后取出、擦净，查看体温度数。此法不适合用于 5 岁以下小孩，意识不清、烦躁不安者，口鼻受伤、口腔疼痛及刚喝过温开水或冰水者。

（2）腋温测量法：测量前应擦干腋下，将体温计水银端放在腋下中心，请被测量者将手臂放到胸前夹紧体温计。如患者无力或是婴幼儿，应帮助固定手臂和体温计。在测量 8～10 分钟后查看温度。注意勿于洗澡后测量。

（3）肛温测量法：先用少许润滑油润滑水银端，成人将水银端插入肛门 2.5 厘米，婴儿插入 1.25 厘米，固定体温表 3～5 分钟后取出查看度数。此法量出的温度是最准确的体温，但腹泻、肛门受伤或手术后以及心脏病病人不宜用此法。

发烧了该怎么办？

发烧了应多喝水或果汁，给予容易消化的食物，但应避免喝咖啡，或酒精性的饮料。经常用淡盐水漱口，保持口腔清洁，增进食欲。当口温在 38℃以上时应在患者额头上用冰袋，或冷毛巾冷敷，体温高于 39℃时，应给予温水擦浴，水温在 26.5～37℃，尽量在有大血管处如腘窝、腋窝、颈部多擦，但应避免用力擦拭。保持室内通风，但不要直接对病人吹冷气和吹风，安排安静凉爽的环境，尽量让病人卧床休息，保证足够睡眠。

如病人有畏冷、发抖现象则应给予保暖，同时可慢慢地给予热茶、热汤。如有出汗，应立即擦干，必要时更换干爽的衣服。

小孩发高热容易引起抽筋，除了衣服不要穿太多外，要在上、下牙之间放一硬物，以防咬伤舌头，但勿强行将硬物置入口中，防止牙齿受损或口腔外伤，并紧急将其送往医院。

如发热持续不退或高到 39℃ 以上或伴有皮肤红疹，关节红肿、疼痛，呼吸困难，应紧急送医院治疗。切勿自行诊断服药，影响疾病的诊断与治疗。

什么是血压，如何测量血压？

血压是血液对血管壁单位面积的压力。年轻成年人血压平均是 16.0/10.7kPa（120/80mmHg）。

测量血压可取坐位或卧位。无论取何种体位测血压，手臂均应和心脏放在同一水平，手掌向上。一般测量右上肢为准。测血压前病人必须放松休息 5～15 分钟，同时避免能影响血压的因素如吸烟、喝酒、饱餐、疼痛、焦急等。

使用汞柱血压计时，袖带充气前水银的平面应对准零。病人将衣袖上卷，但要注意不能束缚上臂，挤出袖囊中的空气，把袖囊上袖带标记的中心放在肱动脉上，然后将袖带平整地缠在上臂上，使袖带下缘在肘窝内肱动脉搏动最明显处之上

2～3厘米。用左手将听诊器膜式件置于肘窝肱动脉搏动最强处，右手持气囊注气至动脉搏动消失后再充气 2.67～4.00kPa（20～30mmHg），然后以每次心跳下降 0.267kPa（2mmHg）的均匀速度放松气囊。一边仔细听。当听到第一个声响时汞柱指示刻度即为收缩压，继续放松袖囊压力，直至听到低沉或减弱的声音即为舒张压。有人认为放气到声音完全消失时为舒张压。继续放气至零。如考虑血压不准可再测一次，但应间歇 30～60 秒。

如何测量脉搏？

脉搏是重要的生命指征。成年人，桡动脉是常规测量脉搏的部位。桡动脉位于手腕内侧（桡侧）沿桡骨头，大鱼际近腕侧。对婴儿和儿童，测颞动脉更为方便。颞动脉位于耳前睑裂水平。测脉搏时，让病人手掌向上，测试者将食指、中指和无名指指端触及病人浅表桡动脉压紧脉搏，然后逐渐放松直至能清楚地感觉到为宜。如脉律规整、计数 15 秒后乘以4 则为每分钟脉率。如脉律不整，则应数满 1 分钟。不要用自己拇指数脉搏，因为自己拇指的动脉搏动很可能被误认为病人的脉搏。

什么叫腹泻？

正常人每天的大便是黄褐色、成条状，质地软，一天排便一到两次。若大便次数变多而且变得较稀或呈水状就是腹泻了，我们又称之为"泻肚子"。一般腹泻时会有肚子痛、便急、脱水、口渴及疲倦等症状。

引起腹泻的原因，最主要是吃了或喝了不干净的食物或刺激性食物，肠胃无法容纳这些不当的食物而发生腹泻，也有少数的人因感冒而有腹泻的症状。

腹泻时该怎么办？

腹泻时应注意以下几点：

（1）首先要弄清什么原因引起腹泻。家中其他人是否也有腹泻？腹泻物像水样或泡沫状，或粘液状？次数多少？

（2）给予清淡、易消化的食物，如腹泻较严重应鼓励患者多喝开水或淡盐水，不要吃其他东西。如病人有恶心想吐时，开水也不可以喝。

（3）用大毛巾将腹部包起来以保暖，并让患者躺下休息。

（4）多次腹泻会使肛门周围红痛，所以每次便后要用温水擦洗肛门周围。

（5）安慰患者，尽量放松紧张焦虑的情绪。

（6）如腹泻多次且情况未改善，伴有恶心、呕吐、发热或大便中带血或粘液、泡沫时，应尽快到医院诊治。

（7）情况有所改善时，可少量多餐进食清淡、易消化、煮过的食物，避免粗糙的蔬菜、水果、油炸食品、刺激性食物、酒精饮料及牛奶等。

什么叫便秘？

正常情况下，人们大多一天排便一次，有人一天排便2～3次或有规律的间歇期间，且无排便困难，这也算正常。便秘指每次排便间隔时间比一般正常长，解出的大便又干又硬，排便者虽有便意，但往往须用大力气才能完成。引起便秘的原因有以下几种：

（1）因生活习惯不良引起：如缺乏运动、偏食、食用过多肉类又缺乏摄取纤维性食物等。

（2）因身体疾病引起：如大肠功能异常、肠道狭窄、肠道阻塞、恶性肿瘤、甲状腺功能低下等。

（3）因情绪困扰引起：如情绪低落、紧张或遭遇重大变故等。

便秘虽不会对生命构成威胁，但足以影响工作情绪、工作效率且容易疲劳，严重时会引起腹部压迫感或腹痛，长期便秘易发生痔疮、肛裂。

便秘时怎么办？

便秘时可参照下面的做法：

（1）有便意时应马上去厕所排便。

（2）培养有规律的排便习惯，即使没有大便，每天一次坐在马桶上放松心情。

（3）早上起床后，马上喝一杯牛奶或冷开水以刺激肠蠕动。

（4）多摄取水分和进食高纤维食物，每日饮水2 000毫升以上，进食韭菜、芹菜、笋丝等。

（5）去除精神紧张，参加适当活动，如散步及轻微运动等。

（6）慢性便秘者可在腰背部做热敷和按摩。

（7）严重便秘应就医。

（8）如便秘是由于旅行、住院或环境所致，则不必太介意。

疼痛时怎么办？

疼痛是疾病中一个很重要的症状，它是身体有疾病的警告。常发生的疼痛有头痛、牙痛、腰痛、腹痛、肌肉痛及关节痛。

头痛时，首先应保持室内安静、避免噪音，避免强光直接照射患者的脸部。尽量保持房间空气清新，不要有香水味。青光眼、三叉神经痛、发烧、牙齿发炎等会引起头痛，经常头痛时应先到眼科检查，老年人头痛，有可能是高血压引起的，应测量血压，给患者冷敷或用冰敷在额上可减轻头痛。

牙痛时要先看痛的部位，牙龈是否红肿，有无龋齿或补牙的牙银粉脱落。用温水漱口，清除牙缝中的食物，用棉签沾稀碘酒擦蛀牙的洞可减轻疼痛，在痛的一侧脸颊上冷敷，吃软食，如果疼痛仍不止应去看牙医。

腰痛时应睡硬板床，检查自己坐姿是否正确，正确坐姿是腰与腿成直角、大腿贴椅面、双脚不悬垂。双腿发麻或疼痛者，可能有椎间盘突出，压迫神经的缘故。常见腰痛的疾病还有肾结石，女性在月经期间，也会有腰痛。如不是其他疾病引起的腰痛只要按摩或洗热水浴或热敷，都可减轻疼痛。腰痛时采取最舒服的姿势，安静躺卧；腰痛后可能容易发生腰痛，日常生活中避免拿重物、举重物或扭腰等动作，坐、蹲时腰部要保持平直。

肌肉酸痛多因运动过度使乳酸沉积在肌肉所致，需要多喝水，多休息，保证充足睡眠。可以通过洗热水浴、按摩来促进血液循环。

关节痛怎么办？血液中尿酸过多，会在手指头或脚趾头

14

等小关节处沉积，骨刺、走路不慎扭伤足踝等常引起关节发炎而发生红肿痛热，应及时就医。每天做轻微运动、洗热水澡，促进血液循环。在疼痛的关节周围包扎绷带，可减轻疼痛，但包扎太紧会影响血液循环，反而会引起手指或脚趾的肿胀和疼痛。

腹痛时将腰带解开、弯曲膝盖卧床休息，看症状是否减轻，盖好被子以保暖。注意有无便秘或腹泻，如腹泻应按腹泻方法处理。如疼痛加剧又伴呕吐、恶心，并转移到右下腹可能有阑尾炎（俗称盲肠炎），需要去医院治疗。如是在饭后出现轻微腹痛，则要注意吃东西应细咀慢咽，不吃油性食物如油炸食品、肥肉等，饭后不要马上工作。

下腹疼痛或排尿时灼热痛，排尿次数增多，尿液混浊或带血可能是尿道炎、膀胱炎或肾盂炎，应测体温，多喝开水，并及时就诊，腹痛严重时可暂不进食。千万不能自行随意使用止痛剂以免掩盖病情带来严重后果。女性月经期腹痛应多休息，避免生冷食物，在腹部做热敷。

处理疼痛的一般原则有哪些？

处理疼痛的原则，通常有：

（1）不随便服止痛药。

（2）穿宽松衣服，采取最舒适的体位，尽量不移动疼痛部位。

（3）注意观察疼痛的位置、发生的时间及疼痛是否越来越严重。

（4）用手摸疼痛部位及周围是否有红肿、发烫，必要时轻轻按摩以减轻肌肉紧张。

（5）利用谈话、听音乐、阅报等方式转移对疼痛的注意力。

（6）经以上处理仍剧烈疼痛或紧急疼痛、疼痛不止的必须马上到医院诊治。

咳嗽时怎么处理？

咳嗽是机体的一种反射性防御反应。轻微、偶尔的咳嗽有助于清除气管内痰液和异物。但长期咳嗽而且每天下午发热者可能为肺结核病，其他多是感冒、咽喉炎、气管炎引起的咳嗽，除看医生外，还应注意下列几项：

（1）补充充分的水分。

（2）按时服用化痰、止咳药。

（3）不要在房内吸烟。

（4）保持房间温、湿度适宜。

（5）持续咳嗽时可让病人坐起，手掌弓起呈杯状，从背部由下往上叩击，促进痰液咳出。

（6）咳嗽伴发热、呼吸困难时应马上去医院。

（7）中年以上不明原因干咳，治疗效果不佳，且有痰中带血者应警惕，及时到医院检查。

呕吐应如何护理？

呕吐时应协助支撑病人，及时清理呕吐物，更换污染的衣物，给予漱口。采取舒适体位保持空气新鲜，记下呕吐物的颜色、性状。神志不清患者呕吐时应立即将头偏向一侧，以免呕吐物误入气管。暂时禁食，待症状缓解后再补充水分。如病人呕吐为喷射状并伴有头痛则应立即送医院就诊。

失眠时如何处理？

失眠给人带来的痛苦是难以言状的，它会引起人们白天精神恍惚，影响正常的工作和生活。失眠应如何处理呢？

（1）坚持每天早晨和晚上临睡前静坐30分钟，可调节神经功能，睡前不看紧张、兴奋、恐怖的小说、电视。

（2）睡前用热水泡脚，饮温牛奶。半夜醒后不能入睡时做放松练习。

（3）避免睡前饮茶、咖啡。

（4）进行适当体育锻炼，保持健康心态可使失眠症状逐渐减轻或消失。

（5）注意睡眠姿势。成年人一般以右侧卧位为宜，睡眠时不要将四肢紧缩在一起，不要将手放在胸前，不要用被子蒙头。

（6）长时间失眠应找医师诊治。

应指出的是，安眠药只能在必要情况下调节中枢神经正常功能，不能长期服用，否则易产生耐药性甚至成瘾。

鼻出血怎么办？

鼻出血会引起患者及家属的紧张，首先要保持镇静，精神放松，松开颈部及胸部衣服。让患者坐着，以拇指、食指捏紧鼻梁上柔软部分约10分钟，同时使身体、头部稍向前倾，避免血液倒流入喉。并试着用口呼吸，不得用手挖鼻内血块。使用冰袋或冷毛巾敷于额头及鼻根处，暂不吃热食或洗热水澡，以降低鼻部血液循环。如上述处理后无法止血的则应送医院。

咯血时如何护理？

咯血指喉部以下的呼吸道或肺血管破裂，血液随咳嗽经口腔咯出。护理这类病人应做到以下几点：

（1）咯血量小的病人应静卧休息。大量咯血者应绝对卧床，取平卧位，头偏向一侧或侧卧位以保持呼吸道通畅，避免误吸入血块造成窒息。

（2）消除紧张、恐惧心理。咯血时患者通常都很紧张，尤其是大咯血的患者，应安慰病人，指导其放松，将血轻轻咯出，避免用力屏气和将血液下咽。及时更换被咯血污染的衣物，及时倒去咯出的血痰，避免这些不良刺激。

（3）大咯血病人应暂禁食，少量咯血或大咯血停止后可给予温凉的流质或半流质，忌饮浓茶、咖啡等刺激性饮料，并戒烟酒，保持大便通畅。

（4）密切观察有无咯血致窒息的先兆。如咯血中患者突感胸闷、气促、紫绀、挣扎和神志不清等应清除口腔内血块，托起患者颈项部。将前额向后下方压，使呼吸道保持通畅，并立即送往医院。

（5）搞好消毒隔离。咯血病人咯出的血液中含有大量病原微生物，因此痰液应认真处置。可用厚纸包裹后焚烧，或用等量的20％漂白粉混合搅拌消毒，静置2小时后冲洗掉。

呕血、便血时如何护理？

呕血、便血多见于消化道溃疡、肝硬化引起的胃底静脉曲张破裂出血。呕血颜色一般为咖啡色或暗红色，有时伴有食物残渣。胃出血如往下消化道，则引起便血，其大便颜色为柏油样黑便。

家中若有呕血或便血的病人应让其绝对卧床休息，并给予安慰，消除其紧张情绪。呕血时协助患者将头偏向一侧，可用冷水敷上腹部。及时清理呕吐物和被污染的衣物，避免不良刺激。呕血后给予漱口。轻者可给冷流质，重者或伴恶心、呕吐的病人应暂禁食。嘱患者勿将血液下咽，以免刺激胃肠道。呕血、便血时应观察呕血颜色、次数和量，以便向医师提供有关信息，有助于诊治。严密观察病人面色、精神状态、脉搏、呼吸、血压等情况，如发现患者脉搏加快、面色苍白、烦躁不安、出冷汗等休克症状，应送医院急诊。

如便血为鲜红色，应检查是否痔疮出血或肛裂，应注意保持大便通畅。

尿潴留时如何护理？

膀胱内有大量尿液却不能排出称为尿潴留。诱发因素可归纳为两类。一类是由于尿道机械性梗阻，如尿道内结石、老年前列腺增生和膀胱肿瘤等；另一类是由于排尿的神经反射功能障碍所致，如脑外伤、颅脑肿瘤、脊椎骨折、骨盆骨折、肛门直肠手术后以及一些手术后病人不习惯于卧位排尿等。

家中如有尿潴留病人，首先应让病人处于舒适体位排尿，那些不习惯卧位排尿的可协助其坐起或站起排尿。可用热水袋敷下腹部或轻轻按摩下腹部以刺激膀胱肌肉收缩。也可行温水坐浴，用温水冲洗会阴，让病人听流水声等以诱发其排尿反应。如上述处理无效，就须到医院行导尿术。

大小便失禁时如何护理？

大便失禁是因为肛门括约肌失去控制能力使大便在无意识状态下排出。同样，小便失去控制，不自主流出称作尿失禁。这多见于病情危重者、老年人、瘫痪的病人。遇到这种情况，不应歧视，而应给予更多的同情和关心，以消除病人的焦虑和羞涩感。

床铺应加上塑料布或橡皮单，臀下垫尿布。保持床铺清洁、干燥，及时更换脏、湿的衣裤，观察会阴部皮肤变化，勤按摩受压部位。便后用清水洗净会阴部，必要时在肛周涂凡士林油以保护皮肤。

指导排尿、排便训练，让其每天数次收缩和放松会阴部及肛门括约肌，每2～3小时送给便器以加强训练效果。

男病人可置便器于外阴合适部位接取尿液，或用阴茎套前面剪一小洞连接胶管置于瓶内或塑料袋内。每天应清洗外阴，预防感染。

保持室内空气新鲜，经常通风换气。

总之，大小便失禁护理的重点是使病人清洁舒适，防止褥疮、泌尿道感染等并发症的发生。

呼吸困难时如何处理？

呼吸困难时病人自觉空气不足、呼吸费力不能平卧。此时，应协助病人取半卧位以减轻呼吸困难：用棉被或椅子倒置作靠垫，将上半身抬高40～70度，用毯子卷成筒状置于膝下防止下滑。床上可放一小桌，供其伏案休息。病人若是夜间发生阵发性呼吸困难，则应迅速给予端坐卧位，两腿下垂，可改善症状。

心脏病患者劳动后或活动后易发生呼吸困难，应注意休息、减少活动，以保持心脏的代偿功能。

张口呼吸的病人会有口腔干燥，应适当饮水，以补充因呼吸过快而丧失的水分。

保持室内空气新鲜、流通。不在室内吸烟，减少探望者。给予心理安慰，稳定情绪，以减少耗氧量，避免加重呼吸困难。

鼓励或帮助病人咳痰，以保持呼吸道通畅。年老咳痰无力者需以拍背助其咳痰。其方法是护理者五指并拢，掌指关节微曲成勺状，由下往上，由外到内有节奏地叩拍背部，通过震动促进痰液排出。鼓励患者多饮水以稀释痰液，使其易于咳出。

对有慢性呼吸困难患者，有条件的家庭可备一氧气筒或氧气袋，必要时给予吸氧。一般氧气流量为2~3升/分。

长期呼吸困难取半卧位者，尾骶部承受压力较大，易发生褥疮，应垫气圈或棉花垫减压。有条件的可用气垫床或水床。

有明显呼吸困难经上述处理无效者，或是突然发生的严重呼吸困难病人，应立即送医院紧急处理。

昏迷病人如何护理？

昏迷指病人意识丧失，表现为神志不清，对外界刺激失去反应。昏迷的出现提示疾病正处于较严重的程度。昏迷多见于脑血管疾病、各种严重感染、煤气中毒、药物中毒、尿毒症、糖尿病昏迷等。护理昏迷病人应注意以下几点：

21

（1）病人烦躁不安时，应注意保护，防止坠床或外伤。

（2）使病人头偏向一侧，防止分泌物吸入气管。备一50毫升注射器和吸痰管及时给予吸痰，保持呼吸道通畅。吸痰用物应及时煮沸消毒以便下次使用。

（3）必要时给予鼻饲，以保证机体足够的营养和水分。给病人服药时，若是药片或药丸应研碎用水溶化后鼻饲。

（4）保护皮肤，预防褥疮。保持床单清洁、干燥。会阴部皮肤每次便后用温水洗净擦干。每2小时翻身一次，更换体位。翻身时应将病人抬起，避免拖、拉、推等动作。

（5）保持口腔清洁，预防口腔感染。每天早晚用棉签蘸清水或盐水清洁口腔。

（6）密切观察病情变化，及时测体温、脉搏、呼吸、血压。

（7）保持大便通畅。

（8）若眼不能闭合者应给予氯霉素或金霉素眼药滴眼以保护角膜。

（9）长期昏迷患者易发生肌肉萎缩，每天应给予肢体按摩或做被动运动。

（10）昏迷患者由于对外界刺激无反应，故不得使用热水袋，以防被烫伤。

如何观察病情？

病人住院期间的病情是由医护人员来观察，家庭护理时可效仿。如询问病人感觉如何，大小便怎样，胃口好不好，以及观察呼吸、脉搏、体温、神志、瞳孔等情况。对病情的观察和了解应着重注意患病部位及脏器有何不适，程度如何。一般说来，没有不适或不适感觉逐渐减轻是正常的，若逐步加重，则属异常。

通常观察应做好四看：

一看神志、瞳孔。正常人神志清醒，反应敏锐精确，语言清晰，表达能力如常。如疾病影响到大脑，就会引起神志模糊、说胡话、昏睡或昏迷。瞳孔是眼睛巩膜中央的孔洞，正常直径为3～4毫米，圆形，双侧等大。检查瞳孔应借助手电筒。正常人眼受到光刺激后，双侧瞳孔立即缩小，移开光源后瞳孔迅速恢复到原状。瞳孔对光反应迟钝或消失、双侧瞳孔不对称等都是异常，表示可能有较严重的病情。

二看体温、脉搏、呼吸、血压。

体温突然升高多见于急性感染。正常人体温为36～37℃，24小时体温波动不超过1℃。体温37.5～38℃为低热；38～39℃为中度发热；39～40℃为高热；40℃以上为超高热。

正常人安静状态下脉搏每分钟60～100次，儿童较快，约90次/分，初生婴儿可达140次/分。脉搏日间活动、运动、饭后、精神兴奋时增快，睡眠时较慢。除此之外出现脉搏增快、减慢属异常情况，多见于发热、疼痛或其他心脏疾病。

正常人在平静状态下每分钟呼吸频率（一呼一吸）为16～20次。呼吸与脉搏比率为1：4。新生儿呼吸频率每分钟约44次，随年龄增长而逐步减少。呼吸次数增多，可见于体力活动、发热、疼痛、贫血、甲状腺功能亢进、心脏功能不全等。除体力活动外，呼吸加快或减慢及深度变化均属异常情况。

正常人血压为12.0～18.7/8.0～10.7kPa（90～140/60～80mmHg），情绪激动、体力活动等会引起血压升高，通常血压高于18.7/12.0kPa（140/90mmHg）说明患有高血压，血压低于 12.0/8.0kPa（90/60mmHg）的为低血压。

三看一般情况，即面色、表情、尿量、排便情况等。正常人尿量一般每天 1.5～2 升，颜色为淡黄或黄色，新鲜尿多透明。大便每天 1～2 次，老年人可以 2～3 天 1 次，大便黄褐色，成形。

四看用药后反应。观察药物疗效及毒性反应为医生用药、改药或停药提供参考。对易过敏的药物尤须加强观察。

如何照顾卧床病人？

病人由于长期卧床活动受限，易出现消化不良、肌肉萎缩、褥疮、便秘等不良后果。因此照顾好卧床病人，保证其舒适，预防并发症是家庭护理的关键。

一般病人取卧位，有呼吸困难的可取坐位，即让病人坐在床上，背部垫以棉絮，床上可放一小桌，供其休息、吃饭用。长期卧床病人应经常更换卧位防止褥疮，做好口腔卫生，进食后给予漱口，早晚清洁口腔。定期洗发、擦浴，保持床铺平整、干燥、清洁、室内空气流通。饮食上给予易消化、营养丰富的食物。鼓励床上活动、瘫痪的病人应协助做被动屈伸运动等。防止肌肉萎缩、关节僵硬。便秘者给予腹部按摩，促进肠蠕动。鼓励病人做深呼吸运动，每天早晚 2 次，促进肺部扩张，防止坠积性肺炎的发生。每晚用热水泡脚，促使病人安静入睡。

如何为卧床病人翻身？

对于长期卧床的病人，尤其是年老体弱、瘫痪以及昏迷、病情危重的病人，必须按时给以翻身、拍背、按摩，以改善受压部位的血液循环，使病人舒适，预防褥疮及其他并发症的发生。

翻身时，护理者应站在病人床沿一侧，嘱病人双手交叉放在胸腹前，两腿屈曲，护理者一手伸入病人肩下，一手托住病人臀部轻轻将病人移向近护理者一侧的床沿，然后一手扶病人肩，另一手扶住病人臀部，轻轻翻转病人向对侧，使之侧卧，最后在病人背部及两膝间各置一软枕，使病人舒适。

协助病人翻身时动作宜轻稳，如遇有肥胖且不能活动的，如昏迷、截瘫、偏瘫病人应二人协助翻身。病人仰卧，两臂放在身躯两侧，护理者二人站在床的同一侧，一人托住病人的肩部和腰部，一人托住腰部和臀部，两人同时将病人抬起移近自己，然后分别托肩、背、腰、臀部，使病人翻转侧卧。在背部及两膝间各置一软枕。

翻身时如病人身上置有导管，应防止其脱落。对骨折病人应注意动作协调，注意保护肢体以防骨折再移位。冬天应注意保暖，防止着凉。翻身时，应注意保持床单的整洁与干燥、平整。仔细观察受压部位的皮肤情况，给予按摩等相应的护理。

如何为卧床病人进行口腔护理？

口腔是病原微生物侵入人体的主要途径之一。口腔内有种类繁多的细菌，它常常是病人产生许多并发症的潜在原因；另外，病菌的大量生长繁殖还会引起口臭和消化功能降低。因此，对卧床生活不能自理的病人应作好口腔清洁护理。

协助病人漱口：让病人侧卧，面向护理者。将干毛巾围于颈部，用盘或碗放在病人口角处让病人用吸管吸入漱口水自己漱口。漱洗完毕，擦净面部。能够坐起的病人可坐在床上自己刷牙、漱口。

清洁口腔：神志不清患者清洁口腔时用镊子夹1%食盐水棉球或用盐水纱布缠绕在食指上擦洗病人口腔粘膜及牙的外面、咬嚼面和内面，清洁顺序是顺齿缝由齿根擦向齿面，再由舌面到舌根。清洁时要防止将棉球误吸入气管，洗完后用手电筒检查口腔内是否有遗漏之物，并在唇部涂以石蜡油或甘油以防口唇干裂。有口腔溃疡者可用口腔溃疡膜或冰硼散。有假牙的病人，应在睡前或饭后取下假牙，用牙刷刷洗干净，冷水冲洗后放在冷水中浸泡备用。如暂时不用，可浸泡在清水里，每天换水1次。处理假牙忌用热水，以免造成假牙变形。

如何为卧床病人梳洗头发？

对于昏迷、瘫痪及其他长期卧床的病人，应定期洗发，每天梳发，使病人清洁舒适。

床上梳头：梳头前先在病人枕上垫一毛巾，让病人取侧卧位，先梳一侧头发，然后将病人翻向另侧，梳对侧的头发。梳发时，将一手按住发根，由发梢逐渐往上梳通。遇到头发打结时，可将头发上端绕在左手示（食）指上慢慢由下往上梳，避免生拉硬扯。头发梳通后，长发者可编成2个发辫。最后取出枕下毛巾，清洁毛巾上的发梢。

床上洗头：洗头前应做好准备工作。让病人解大小便，备好洗头水（一般水温在38～44℃）、梳洗用品等。冬天应注意保暖，关好门窗。使病人在床上斜对角仰卧，头肩靠向护理者一侧的床边，把病人身体放直，枕头置其肩下，将病人头、颈部放在形如水槽的床上洗头器内。如无洗头器，可在头颈下垫橡皮单或塑料布，两边卷起以使水顺流至床边的桶中。

一般先将头发全部浸湿，倒上洗发液后用手轻搓，从发际向后洗到枕部，用清水将头发彻底冲洗干净。洗发过程中可用干毛巾遮盖病人眼睛，以免肥皂水溅入，也应防止水流入耳道。洗完后将干毛巾擦干头发或用吹风机吹干，然后梳理成一定的发型，并将污湿的衣物换掉。

如何为卧床病人进行床上擦浴？

为卧床病人进行床上擦浴有利于促进其血液循环和皮肤排泄，保持皮肤清洁干燥，使病人舒适。

擦浴前应先准备好用品，如干浴巾、毛巾、脸盆、肥皂、温水（47～50℃）及互换的清洁衣裤等。关好门窗，调节室温（21～24℃）如病人有大小便，则应先解好后再擦浴。将脸盆置于床旁椅上，倒温水于脸盆内，用毛巾沾水拧干后先洗脸、眼、耳、颈，注意耳后、颈部皮肤皱折处有无异常。

脱去上衣，病人肢体若有毛病，应先脱健侧，再脱患侧；穿时相反，先穿患侧，再穿健侧。铺上大浴巾垫在手臂下，注意不可暴露肢体。用毛巾沾水按次序逐一擦洗。上肢从肩外→臂外侧，腋窝→臂内侧，第二遍用肥皂擦洗，第三遍再用清水擦洗，最后用大浴巾擦干。用同法洗对侧的手臂及双手、胸部、背部，而后穿上清洁上衣。换水准备洗下肢。

脱去裤子，盖于会阴部，擦洗下肢，从大腿根部→外侧，腹股沟→内侧，大腿后面→腘窝。擦洗方法同上肢。将脸盆放在床尾大浴巾上，洗双脚，擦干。换水洗会阴部，穿上清洁裤子。整理床铺及用品。

擦浴过程中，应根据病人的情况，擦洗动作要轻快，用力适当，根据情况更换热水。擦洗中应注意保暖，严防着凉，并观察皮肤有无异常情况。

如何护理会阴部？

会阴部隐蔽、温暖、潮湿，是遮盖最多、空气最不流通之处，又是消化、泌尿道废物排出之处，生殖道亦开口于此处。会阴部的孔口相距很近，从肛门、阴道来的细菌污染尿道口会引起尿路感染。为了清洁、舒适，去除恶味，预防感染，应注意会阴部的护理。进行会阴部护理时最好戴手套。

会阴部护理时，病人取仰卧位，女性屈膝分腿，臀下接一便盆。男性可采取这种体位，亦可双下肢伸直略分开。女性先擦洗阴阜部，并注意勿污染尿道口，然后分开阴唇自清洁处向脏的方向擦洗，即从尿道口向肛门方向擦洗。应注意勿用擦过其他部位尤其是肛门口的浴巾擦洗尿道口。亦可用清水自上而下冲洗，洗净前庭部后再洗会阴部。

男性会阴部护理时，将包皮上推，握住阴茎，用浴巾先擦洗中心的尿道口，再向外擦龟头部分，每擦一处应变换浴巾的一个干净部位。将包皮污垢清洗干净后，再清洗阴茎体并向根部方向擦洗，继之从阴囊根部擦向体部。帮助病人取侧卧位，一手暴露肛门，自前向后，先擦肛门前方，再两侧，最后为后方。

如何使用便盆和尿壶？

标准的便盆以塑料质地最佳，可避免金属便盆冰凉的感觉。放便盆的一种方法是让病人仰卧屈膝，双足蹬床面，用力抬起臀部，护理者将便盆放到病人臀下，并检查是否放在臀中央。便盆高的一头朝病人脚的方向，扁平一头朝头的方向。女病人小便时可在阴阜处放卫生纸，以防小便时水流冲出便盆。坐便盆时间不宜过长，防止皮肤受压坏死。便后让病人两腿蹬床面抬臀，将便盆取出。

男性用尿壶时，可使其两腿分开将尿壶夹在两股当中，并将阴茎放入。也可取侧卧床，将尿壶靠紧会阴部，阴茎放入排尿。在使用尿壶时应注意尿壶的倾斜度，以免尿液溢出。

无论是便盆还是尿壶，使用后均应清洗干净。

长期卧床病人如何预防褥疮？

褥疮最容易发生在长期卧床、无法自行翻身的病人身上。因长期固定在一种体位，使这种体位的骨突部位皮肤受压，血液循环受阻而发生皮肤、肌肉坏死，继而化脓感染，这便是我们常说的褥疮。褥疮好发的部位有：骶尾部、肩胛部、枕部、耳部、踝部、脚后跟、髋部等骨突出的部位。

要避免褥疮的发生，最主要的方法就是勤翻身。对久卧病人一般每2～4小时给予翻身，更换体位，并对受压部位进行按摩，热水擦洗促进局部血液循环。对因病情限制不能翻身者应在其受压部位的骨突出处垫上充气橡皮圈，或垫上厚厚的海绵软垫。此外，保持皮肤清洁干燥也十分重要。应及时处理大小便，排后用水洗净，避免刺激皮肤。床铺应干燥、平整、无杂屑。

如发现受压的皮肤已经红肿或发黑，应避免再受压。如受压部位已破溃，可用3%碘酒涂于患处。受压部位破溃、有渗出液时，可用抗菌素如庆大霉素等外涂，然后用鸡蛋膜敷在伤口上以起收敛作用。褥疮严重时，出现局部化脓、坏死，此时应请医护人员给予换药。

如何为卧床病人更换床单？

家庭中更换床单最好有两人操作，两人各站床沿一侧。对侧者弯腰、身体前倾，两手扶持病人远侧肩和臀部，将病人向上，向自己方向侧身，并扶住病人，以防病人翻向床下。如只有一人操作，最好将床移至墙边或用钝物做成床档。操作者双手分置病人肩及臀下，将病人掀起，使之缓慢变成背向你的侧位。偏瘫患者应先向瘫痪侧翻身，待成侧位时，健手可扶栏杆或墙，健脚也可起支撑作用。病人侧位时松开拟换下的床单，将它卷好塞到病人身下。盖在病人身上的被子等不要拖到病人背后，将清洁床单长轴中线对准病床的长轴中线，铺好病人背后的半张床，把床边多余部分塞至床垫下。剩下半张床的床单卷好也塞在病人身下。操作者双手分别托住病人肩及臀部和对面扶住病人者协作，缓慢地使病人仰卧在新换上的床单上，并继续向新铺床单这面侧卧。这样对面的人将要换下的床单取下，并污面对折以待处理。将新换上的床单伸展铺平，床边多余部分塞入床垫下。再帮助病人逐渐转回仰卧位。

如何为死亡病人进行尸体料理？

患者临终时，让患者和家属相互告别才是最好的死亡瞬间的护理。病人死后，取平卧位，将双手放在身体两侧，双目应紧闭。如有不闭目者可用棉拭子浸湿放在死者眼睑上，使其闭目。如有假牙应戴好以维持面部轮廓。如嘴不闭合，可在颏下放一小纱布垫使其闭合。应把头发梳理好，将身上的污渍、血迹清理干净。对鼻、耳、口腔、肛门、阴道等有可能流血者可用棉球堵塞。为死者穿好衣服，必要时请化妆师为病人化妆。

二、居家安全与急救基本常识

常见的家庭意外事故有哪些？

人的一生，大部分时间生活在家庭中，家庭是每一个人教育成长的主要场所，也是人生旅途中不可缺少的避风港。然而家庭中也潜伏着许多危险，例如一壶开水、一把小刀，都可能造成伤害。所以家庭中的每个人，都必须懂得如何防范意外事故，才能使家庭成为安全的避风港。那么常见的家庭意外事故有哪些？这些意外事故又常发生于何处呢？

（1）厨房：厨房是家庭中最危险的地方，其事故的发生率约占家庭意外事故发生率的1/5。因为厨房中的设备如烤箱、电锅、菜刀，以及煤气、高压锅等都具有危险性。所以厨房内容易发生跌伤、灼伤、窒息和刀伤等意外事故。

（2）客厅和餐厅：客厅和餐厅是发生跌伤和灼伤较多的地方，如家具摆置不妥当、光滑的地板、陈旧或过长的电线和电器设备、使用椅子不慎等等，都会引起意外事故。

（3）卧室：卧室内陈设过多，电灯开关装置不当，椅子、衣柜使用后未归位，易导致摸黑跌倒。在床上吸烟或烟蒂未熄灭，易引起火灾等。

（4）浴室：浴室最容易发生滑倒。地板潮湿、光滑、电源开关绝缘不良、消毒药水未注明或摆置不妥皆易引起跌倒、触电、中毒等意外事故。

(5) 室内楼梯：楼梯扶手不牢、光线不足、梯面太滑或堆积杂物易使幼儿、孕妇、老人或行动不便者发生滑倒甚至跌落。攀爬楼梯也应注意安全，以防跌伤。

(6) 庭院：庭院种植花草树木，整理花木的工具、杀虫剂、油漆罐等因任意摆放，常易引起跌伤或中毒。

为什么家庭常有意外事故发生？

家庭中常发生意外事故的主要原因有：

1）环境的危险因素：

(1) 随意放置物品：将玩具、工具乱放在屋子内外或花园中。

(2) 使用需要修理的设备、用具：如破损的台阶、梯子、生锈的炉具，电线绝缘体破损易漏电等。

(3) 光线不佳：夜晚时通道灯光昏暗等。

2）人为的因素：

(1) 生理情况：当人生病、老年、忧伤、劳累、衰弱的时候，常会遭致意外事故。

(2) 粗心大意：如丢掷火柴、烟蒂于废物筒中，毫不经心将洗涤剂、食品、药品等乱放在一起。

(3) 匆忙：因匆忙而误撞室内的建筑物或所陈设的家具。因匆忙而忘记关灯或关闭电源开关、煤气等。

(4) 饮食：长期饮食不当造成消化系统功能异常、酒醉造成意识无法控制的伤害、误食药品等。

(5) 其他：如父母繁忙使小孩无法得到周全照顾，或使用不当的工具如开启罐头时，以刀替代开罐器，拿取高处的物品站在摇动的椅子上等。

事故伤害发生的原因要牢记，居家安全常注意，做好意外事故的预防和处理。

如何预防跌伤？

跌伤在家庭日常生活中极为常见，尤其是老人和小孩，往往因为不小心经常被滑倒或被绊倒造成骨折等，因此家中应做好预防。

（1）走道上要清洁，光线充足，楼梯栏杆要坚固，梯面干净整齐。

（2）室内陈设要简单，空间要宽敞，地板不宜打蜡，家具摆设要整齐。

（3）浴室铺设橡皮垫，有条件的应设手扶栏杆，避免滑倒。

（4）取高处的物品要用坚固的梯子。攀爬楼梯也应注意安全。

（5）室内光线要充足，夜间最好留一盏小灯，尤其靠近卫生间处。

（6）不堆放杂物，不经常使用的物品要妥善收藏。

（7）使用固定插头，避免使用延长电线以免使人绊倒。

骨折了怎么办？

骨折在各类损伤中最多见，大多是由于遭受各种暴力所致。严重的肢体损伤如未能获得早期正确处理则可能使肢体功能受到影响，或形成残废，甚至影响到生命。因此，对严重骨关节伤者，首先应分秒必争地进行急救，同时对损伤的肢体进行妥善处理，立即送医院急诊。在野外或家庭中发生了骨折，怎么办？急救者应注意以下几点。

（1）骨折时非常疼痛，故急救者动作应敏捷、轻微，且使患者安静保暖，以免引起休克。

（2）剪（割）开或撕开疑似骨折部位的衣服。不做不必要的移动伤患者，小心检查伤势。

（3）检查伤处有无畸形，询问伤者是否疼痛，判断伤肢是否能活动，小心用手触诊伤者的伤肢，寻找骨折的部位。

（4）复杂性骨折，须先用干净纱布绷带包好伤口，但不得以手接触伤口外之骨折，或使之移位，以免损伤更甚。

（5）急救者应随机应变，就地取材。例如木棍、树干、摺叠硬纸板、雨伞、卷起之报纸或杂志等，均可用以代替夹板。

（6）固定骨折部位时夹板长度应超过两端关节，即固定在上面关节以上及下面关节以下的部位，以免摇动。

（7）在夹板与肢体之间，应加垫软物衬垫，以免压力过大或摩擦。尤其骨突处及关节部位更应注意保护。

（8）骨折固定不可太松或太紧，固定之后，可抬高伤肢以减少肿胀及疼痛，并随时观察及记录骨折部位远心侧的循环与神经状况，观察有无肿胀发紫、苍白、刺痛或麻木现象。

怎样搬运多发性骨折病人？

多发性骨折病人，搬运前应妥为固定，以免损伤神经及血管，使骨折情况恶化。

（1）搬运疑似脊柱骨折病人时应将病人身体放直，用均衡力量轻抬起或放下，宜用硬板平车，取仰卧位或俯卧位，减少脊髓损伤机会，切忌一人抬胸一人抬腿的搬运法。

（2）搬运颈部损伤病人时要有3～4人。一人管头部的牵引固定，使头部保持与躯干部成直线的位置，维持其颈部不动，防止头部扭转屈伸损伤脊髓而致死；其他3人站在病人同一侧，2人托躯干，1人抱住下肢，病人仰卧于平车上、颈下放一小垫、两边放沙袋防止头部左右摇动。

（3）胸、腰部脊柱骨折的病人，应有3～4人搬运。搬运者可站于病人同侧，一人托肩胛部；一人托腰部、臀部；另一人扶住伸直的下肢，将病人抬到硬板平车上，取仰卧位，腰下垫一约10厘米高的小垫。如无硬板则取俯卧位，禁止病人屈身或坐起，以免脊髓受压。

扭伤了怎么办，如何护理？

扭伤通常是用力不当或用力过猛而引起的。这类外伤没有侵犯到骨头和关节，仅损伤到肌肉和肌腱等软组织，不必过于紧张。扭伤后一般会出现3种情况：一是局部轻微肿胀；二是疼痛，但程度较轻，且喜欢按摩揉擦；三是大多数人可忍痛行动，如弯腰、行走和动弹手脚。若病情远远超过上述范围，如肿胀、疼痛很厉害，无法行动甚至晕厥，则可能是发生骨折或关节脱臼，应立即送医院急诊处理。而扭伤，则一般可在家庭中进行自我护理。

扭伤一般都是急性的，发生扭伤后，立即让扭伤的部位充分休息，制动，并立即进行冷敷，而且越早越好。具体方法是将受伤的部位浸泡于水温为10～15℃的洁净的冷水之中，也可用毛巾沾湿井水或冰水后敷于扭伤肿胀处。如果皮肤有破损时应在敷料外面进行间接冷敷。冷敷可使局部毛细血管收缩，血流量减少，从而防止血肿的扩散，消除肿胀。此外冷敷还可抑制细胞的活动，使神经末梢的敏感性降低而减轻疼痛。

要记住急性扭伤时不能用热敷，因为热敷会使局部毛细血管扩张，加重出血。一般急性扭伤后 24～48 小时出血停止。这时可改用温热疗法，在局部用热毛巾、热水袋或中药袋作热敷，消散瘀血，使肿胀较快消退。如果是四肢扭伤，患肢宜抬高，严重的可用小夹板、纱布固定患部。腰部扭伤的，最好睡硬板床。各种治伤膏药，如狗皮膏、消炎止痛膏等均可选用，但一般只要用一种。急性扭伤 48 小时后若能同时进行局部按摩、推拿、理疗，则对扭伤有良好的效果。

扭伤者不必长期休息。若急性期已过，应尽早活动，改善血液循环，促进早日康复。

如何预防灼（烫）伤？

灼（烫）伤是平时生活、生产劳动中意外事故造成的体表损伤。在家庭中一般以火焰灼伤和热水、热汤烫伤多见，尤其是儿童烫伤发生率比较高。家庭应如何预防灼（烫）伤，请注意以下几点。

（1）火柴、打火机要放在儿童拿不到的地方。避免儿童到厨房嬉戏、玩耍，并要教导儿童让其了解关于接近炉火或电热器的危险。

（2）装有热烫食物的餐具、热水瓶、热锅，不可放在桌子边缘，以免儿童打翻。

（3）放洗澡水应先放冷水再放热水，同时避免儿童单独留在浴室。

（4）取热锅、热水壶时要戴防烫手套或垫厚布。盛装热沸汤物时，不宜太满，并应加盖，用手端时不宜走得太快，以免溅出引起烫伤。

烫伤了怎么办，如何护理？

日常生活中，皮肤烫伤屡见不鲜，尤其是夏天，如热水瓶的爆破或被打翻，冲开水时彼此相撞，孩子在厨房玩耍导致沸水烫伤，或孩子在洗澡时深入未对温的热水浴盆等等，万一发生这些烫伤怎么办？请不要惊慌，记住以下急救方法：

一冲：用流动的冷水冲洗伤口，时间约15～30分钟。冷水冲洗的目的是止痛，减少渗出和肿胀，从而避免或减少水泡形成。

二脱：在水中小心地除去衣物。记住烫伤后不要急于脱掉贴身单薄的衣服，应迅即用冷水冲洗。等冷却后才可小心地将贴身衣服脱去，以免撕破烫伤后形成水泡。

三泡：用冷水浸泡，时间约15～30分钟。

四盖：用干净的布巾覆盖创面。

五送：赶快送医院急救。

烫伤后千万不要在伤口上擦牙膏、浆糊、酱油或花生油，也不能用紫药水或红汞涂擦，以免影响观察伤口创面的变化。

皮肤烫伤要注意创面的清洁和干燥，用冷水冲洗时应注意掌握时间和温度，应根据患者体温适度调整。一般水温比体温低即可，切忌用冰水，以免冻伤。如果烫伤范围不大，冷水处理后把创面擦干，然后薄薄地涂些绿药膏等油类药物，或用75%的酒精湿敷，适当包扎1～2天，以防止起水泡，约2～3天后创面即可干燥，此时就不必涂药了。10天左右创面即可脱痂愈合。如烫伤范围较大、较深，则应去医院，在医生指导下进行治疗，以免增加感染机会引起不必要的痛苦。

如何预防窒息？

窒息（即呼吸道堵塞）可以使人在数分钟内迅速死亡。它的发生是由于食物（液体或固体）突然堵塞气道或吸入气管，使呼吸中断。如不及时抢救，会因窒息、呼吸停止造成死亡。因此防止窒息的发生是非常重要的。

（1）家庭中要有良好的通风设备，每个房间要有窗户，定时开窗通风，保持空气清新。

（2）不许小孩将小物品，如弹珠、橡皮等小玩具放入口、鼻中。特别是小孩进食时千万不要逗笑。

（3）婴儿入睡时，被褥不可盖过其鼻子，以免妨碍其呼吸，婴幼儿不许吃带核的果实，必须先去核然后食用。

（4）如家中有昏睡的病人，发现口腔内有呕吐物，应及时用毛巾或干净纱布擦掉。

（5）经常呕吐的婴幼儿、老人，入睡时最好取侧卧位；催吐、洗胃的病人也应采取侧卧位。这样可以有效地防止食物或呕吐物进入或吸入气管。

呼吸道异物梗塞如何处理？

呼吸道堵塞必须在完全停止呼吸 4 分钟内得到救助，不然大脑缺氧，可导致永久性损害。

自救法：哽咽刚发生时用力咳嗽，无法咳出时，自己握拳以腹部压迫法来压迫腹部，或以腹部抵住椅背、桌缘、水槽边缘等，从横膈膜以下部位用力向上推挤，以咳出异物。

完全梗塞时可使用海氏法（腹戳法）或胸戳法：

（1）海氏法（腹戳法）：救助者站于患者背后，两手臂环绕其腰部，一手握拳，拳头之大拇指侧与食指侧对准患者肚脐与剑突之间的腹部，另一手握紧拳头后快速向上方挤压，使横膈膜突然向上压迫肺部，以喷出阻塞气管内之异物。海氏法可重复施行，直到压出异物或患者进入昏迷状态。

（2）胸戳法：适用于大胖子、孕妇等不便使用海氏法者。救助者姿势如同海氏法，惟有将施力点改于胸骨下半部，快速用力向胸骨方向挤压。

婴儿呼吸道异物梗塞如何处理？

婴儿呼吸道异物梗塞急救有两种方法，背击法和胸戳法。具体操作如下：

（1）将婴儿脸朝下倒置于救护者的大腿上，以一手支持其下颚、头及胸部，用另一手的掌根在婴儿两个肩胛骨之间拍击5次。（背击法）

（2）将婴儿仰卧，以食、中二指端在假想乳头连线下一横指处的胸骨上压挤5次。（胸戳法）

（3）继续进行背击5次和胸戳5次，直到异物被咳出或者婴儿失去知觉。

（4）当异物被咳出或婴儿开始呼吸或咳嗽，即停止背击及胸戳，注意观察婴儿，并确定已恢复呼吸。即使婴儿已将异物咳出，但仍可能有呼吸和肺的问题需要医生的照顾。同时胸戳法可能造成内部受伤，所以，应将婴儿送往医院作进一步检查。

如何预防中毒？

某种物质进入人体后，通过生物化学或生物物理作用，使器官组织产生功能紊乱或结构损害，引起机体病变，称为中毒。能引起中毒的物质称为毒物。在日常生活中不可避免地要使用一些含有毒性的物质，如消毒药水、杀虫剂等等，因此家中应提高警惕防止日常生活中毒物引起中毒。

（1）家庭中的有毒药物，必须放在适当的贮存地点，如漂白水、清洁剂、消毒药水、水管疏通剂及杀虫剂等，均需放置于小孩拿不到的柜中，外面须标明毒药字样。

（2）服用药物须照处方所指定的药量。保留药瓶上的标签，并仔细阅读。

（3）慎重选择食物，避免食用来历不明，或变质腐败的食物。

（4）给儿童购买玩具时，应注意选择有安全标志的玩具；不要咬有含铅质的物品。如铅笔、电池含铅均有毒，小朋友不要养成咬铅笔的坏习惯。

（5）勿将有毒物质装于饮料容器内，以避免误饮。

（6）家中应保持室内通风，尤其冬季使用煤气炉、烤炭炉取暖，煤气热水器洗澡等，应知道正确的使用方法。晚上睡觉前一定要检查煤气开关是否关闭。

食物中毒应如何急救？

凡是误食腐败不洁食物或是本身含毒食物，如毒蕈、发芽的马铃薯等，都可以引起食物中毒。中毒者一般有恶心、呕吐、腹痛、腹泻的症状，如不及时处理，有的可危及生命。

（1）发现中毒应注意，凡是中毒者吃过的食物均不能让其他人再吃，以免发生集体中毒。

（2）立即催吐。想方设法让食物从胃里吐出来。清醒者可给予食盐水，然后用筷子或两个指头伸入嘴里，抵住舌根进行催吐。

（3）保存剩余食物、呕吐物及分泌物，以协助诊断。

（4）给病人保暖并立刻送往医院急救。

煤气中毒应如何急救？

煤及煤制品在燃烧过程中会释放出对人有害的一氧化碳气体。由于室内不通风，这种逐渐增多的气体便吸入人体内，当积聚到一定量时，便产生煤气中毒。

（1）发现有人煤气中毒，救助者应用湿毛巾掩住口鼻，进入室内，立即打开门窗，关闭煤气开关。禁止扳动电源开关，以防爆炸。

（2）迅速将中毒者抬离现场，抬到通风、空气新鲜的地方。让患者静卧，并松开其衣扣、领带等。

（3）中毒轻微者，当新鲜空气中大量的氧气进入体内后，可使病情出现转机。清醒者可让其喝热的糖开水，很快就能好转。

（4）若中毒者呼吸已经停止，则应立即施行人工呼吸。注意保暖，呼叫急救电话或立即送医院抢救。

药物中毒应如何急救？

家庭中发生的药物中毒，主要原因是误服，或不按医生嘱咐（即不按药袋上的说明）超剂量服用。一旦发现家中有人误服或超剂量服用某种药物时，千万别慌张。首先应立即催吐，用筷子、手指压住舌根，刺激咽喉，促其呕吐，使药物尽快排出体外。若病人清醒能饮水，立即让其喝大量的温开水，以冲淡药物，或喝大量的牛奶，以保护消化系统。再之应迅速查明是何种药物，找到原始的药瓶、药袋或药物说明书。经初步处理后，应迅速将中毒者送往医院，随带误服的药物、药袋或剩留的药物样品，以便医生迅速地、针对性地采取紧急排毒措施，为进一步抢救赢得时间。

家庭药物中毒以安眠药（安宁、利眠宁、西地泮）及乙醇（即酒精）中毒最为多见。

（1）如果发现超剂量服用安眠药，而出现昏睡不醒、肢体无力、言语不清等症状，应立即用温开水洗胃催吐，服硫酸镁导泻，以消除残留在胃肠内的药物。处理后立即送医院进一步抢救。

（2）如果是急性乙醇（酒精）中毒（过量饮酒引起），中毒者呼出的气味有浓烈的酒味，说话滔滔不绝，喜怒无常，有的语无伦次，步态不稳，动作不协调。如果仅是轻度酒醉者无需特殊护理，可使其静卧、保暖，给予浓茶或咖啡，待其自行康复。如果过度兴奋，可注射西地泮5～10mg，有呕吐物须及时清除，将其头偏向一侧，以免将呕吐物误吸入气管。如出现昏睡、面色苍白、皮肤湿冷、大小便失禁，应快速送医院急救，否则会因呼吸麻痹而出现死亡。

强酸强碱中毒应如何急救？

误服强酸（盐酸、硫酸、硝酸等）或强碱（氢氧化钠、氢氧化钾、氢氧化铵等）均可引起食管灼伤，导致食管坏死、狭窄，甚至祸及生命。一旦发现必须立即急救。

（1）首先要查明究竟是因何中毒，因为病人随时可能昏迷。

（2）禁止催吐、洗胃。不要利用中和的方法。

（3）不可给水稀释，可服牛奶或生蛋清或植物油以保护食管及胃粘膜。但不可引起呕吐。

（4）即刻送医院。送医院时，应带上遗留下来的药物、呕吐物、排泄物。

农药中毒应如何急救？

在农村，农药中毒屡见不鲜。农药中毒一般指有机磷中毒，常常因喷洒时违反操作规程或误服而引起中毒。有机磷农药包括对硫磷、内吸磷、敌敌畏、乐果、敌百虫等。若出现轻度中毒症状，如头昏、头痛、恶心、腹痛、流口水、出汗等，说明农药由皮肤、气管或胃肠吸收进入人体，这时应及时妥善进行处理，否则会造成严重后果。

（1）让中毒者立即停止接触药物，迅速离开喷洒现场。

（2）脱去染毒衣服，以肥皂水清洗皮肤，特别注意暴露的部位，包括头发和指甲。

（3）若为误服农药者，应迅速给予洗胃催吐，并立即送医院。

（4）轻度中毒后应注意饮食，忌吃荤菜、油腻和油煎食物，忌辛辣刺激性食物，戒烟、戒酒。可吃稀、烂、糊状的易消化的流质食物，多吃新鲜水果，如桔子、西瓜等。

如何预防刀伤？

在家庭中无论是女主人还是男主人，都有下厨的机会，都会与各种尖锐的器具打交道，有时难免会受伤。所以如何预防各种刀伤，是值得注意的问题。

（1）菜刀的使用，应注意刀柄要稳定坚固，刀片和其他金属部分，应坚硬防止脆弱易断。

（2）儿童使用的剪刀等文具，应使用钝头的安全剪刀。

（3）平常拿利器时，刀缘尖端要远离身体，若要递给别人时，应钝端向前，然后交给别人。

（4）使用利器切东西时，应垫有砧板，不可用手垫；切削时应朝身体外下方。

（5）剪刀、刀和其他尖锐的器具应有固定的放置点，且放置于小孩拿不到的地方。

（6）用过的刮须刀刀片，应用卫生纸包好，再丢到分类垃圾箱里。

刀伤出血怎么办？

在家中万一被刀器损伤出血了，不要惊慌，请记住有两种方法可以帮助你止血。

1）直接加压止血法：

（1）对伤口直接施压，若没有敷料，用手掌直接对伤口加压，再设法找到敷料或干净手帕、纱布，以压住伤口5～10分钟。

（2）伤口较大的，可挤压伤口两侧，使它闭合，并且维持固定压力。

（3）用无菌或清洁敷料覆盖整个伤口，再用绷带包扎固定。绷带包扎必须松紧适度，以免影响凝血。

2）升高止血法：让患者适当而舒适地躺下，尽可能抬高受伤部位，并设法支撑住，以减低局部血压，减缓血流。

如何预防触电？

触电又称电击伤。是电流通过人体所引起的损伤。被低压交流电（220～380伏）触电的最多见，常因造成心室颤动而死亡。高压电触电多见严重烧伤或引起呼吸中枢麻痹、呼吸肌强直性收缩致呼吸暂停、窒息，继之因缺氧导致心脏停搏或室颤。因此做好安全用电防范措施事关重大。

（1）不可站立在潮湿的地方或用潮湿的手接触电器设备，如开关和插头。

（2）外皮脱落或裂开的电线，应尽早更新。

（3）在没有将电源关闭以前，切勿修理电器设备或零件。

（4）电器的修理或换新，应请专业的水电工人来处理。若保险丝断了不可以其他金属丝代替保险丝。

（5）拔插头时应手握插头取下，不可以猛拉电线。

（6）避免无知的儿童用手指或金属玩具拨玩电插座的孔穴。

（7）不使用的电器，务必隔绝电源，不用的电器插座，应加装安全护盖。

（8）选用有安全标志或有安全防护装置的电器用品。

触电了怎么办，如何急救？

一旦发生触电，千万别慌张，沉住气按以下方法进行急救。

1）解脱电源：

（1）低压电触电，应及时关闭电源总开关或拔去插头；或用绝缘原理使伤患者脱离电源，同时应防止救助者自身触电或误伤他人。

（2）高压电触电，应迅速报警，通知供电部门停电。此时救助者只能远离伤患者，只有在有关单位通知已无危险后，才能展开急救。

（3）如无法立即切断电源开关时，救助者可站在木箱、橡皮垫或报纸等干燥绝缘体上，用扫把或木椅，将伤患者的肢体推离电源。切记避免用金属品、湿东西或手接触伤患者。

2）现场急救：

（1）对轻型触电，神志仍清醒，仅感心慌乏力、四肢麻木者，应就地休息，严密观察1～2小时，以减轻心脏负担，促使患者恢复至正常状态后送医院，在心电监护下观察1～2天。

（2）对心跳呼吸停止者，在脱离电源后应立即在现场进行心、肺、脑复苏术。采取口对口（鼻）人工呼吸，有条件的可予以气管插管，应用高浓度正压给氧，正确地进行胸外按压术，并尽早使用胸外直流电去颤，头部放置冰袋降温。在早期复苏后，迅速送医院行 ICU 监护治疗。有条件者应迅速转入高压氧舱治疗。

如何预防失火？

水火无情，平时使用电器或火源时，千万要小心。做好安全防火工作。

（1）电线要时常检查，若有破损漏电的地方应立即更换。

（2）吸烟时不可乱丢烟灰、乱扔烟蒂，吸完烟时应随手将烟头熄灭，尤其不可躺卧或在床上吸烟。

（3）使用汽油或其他易燃物时，不要放在厨房或近热源，以免因热起火爆炸成灾。

（4）留心你所做的事。当炉子里煮东西时，不要分心去做其他家务事或远离厨房。用完煤气炉后应将开关关闭，并定期检查。不要用火柴或其他火焰检视煤气设备的裂缝。

（5）电器用具如熨斗、烤面包机、电炉等使用后，应立即切断电源。

（6）丢弃烟蒂时应确实弄熄，以免引起火灾。

失火了怎么办？

（1）先打火警电话119。救火最重要的时刻是刚起火的3分钟。

（2）炒菜时油锅突然起火，如无灭火设备，可将锅盖盖上或用棉被覆盖。

（3）一般物质引起火警，可用沙、土、水或棉被等浸湿后覆盖扑灭。

（4）屋内发生火警，无法自行扑灭的，应速找到最方便而安全的出口。

（5）发生火灾后，用手触摸门板感到烫手时切勿打开，因为它提示火焰已在门外，若贸然打开房门，火舌会立刻从门外冲入。此时必须将门缝用湿布塞紧，然后利用窗帘及床单结成临时逃生绳，沿窗户逃生或站在窗口，挥动明显衣物，等待消防人员救助。

（6）若房门不热，可将塑料袋充满新鲜空气，然后将塑料袋开口套紧脸颊，头部外围裹上湿大衣（或湿的浴巾、毛毯），以背向门之方式打开房门，迅速从室内楼梯或室外太平梯逃生。若找不到塑料袋，应用湿毛巾摺成三角形，围住口鼻，采取低姿势逃生。

（7）身上衣服已着火，切勿快跑，应迅速脱下或跳入就近水池浴盆内，使火熄灭。

溺水时怎么办，如何急救？

溺水是指人在水中因水进入呼吸系统而引起窒息，若不及时救治，将危及生命。溺水常发生在游泳或乘船时，也可因洪水暴发时发生意外。一旦发现有人溺水，必须尽一切可能进行急救。

1）迅速从水中救出溺水者，立即为其清除口腔、鼻腔内的水和泥沙等污物，并将其舌头拉出，确保呼吸道通畅。在救人时应注意，如果救助者不识水性，应大声呼叫周围人群一齐抢救；同时应寻找些木板或大件木制品、救生圈，丢在溺水者便于拿取的地方。如果救助者会游泳，应义不容辞尽快下水救人。下水前最好脱去衣裤、鞋袜。救人时不要正面接近溺水者，应从溺水者的背后靠拢推动溺水者，才是最安全而有效的救护方法。

2）迅速进行倒水动作，倒出患者呼吸道和胃内积水。倒水动作主要有：

（1）将溺水者俯卧，下腹垫高，头部下垂，并用手压其背部，使积水倒出。

（2）抱住溺水者的双腿，将其腹部放到救助者肩上，救

49

助者快步走动，使积水倒出。

（3）对呼吸或心跳停止者，立即施行简易的心肺复苏术。方法如下：①让溺水者取头低平卧位。②拳击复苏，救助者一手握拳，掌根朝下，用力叩击溺水者胸骨中下1/3处1～2次。③胸外心脏挤压。拳击后若溺水者未立即出现心跳和脉搏，应迅速进行心脏按压。④口对口人工呼吸。进行心肺复苏术必须连续、持久。有时需持续做数小时才能见效，因此最好是两人轮流做。在紧急救助时，应请人打电话给120，派救护车和医生前来抢救。

中暑时怎么办，如何护理？

中暑是指人体处于热环境中，突然发生高热、皮肤干燥、无汗及中枢神经症状。一般是在高温环境或受到烈日曝晒后引起的。如在烈日下长时间进行露天作业或长途跋涉，在高温车间里劳动，在闷热的公共场所内，或产妇在密不通风的房间中，均容易发生中暑。临床上依据中暑症状轻、重分为先兆中暑、轻度中暑及重度中暑。

如果处在上述环境中，并出现大量出汗、口渴、头昏、眼花、耳鸣、心慌、胸闷、乏力、体温略为升高时，表明已经先兆中暑了。如果体温升高到38.5℃以上，并有心跳加快、脉搏变细及尿液减少等早期循环衰竭的情况，那就进入了轻度中暑阶段。如果有高热、躁动、说胡话、抽筋、昏迷、无尿及呼吸循环衰竭，那就是重度中暑阶段了。

中暑的抢救原则是，立即脱离热环境，就地抢救，迅速降温，尽快使用降低病人体温的措施。

先兆中暑，应该立即撤离高温环境，转入通风的阴凉处休息，如在树荫下吹风，头部擦清凉油，口服盐糖水及清凉饮料，如绿豆汤、冬瓜汤等，还可内服人丹、十滴水、藿香正气水等。有早期循环衰竭，应送医院进一步抢救。

轻、重度中暑：应立即送医院给氧、吹电风扇、进入有空调的急救室。将冰袋放置患者头部及四肢大血管暴露部位，用冷水（4℃）加酒精擦抹四肢，还可用冷水（4～10℃）擦浴。对持续高热、抽搐的病人应采用体内中心降温，如用5%葡萄糖盐水（4～10℃），经股静脉向心性注入1 000毫升。用10%葡萄糖盐水1 000毫升在4～10℃的情况下进行灌肠。用10%葡萄糖水在4～10℃情况下1 000毫升注入胃内。根据病情使用药物积极治疗防止休克和并发症。

晕厥时怎么办，如何护理？

晕厥又称昏厥，是一种突发、短暂而完全性意识丧失的，可逆性大脑皮层功能紊乱。主要由于大脑一时性的广泛或局部供血不足，或脑代谢物质浓度不足引起的。晕厥虽然是突然发生的，但发作者大多数是由于疾病或体位、动作的突然改变，在一瞬间出现如头晕、眼花、心悸、出汗、眼前发黑或冒火星等先兆症状，接着突然失去知觉而摔倒在地。这种情况一般历时数秒钟至数分钟。

晕厥发作时，应让晕厥者平卧，将其头部略为放低，脚略抬高，以改善脑部血液供应。同时应注意保持空气流通，解开患者紧身的衣领，部分病人可很快恢复意识。也可通过针刺其人中、十宣，灸百会，让其嗅氨水等方法加速其恢复。

病人苏醒后，不要过早站立，以免复发。注意保持舒适的体位和保暖。休息片刻后，应上医院检查，查明病因，清除诱因，尽早治疗，以防晕厥的再次发生。

被毒虫蜇伤后怎么办？

夏季是毒虫活动频繁的季节，被毒虫蜇伤后应及时正确处理伤口，减轻痛苦，减少并发症的发生。

（1）蜂类蜇伤：被蜂蜇伤后可引起全身症状。蜜蜂、黄蜂、土蜂等尾部长有毒刺与毒腺相连，刺伤人后毒腺中的毒素通过毒刺注入人的皮肤，立即发生灼痛和奇痒，红肿，有水泡；若身体多处被蜇伤，可引起发热、头晕、头痛、烦躁不安、甚至昏迷。对蜂毒过敏者，可发生严重过敏反应，全身荨麻疹、喉头水肿与肺水肿、过敏性休克等。

被蜂蜇伤后，首先应迅速拔除毒刺，或用针将毒刺挑出。勿挤压蜇伤处，以免使更多的毒液进入血液。其次应弄清是蜜蜂还是黄蜂，然后给予处理。蜜蜂蜇伤的，局部用3％氨水洗敷或肥皂水；黄蜂蜇伤的，局部涂1％醋酸。也可将中草药鲜马齿苋、夏枯草、野菊花叶，任选一种捣烂外敷。红肿疼痛难忍可用毛巾浸冷水湿敷。如全身不适，应到医院进一步处理治疗。

（2）蜈蚣咬伤：蜈蚣咬伤后，所分泌的毒液通过毒爪尖端注入人体而引起中毒。局部出现剧痛、红、肿、水泡及坏死，常继发淋巴管炎及淋巴结炎，甚至出现发热、头痛、恶心、呕吐、甚至昏迷，个别的可发生过敏性休克。

蜈蚣咬伤后应立即用拔火罐拔出毒液，并用3％氨水或5％碳酸氢钠溶液涂抹。局部给予冷敷，也可用中药雄黄、细辛等粉碎为细末，加水调敷患处，有止痛消肿作用。疼痛剧烈者应到医院诊治，可用2％普鲁卡因溶液，或复方奎宁注射液，或长效普鲁卡因注射液局部封闭。有过敏征象者，用抗过敏药物。严重者静脉补液，内加维生素C、肾上腺皮质激素等。

(3) 蝎蜇伤：蝎蜇伤常难以估计其预后，尤其是儿童，严重者可因呼吸、循环衰竭而死亡。所以应立即送医院按重症处理。

蝎蜇伤后应予紧急护理。立即在离伤口5～10厘米的近心端绑扎布带、绳子或止血带，以防毒汁随静脉血及淋巴液回流，但绑扎不要太紧，以压住静脉，阻止静脉回流和淋巴回流为度，每20～30分钟放松1～2分钟后再绑扎。

立即拔出毒针，用碱性肥皂水或1：5 000高锰酸钾液冲洗伤口。

局部给予冷敷，应用止痛剂和抗菌药物。

被毒蛇咬伤后如何处理？

毒蛇咬伤中毒是我国南方农村、山区和沿海一带的常见病，多发生在夏秋的凌晨或夜间。毒蛇咬伤能使人中毒，甚至危及生命。因此掌握正确的急救处理方法，以减轻或控制中毒症状，是非常重要的。

被蛇咬后，头脑要保持冷静。首先弄清楚是毒蛇还是无毒蛇。毒蛇头部一般呈三角形，颈部较细，如五步蛇、腹蛇、竹叶青、蝰蛇、海蛇等；无毒蛇的头呈椭圆形，但也有例外，如金环蛇、银环蛇是毒蛇，但它们的头部不呈三角形。因此也可以通过被咬处的齿痕鉴别有毒蛇还是无毒蛇。毒蛇有毒腺和毒牙，上颚有两颗前牙比其他牙齿粗而长，咬后留下两排牙痕，顶端有两个特别粗而深的牙痕。如果被咬处仅见到较细或成排的齿痕，则说明是无毒蛇所伤。

被毒蛇咬伤后，现场急救关键是做好局部处理，尽可能阻止蛇毒向体内扩散。

(1) 迅速找根带子，或绳子结扎在伤口近心端2～3厘米处。若手指被咬，则带子应扎在指根处；若前臂咬伤，应结扎在肘关节上方；若小腿被咬伤，则结扎在膝关节上方。但要注意每15～20分钟放松1～2分钟，以免肢体缺血坏死。

(2) 伤口用水冲洗。可用清水、泉水、盐水、肥皂水、茶水等，如有条件可用1∶1 000高锰酸钾、双氧水、1∶5 000呋喃西林溶液或生理盐水冲洗。

(3) 伤口局部冲洗后，用碘酒、酒精消毒并以牙痕为中心作"十"字形切口扩创，用负压反复抽吸毒液。如条件限制可用刀片在火焰上烧红后，在伤口上作"十"字形切口，再在周围作几个小切口，让蛇毒流出。在紧急情况下也可用嘴来吸吮伤口，因口腔唾液能破坏蛇毒，只要吸吮后立即吐出，漱口，并无危险。但是口腔或嘴唇有破损，或牙齿有病时，不能用此法，以免引起中毒。五步蛇和蝰蛇咬伤，一般不扩创，以免伤口流血不止。

(4) 若家中备有季德胜蛇药片或上海蛇药，可酌情服用。同时应尽快将病人送入医院进行进一步处理。

被疯狗咬伤如何救治？

被狗或疯狗咬伤患狂犬病死亡的事件已屡见不鲜。狂犬病从被疯狗咬伤到发病需经6～90天的潜伏期，在这期间内应尽快到当地卫生防疫站作预防狂犬病疫苗注射，不得贻误！

万一被疯狗咬伤，应做如下处理：

（1）立即用肥皂水反复冲洗伤口，并挤压出血；也可用40％～70％酒精或米醋直接冲洗。不管伤口大小和深浅均不可缝合，也不宜包扎。

（2）被疯狗撕裂的衣服，应及时更换，煮沸消毒，防止再接触皮肤、粘膜发生"非咬伤性接触感染"。

（3）伤口清洗后，应立即到当地卫生防疫站，按规定在受伤部位进行抗狂犬病血清浸润注射，不少于5毫升。注射完毕后的当天或第二天开始注射狂犬疫苗。

（4）使用狂犬病疫苗要求"宁早勿迟"，坚持全程注射。一般于咬伤当天及第3、7、14、30天各肌注狂犬病疫苗1次。如果咬伤者用过抗狂犬病血清，需加强注射2次，时间是在被咬伤后第40、50天，全程共7次。

（5）在注射疫苗过程中，应避免劳累、受寒和饮酒，以免影响疗效。

破伤风如何预防及护理？

破伤风是由破伤风杆菌自伤口侵入人体所引起的一种急性特异性感染。伤口一般窄小而深，有异物存在。常见于劳动中被木头刺伤、锈钉刺伤、烧伤、不洁的人工流产、不按无菌法处理新生儿脐带以及动物咬伤等。破伤风杆菌在创口内经过大约1～2周（最短24小时，最长可达数月）的潜伏期，细菌繁殖并产生外毒素，而出现症状。破伤风早期的典型症状，从咀嚼肌痉挛开始，开口不便，以后出现牙关紧闭，不能进食。随后出现"苦笑"面容，"角弓反张"，严重的则可引起呼吸困难，甚至窒息。

正确处理各种伤口和预防注射破伤风抗毒素是预防破伤

风的两项有效措施。

（1）正确处理伤口：应将创口敞开，除去所有异物和一切坏死组织，并用3％双氧水冲洗。对于污染严重，受伤时间较长的伤口，不能达到彻底清创要求的，不应缝合。为抑制厌氧菌生长可用双氧水及高锰酸钾溶液湿敷局部。

（2）预防注射：注射破伤风类毒素是最可靠的预防方法，也称为自动免疫法。一次注射后，体内即产生抗毒素，3个月内抗体达最高峰，12个月后又逐渐下降，故需重复予以强化。注射方法是每月1次，共3次，第一次0.5毫升肌内注射，以后两次各1毫升，第二年再注射1毫升以强化，体内抗体水平可维持5～10年。以后每隔5～10年强化注射1毫升。

还有一种称为被动免疫法。受伤后肌内注射破伤风抗毒素（TAT）1 500单位，在体内维持时间6天。注射前要先做皮内试验。如为阴性，可一次注射破伤风抗毒素；如是阳性，需作脱敏注射法。

破伤风的一般护理：病人住隔离病房，减少一切刺激，保持安静，室内光线宜均匀柔和，避免强光照射，各种动作包括走路、说话都要轻巧、低声。室内要按接触隔离制度要求。密切接触病人时须穿隔离衣，所有器械及敷料均需专用，使用后要先浸泡消毒，清洗后高压灭菌。敷料应焚烧，严格防止交叉感染。

什么叫人工呼吸，有几种方法？

人工呼吸：即患者自然呼吸遭到某种原因被抑制或停止后，用人工方法使其继续呼吸来维持机体的气体交换，以改善缺氧状态，并排出二氧化碳，进而为自主呼吸的恢复创造条件的一种方法。

人工呼吸方法分为一般人工呼吸法和加压人工呼吸法。

一般人工呼吸法有口对口呼吸法、仰卧压胸法、俯卧压胸法、举臂压胸法。

加压人工呼吸法有简易呼吸器加压法、面罩加压呼吸法、气管插管加压呼吸法。

什么叫口对口人工呼吸法，如何操作？

口对口人工呼吸法是将空气由术者的口直接对准病人的口吹入肺中，再利用肺脏的自动回缩，而将气体排出。在没有设备的情况下，适用于无呼吸道阻塞的病人。

操作方法：

（1）病人仰卧，术者一手托起病人下颌使其头部后仰，气管伸直，防止舌头后坠堵塞呼吸道。

（2）用托下颌的拇指，张开病人的口唇以利吹气。

（3）病人口上盖以纱布或手帕（无条件时可不用），术者用另一手捏紧病人鼻孔以免漏气。

（4）术者深吸一口气后，将口紧贴在病人的口上吹入，直至其胸部升起。

（5）吹气停止后，术者头稍向侧转，并松开捏病人鼻孔的手。由于肺部弹性回缩作用，自然出现呼气动作。病人肺内的气体则自行排出。对小儿吹气勿过猛，以免肺泡破裂造成肺气肿。成人每分钟吹气14～16次，小儿可适当增加次数。

什么叫胸外心脏按摩，如何操作？

用人工的方法有节律地在胸外对心脏进行挤压以代替心

脏的自然收缩，从而达到维持循环的目的的一种手法，称胸外心脏按摩。胸外心脏按摩适用于各种原因所致的心跳骤停。

操作方法：

在紧急情况下，仅一人在场时，首先用拳头叩击胸骨下段 4～5 次，然后再施行口对口人工呼吸法。

将病人平卧于地上或硬板床上，若为软床应于病人背部垫上木板，使病人仰卧，去枕，头低足部略高。术者将左掌根部放于病人胸骨下 1/3 段，右掌压于左手背上（即双手交叉重叠按压胸骨）。术者前臂与病人胸骨垂直，有节奏、均匀地带有冲击式动作将病人胸骨向脊柱后方垂直下压，以使胸骨下陷 3～4 厘米为宜，每次按压后迅速松手，使胸骨复位，以利心脏舒张。按摩速率每分钟 60～80 次，小儿为每分钟 100 次。

胸外心脏按摩的注意事项有哪些？

行胸外心脏按摩时应注意以下几点：

（1）压迫的部位方向必须准确。挤压力量要合适，切勿过猛。用力过猛可造成肋骨骨折、组织损伤、气胸或血胸等；若用力太轻，则往往无效。

（2）压迫时应带有一定的冲击力，使心脏受到一定的震荡，以激发心脏搏动。

（3）按压与放松的时间应大致相等，每分钟 60～80 次为宜。以免心脏舒张期过短，回心血量不足，影响挤压效果。

（4）新生儿或婴幼儿可用 2～3 个手指按压，即可达到挤压目的。

（5）单纯作胸外心脏按摩，不能得到良好的气体交换以满足机体新陈代谢的需要，因此必须在施行胸外心脏按摩的同时，施行口对口吹气或其他有效的人工呼吸。

什么叫心肺复苏术（CPR）？

心跳呼吸骤停是临床上最为紧急的情况，如没有得到及时正确的抢救，病人将因全身缺氧而死亡。心跳停止后由于心脏丧失了排血功能，全身循环突然中断，呼吸中枢因没有血液供应而丧失功能，呼吸亦很快在几分钟内停止。反之，如呼吸先停止，由于呼吸功能的丧失，全身各器官包括心脏都严重缺氧，心脏在短时间内也将停止跳动，二者密切相关。

心肺复苏术是心跳呼吸骤停现场抢救的有效方法。其目的是用人工的方法立即重新建立病人的呼吸和循环，恢复其全身各器官氧的供应，同时尽快地使心跳和呼吸恢复。当抢救初步成功，心跳、呼吸恢复后，应在医务人员的监护下将病人送往各急救中心或重症监护室，继续抢救治疗。

现场抢救的关键是抢救方法要正确，人工建立病人的呼吸和循环时间要短，最好在 8 分钟内建立起病人的全身循环和氧的供应。现场抢救对心跳和呼吸的复苏术必须同时进行，下面就将有关心肺复苏术的步骤、方法介绍如下。

心肺复苏术（CPR）

进行步骤

检查患者有无意识 →（无）呼叫救援 → 畅通呼吸道（A） → 检查呼吸（B）

患者有意识：
1. 迅速检查伤势
2. 按顺序进行急救工作
3. 安排送医院

患者若俯卧则翻成仰卧

检查呼吸：
（有）
1. 维持呼吸道畅通
2. 安排送医院

（无）吹两口气入患者肺中（C）
- 气吹不进 → 异物梗塞处理 → 施行人工呼吸
- 气能吹进 → 检查颈动脉
  - （有）
  - （无）→ 施行心肺复苏术

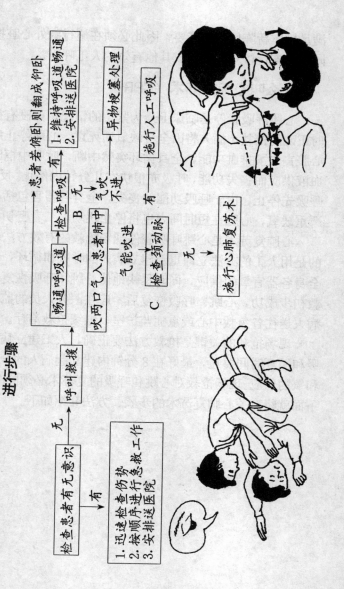

60

心肺复苏术进行方法

1. 检查患者有无知觉

轻拍患者肩部并大声呼叫他"张开眼睛",患者若有反应,了解状况后安排就医。若无反应,则进行下列步骤。

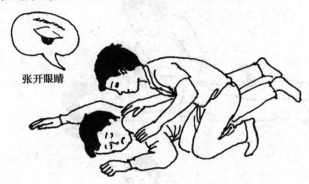

2. 求救

只有1人时喊"救命"，若旁边有人则请其打电话通知"120"，请求救援，并将患者置于适当的姿势。

3. 翻转患者成仰卧姿势

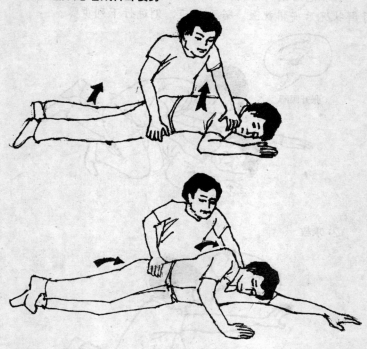

如果患者面部朝下俯卧，则必须将他翻身仰卧，将患者身体当作一个整体来翻身，如此可以避免扭曲身体，使伤势恶化。方法如下：

（1）面向患者，跪在患者腰侧。

（2）将患者双腿放直。

（3）将患者靠近急救员这边的手臂伸直至其头部。

（4）急救员向前倾，将一手置于伤患外侧肩部，另一手置于伤患外侧臀部。

（5）缓慢且均匀地将患者整个身体往急救员的方向翻转。

（6）将患者翻转至侧卧时，将原置于肩部的手移到患者头后部及后颈，以支撑头后部及后颈，使患者仰卧。

（7）将患者原伸直在头部的手臂复原，置于其身侧。

（8）将患者背朝下仰卧，必须尽快进行，应在10秒钟内完成。

4. 畅通呼吸道

压额提下巴
畅通呼吸道

推颚法
畅通呼吸道

使患者仰卧后应立即畅通其呼吸道，这是进行人工呼吸能否成功的最重要步骤。有下列方法：

1）压额头提下巴：如此可使舌头被拉起，以免压住喉咙；进而使呼吸道畅通。方法如下：

（1）急救员将靠近患者头部的手放在患者前额上，以手掌力量稳定地向下压，使患者的头向后仰起。

（2）以另一手的食指与中指2指放在下巴骨上，将下巴抬起往前推。

（3）将下巴抬起直至上下牙齿几乎闭合，但不要使患者的嘴巴闭起，必要时可用拇指维持嘴巴张开。切勿施压力于下巴下面的软组织上，否则反而会使呼吸道阻塞。

2）推颚法：如果怀疑患者有颈椎骨折，则不可使头太向后仰，改为推颚法，急救员以双手的第2至第4个手指，抓住患者耳垂前的下颚角处用力向上抬，下颚便向前移动，此时下颚之牙床会突出于上排牙床之前。操作时不要抓到下颚的水平位，否则反而会使嘴巴闭合，此法不致于使头部后仰。假如患者双唇紧闭，可用两手的拇指把下唇拉开。怀疑颈部受伤者，以此法畅通呼吸道较为安全。

5. 检查呼吸 3～5 秒钟

1 看——患者胸部或腹部有无起伏。

2 听——患者有无呼吸声音。

3 感觉——用脸颊接近患者鼻孔及口，感觉有无呼出之

64

气流。如果患者有呼吸，维持呼吸道畅通，送医院处理。如果呼吸停止，则应进行下一步骤，施行人工呼吸（口对口、口对鼻、口对口鼻之3种方式，依需要而定）。

6. 连续吹两口气

注意患者之胸廓要膨起才有效

压额之手以拇指与食指捏住患者鼻孔，张口深吸一口气后罩紧患者之口吹气，同时用眼角注视患者之胸廓，要膨起才有效！吹气后急救员应将嘴唇离开患者之口。第1次要连续吹两口气，两口气吹完，将鼻孔放松，注意胸廓有无下降；吹1口气的时间是1.5～2秒，如吹气受阻时，重新畅通呼吸道再吹，如不成功则实行异物梗塞处理。

注意患者之胸廓要膨起才有效

7. 检查有无脉搏约5～10秒钟

（1）压在前额的手不动，继续维持头后仰，用另一手之食、中2指寻找颈动脉。首先，将手指置于喉结处（女性也有喉结，只是较不明显），接着手指滑到气管及颈侧肌肉之间形成的沟内，即可找到颈动脉。

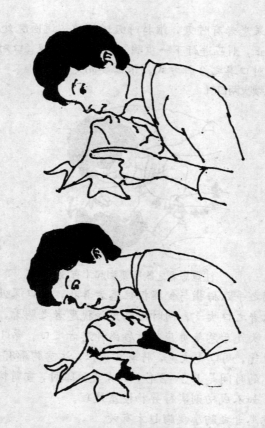

　　（2）以手指轻按来感觉颈动脉搏动。切记，只检查近侧的颈动脉，并且不要用拇指去检查脉搏（因为用拇指会感觉到自己的脉搏）。检查有无脉搏至少 5 秒钟，但不能超过 10 秒钟。

　　（3）请人打 120 电话求救。

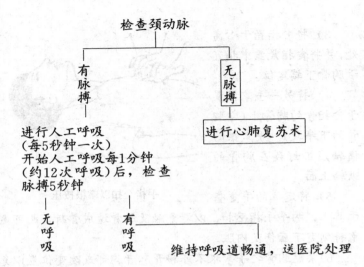

检查颈动脉

有脉搏 无脉搏

进行心肺复苏术

进行人工呼吸
（每5秒钟一次）
开始人工呼吸每1分钟
（约12次呼吸）后，检查
脉搏5秒钟

无呼吸　有呼吸

维持呼吸道畅通，送医院处理

重复人工呼吸
直到：
(1)患者开始自己呼吸。
(2)有另一受过急救训练的急救员接手。
(3)急救医疗专业人员接手。
(4)急救员已精疲力竭无法继续。

8. 实施心肺复苏术

找出正确的胸外按摩位置，进行胸外按摩及人工呼吸。

1）利用靠近患者下肢的手指，由患者腹部找到肋骨下缘。

2）以食指和中指顺肋骨边缘向上滑行到肋骨与胸骨交会的心窝处。

3）将中指置于心窝
处,并将食指紧靠中指置
于胸骨下端定位。

4）将另一手掌根置
于食指旁的胸骨上(即胸
骨的下半段)。手掌根的
横轴应正好放在胸骨的
纵轴上面。

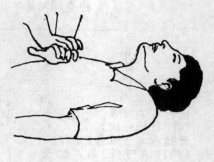

手指交扣以掌根按压

5）将定位的手重叠
于其上,两手手指互扣,以避免触及肋骨造成骨折,也可避
免将剑突下压伤及内脏。

6）紧贴胸骨之手掌根不可移开患者胸部或改变位置以免
失去手的正确姿势。

7）正确的按压姿势:

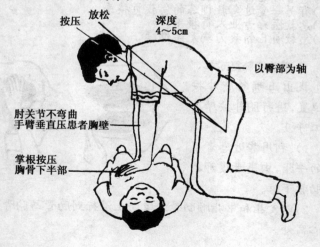

按压　放松　深度 4～5cm

以臀部为轴

肘关节不弯曲
手臂垂直压患者胸壁

掌根按压
胸骨下半部

68

（1）急救者跪于患者肩部一侧，双膝分开如自己肩宽。

（2）肘关节伸直，并使肩膀保持与患者胸骨成垂直，利用肩与腰之力下压，而非手臂肌肉的力量。

8）实施胸外按摩。以每分钟80～100次的速率，实行15次的胸外按摩，同时口里数着1下，2下，3下……10下，11，12，13，14，15，以数次数并控制速率，念第一个字时下压，第二字时放松，即下压与放松时间各占一半。

9）按摩15次实施2次人工呼吸，如此人工呼吸与胸外按摩循环进行，重复15次按摩，2次吹气的循环，每次循环所用时间为11～14秒钟。

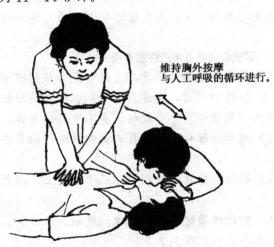

维持胸外按摩
与人工呼吸的循环进行。

9. 评价

1）进行心肺复苏术后第1分钟检查效果5秒（1人操作约4个循环），以后每4～5分钟检查一次。

2）如无脉搏，则继续进行心肺复苏术。

3）如有脉搏，则检查呼吸3～5秒钟，若有呼吸，则停止心肺复苏术，密切观察患者呼吸、脉搏状况，并维持其呼吸道通畅。

4）若有脉搏而无呼吸则依人工呼吸的速率进行人工呼吸，并且每分钟检查脉搏以评价效果。

（1）进行口对口人工呼吸，成人每5秒钟1次（1分钟12次），小孩每4秒钟1次（1分钟15次），婴儿吹气较浅，每3秒钟1次（1分钟20次）。

（2）在患者恢复自行呼吸前要继续吹，绝不放弃施救，直至医生到达现场。（很多人经过几小时的人工呼吸，才能复苏）。

10. 实施心肺复苏术应注意事项

（1）胸外按摩不可压于剑突处以免导致肝脏破裂。

（2）胸外按摩时，患者需要平躺在地板或硬板上，如在弹簧床上则肩背部需垫有硬板，头不可高过身体。

（3）胸外按摩时不宜对胃部施以持续性的压力，以免造成呕吐。

（4）胸外按摩时，手指不可压于肋骨上，以免造成肋骨骨折。

（5）胸外按摩时用力需平稳、规则、不中断，压迫与松弛时间各半，不宜猛然加压。

（6）胸外按摩时施救者应跪下，双膝分开与肩同宽，肩膀应在患者胸部正上方，手肘伸直，垂直下压于胸骨上。

（7）心肺复苏术开始后不可中断7秒（上下楼等特殊状况除外）。

(8) 即使 CPR 做得很正确，你有时会听到爆裂声或碰裂声，如果发生这种情形，请你立刻停止，检查手的位置再继续。如果手的位置是正确的，这声音可能来自于肋骨自胸骨分离所造成，以后会自动愈合。有时正确的姿势也会造成肋骨骨折，尤其是老年人和慢性疾病的病人，但会自动愈合。如果因害怕会造成病人的伤害而不做 CPR，才真正会导致死亡。

11. 成功 CPR 的症候

(1) 每次压胸骨，你应可感到颈动脉有脉搏(像颤动)。

(2) 肺脏会扩张。

(3) 瞳孔可反应或呈现正常。

(4) 重获正常心跳。

(5) 发生自发性的喘气。

(6) 病人的肤色进步或回复正常。

(7) 病人可自行移动手、脚。

(8) 病人可尝试吞咽。

记得成功的 CPR 不代表病患可治。"成功"仅代表你的做法正确。

CPR 的目的乃在某些有望快速得到抢救复苏术的关键时刻，避免临床上已死的人发生生物学上的死亡。

12. 终止心肺复苏术的情况

(1) 患者已恢复自发性呼吸与心跳。

(2) 有别人接替 CPR 的工作。

(3) 运送到医院或急救中心。

(4) 急救员已精疲力竭无力施行 CPR。

(5) 医师宣布死亡。

大人、小孩与婴儿心肺复苏比较表

步骤		大人（包括大于8岁小孩）	小孩（小于8岁）	婴儿（小于1岁）
（一）畅通呼吸道，观察有无呼吸3～5秒		头颈部必须极度伸展。	同左	因呼吸道柔韧，中等度伸展即可。
（二）吹气入肺		（1）吹气前须深吸一口气。 （2）吹气时嘴巴必须紧密罩住患者嘴巴。 （3）最初先吹两口气（1.5秒～2秒/次）。 （4）人工呼吸速率每5秒钟1次。	（1）同左 （2）同左 （3）同左 （4）人工呼吸速率每4秒钟1次。	1.用口对口鼻人工呼吸法，以普通气量甚至口腔内之气量即可。 2.先吹两口气。 3.人工呼吸速率每3秒钟1次。
（三）触摸颈动脉5～10秒		颈动脉	同左	肱动脉或心前脉搏（心跳）
（四）胸外心脏按摩	（1）位置	胸骨下半段，胸骨切迹上旁开一横指。	胸骨下半段，胸骨切迹上旁开一横指。	因肝脏大，使心脏上移，故压迫在乳头连线下旁开一指的胸骨上。
	（2）深度	4～5厘米	2.5～3.5厘米	1～2.5厘米
	（3）手法	两手互扣，其中一手之手掌根与胸骨接触。	仅用一手之掌根。	示（食）中两指（或两手环绕婴儿胸部，利用两大拇指）。
	（4）力量	36～54千克	9～11千克	4.5～6.8千克
	（5）速率	80～100次/分（15：2）	100次/分（5：1）	100次/分（5：1）

三、内科疾病护理常识

什么是肺炎，得了肺炎应注意什么？

在人的呼吸道里，居住着肺炎球菌等许多细菌。当人体由于受凉（如淋雨），抵抗力下降时，它们就乘机作祟，在肺脏里大肆繁殖，不断释放毒素，结果使人得了肺炎。由于它的病变范围常常累及肺的一叶或更多的叶，所以又称为大叶性肺炎。老年人、幼儿及久病衰弱的人，因为他们的呼吸道防御功能低弱，加上全身抗病能力低，当患了呼吸道轻微的疾病如感冒、急性支气管炎时，痰液不易咳出，就会发生支气管肺炎，病情严重的，甚至可造成死亡。

得了肺炎有发热（年轻人常常有高热，老年人可以不发热或仅有低热）、寒战、胸痛、咳嗽。严重的血压下降可出现休克，白细胞升高，胸部透视可见炎症阴影。此外，大叶性肺炎典型的临床特征是有三分之二的病人于得病后 2～3 天会咳出铁锈色痰。

治疗肺炎病主要的是应用抗菌素。在药物治疗的同时，要让病人完全休息，胸痛时可取患侧卧位，以减轻疼痛。高烧期间需吃易消化清淡流质饮食，让病人多饮水以利于毒素排出。此外还应服止咳祛痰药。要注意口腔清洁卫生。若病情严重出现脱水或休克时，应立即送医院抢救治疗。

什么是过敏性哮喘，如何预防哮喘发作？

在人们所呼吸的空气里，含有多种杂质。春天来了，竞相争妍的花朵，把它们的花粉撒向空中，当人们呼吸时，这些粉尘也随空气进入气管及肺，使人发生过敏反应；立秋后尘螨数量亦明显增加，它多隐藏在床褥或被单中，尘螨亦是诱发哮喘的过敏源。另外，气候的变化，尘埃及烟雾等对过敏的人来说也是一个不利的非特异性刺激，从而可引起过敏性哮喘。

哮喘是一种过敏性疾病。如何预防呢？首先应做到生活起居有规律。防止着凉感冒，避免疲劳，尽量不接触尘埃及烟雾。平时应经常晒被褥、枕头，并保持室内清洁干燥，减少尘螨滋生。居室周围花草多时，可在门窗上挂块窗布，把随风吹进去的花粉粘住，以防飘入室内被人吸入。易过敏的人去公园或野外活动时，应佩戴口罩，以防吸入花粉。

此外，现有的医院，把各种花粉、尘土、羽毛、棉絮、动物毛屑、枕垫填充物细末等等制成浸出液，配成各种浓度的过敏注射试剂，在皮肤上划痕或注射到皮内观看其反应，找出病人到底因什么过敏，进而进行脱敏治疗。经一些医院观察，注射这类脱敏液半年或一年以上，部分哮喘病人可以好转。若能确切地找出对某种物质过敏，并避开与之接触，可使症状完全消失。

支气管哮喘急性发作时应采取哪些办法？

支气管哮喘急性发作时，病人可突然感到胸闷，气促，咳嗽多痰或干咳，严重时口唇、手指末端出现紫绀，患者被迫采取坐位或端坐呼吸等。体检听诊两肺有广泛性哮鸣音，如合并呼吸道感染，还可以听到湿啰音等。

一旦出现上述症状，应立即采取急救措施。

（1）迅速让病人离开过敏源。因为有一部分病人哮喘发作是由于外界中的花粉、尘螨、动物毛屑、工业粉尘或气体等引起的。一旦脱离这些环境，病人的症状也可有程度不同的减轻。

（2）哮喘发作时往往伴有缺氧，应急时将家中备用的氧气袋接鼻导管给氧吸入，调整吸氧浓度1.5～2升/分。

（3）哮喘发作严重时，一些病人伴有紧张、恐惧、烦躁不安等，可给予精神安慰，解除其顾虑，避免不良的精神因素而加重病情，让病人冷静，积极配合治疗。

（4）支气管哮喘发作时突出表现为小支气管平滑肌痉挛，可给予支气管扩张气雾剂，快速解除支气管痉挛。常用的雾化吸入剂有喘乐宁、喘康速等数种，可以根据自己情况择用一种迅速吸入2～3次即可。

如果症状不能改善，应尽快送往附近医院抢救。

哮喘病人如何正确使用止喘气雾剂？

止喘气雾剂的主要成分是异丙基肾上腺素。这种药对支气管有解痉作用。哮喘发作时，吸入后能立即见效，病人顿时感到呼吸通畅。但其效力持续时间很短，仅仅1小时左右。

病人往往对这种药产生依赖性，一旦哮喘发作便随时服用。如此经常服用，特别是大剂量反复使用，很容易产生耐药性，使药效降低。病人只有通过增加服药次数和加大用量来解除症状，结果吸入过多，引起头痛、恶心、心慌、咽喉发干等不良反应，甚至产生严重的毒性反应，发生突然死亡。所以，使用这种药应当特别注意。

止喘气雾剂的正确使用方法：吸入时每次1～2喷，每日2～3次，重复使用的间隔时间不得少于2小时。如果吸入2～3次后无效时，就不要再用了，切不可随意增加服药次数和用量。应改用其他治疗措施。不要让儿童自己使用，应由父母或其他成年人给儿童使用，以免喷的次数过多。在用药过程中，哮喘仍然频繁发作时，应及时请医生检查，是否是用过量所致。患冠心病、肺心病、心肌炎、心功能不全，心率每分钟在120次以上和甲状腺机能亢进病人都应禁用。

这种药受热或见光后容易变质，应放在阴暗处，避光保存。

慢性气管炎是怎么得来的？

慢性气管炎是由于反复呼吸道感染，引起急性支气管炎，而没有及时治疗，以后又多次感染而逐渐形成的。另外，研究证明，这种病与吸烟也有关系。据统计，吸烟开始年龄越早，吸烟量越大，发病率就越高。还有烟雾、粉尘、有害化学气体如氮气、二氧化硫等长期刺激，可损害呼吸道粘膜，使呼吸道防御功能降低引起支气管粘膜的慢性炎症。到了冬季，冷空气的刺激或气候变化可导致慢性气管炎症状急性加重。

有慢性气管炎病人会长期咳嗽、咳痰，痰液一般为粘液样。如果病人病情反复发作，可发生肺气肿和肺源性心脏病。

得了慢性气管炎的老年病人应注意什么？

得了慢性气管炎的老年病人应注意以下几点：

（1）要注意保暖，预防感冒。因为有 80%慢性气管炎的急性发作是由于上呼吸道感染引起的。预防感冒的方法很多，可以接种死卡介苗、气管炎菌苗等，均有一定的效果。

（2）一旦出现上呼吸道感染的征象，应立即用药控制，适当休息，以防止感染的发展。

（3）必须戒烟。

（4）加强锻炼，做呼吸体操、气功等，以增强体质，提高抗寒能力。

（5）最好到附近医院透视和请医生检查，看看是不是有其他肺部疾病，如肺炎、肺结核、肺癌等。

（6）保持室内空气新鲜，定期进行空气消毒，如用食醋熏蒸，每立方米空间需 5～10 毫升食醋，艾条点燃置于房间内，对预防感冒，消毒空气有一定效果。

呼吸操对防治老年慢性气管炎有什么好处？

呼吸操主要是锻炼胸部呼吸运动和横膈运动。一般人在安静时肺通气量的 60%是靠横膈上下运动来完成的。因此，锻炼横膈，使它的活动幅度加大是很重要的。

呼吸操不但能改善呼吸功能，对血液循环和消化、神经系统也都有好处。坚持做呼吸操，对防治老年慢性气管炎是有一定效果的。

怎样做好呼吸操？

呼吸操的种类很多，我们把呼吸操总结为 4 句话。

（1）先呼后吸，吸鼓呼瘪。操练开始，先呼气，然后吸气；吸气时横膈下降，腹部鼓起，呼气时横膈上升，腹部瘪陷。

（2）呼时经口，吸时经鼻。

（3）呼比吸长，速度宜缓。呼气比吸气时间长一些，大约为 2：1；呼吸速度不可太快，每分钟约 7～8 次。

（4）细呼深吸，不可用力。呼气时将嘴收拢，像吹口哨那样，细细呼气，要深吸气，不可用力。

吸烟对气管炎有影响吗？

烟草中含有大量有害物质，这些物质可刺激和损伤呼吸道粘膜，结果使呼吸道防御功能遭到破坏。病毒、细菌和一些有害的物质就乘虚而入。加上排不出的痰是病毒、细菌的"高蛋白饮食"，而损伤的上皮是病毒、细菌寄生的好环境，病毒、细菌就会在这里进行大量繁殖，使人很容易发生感冒、气管炎这类呼吸道疾病。有人统计，吸烟时间越长，吸烟的量越大，得病的可能性就越多。吸烟的人比不吸烟的人得慢性气管炎的要多 2～3 倍。

患有呼吸系统慢性炎症的人，如果不吸烟，立刻就会感到咽喉清爽，胸部舒适，呼吸畅快，真是治病不如防病。

什么是流行性感冒？

流行性感冒也称为"流感"，它与一般感冒不同，是由一种叫流行性感冒病毒引起的，所表现的症状也比普通感冒要重得多。

得了流感会出现突然发冷、高热，甚至剧烈头痛以及全身肌肉关节酸痛，多数病人也有打喷嚏、流涕及鼻塞，并有恶心、咳嗽，不想吃饭。发热和全身痛要2～3天到一周才逐渐好转。病人会感到全身无力。

如果碰到抵抗力弱或体弱小孩，很可能发生肺炎、气管炎等甚至波及脑子和心脏，所以比较危险。得了流感也会使原有的病加重，甚至死亡。

治疗"流感"与一般感冒差不多。"流感"病人应卧床休息，减轻机体消耗，避免病情加重，多喝开水有利于毒素排出。可吃些易消化的流质食物。头痛、全身酸痛和发烧的可以服些止痛退热药。咳嗽严重、痰多、呼吸困难、抽风患者，以及老年或小孩患者则应及时到医院请医生就诊。

"流感"的传染性很强，所以在"流感"流行时，尽量避免去人多的地方，如电影院、大商场、集市等。这个时期出门最好戴口罩，尽量避免去病人家探望，防止传染上疾病。

什么叫支气管扩张？

支气管扩张是一种常见的慢性支气管化脓性疾病，是指支气管和周围肺组织的慢性炎症，一般多见于儿童和青年。主要表现为慢性咳嗽、咳痰、反复咯血3大症状。

（1）慢性咳嗽和咳痰：是本病的典型症状。咳嗽多呈阵发性，如感染不能控制，病情会呈进行性加重，咳嗽也越来越加剧，咯痰量也增多。特别是变换体位时，如晨起床和夜间就寝咳痰量更为显著，痰多呈黄绿色、脓性，并有恶臭味。

（2）咯血：有90％病人都会有咯血，咯血量多少不一，有的痰中带血丝，有的可大量咯血。一般呈间歇性。感染严重者，表现为反复大量咯血。

（3）全身中毒症状：常因反复感染未能控制所致。如发热、消瘦、盗汗、头晕、精神欠佳、食欲差、贫血等。

（4）血化验检查：白细胞增多，血沉增快，痰培养可找到细菌如肺炎双球菌、流感嗜血杆菌、绿脓杆菌等。

得了支气管扩张病，应注意休息，避免过度劳累，增加营养，戒烟酒，预防感冒，要应用抗生素治疗，咳嗽咳痰应用止咳化痰药。可以根据病变部位，按医生的指导采取不同体位排痰。病情加重、反复咯血的应上医院治疗。

什么叫体位排痰，体位排痰应注意什么？

体位排痰是治疗肺化脓性疾病的一种方法。根据肺部病变的不同部位，采取相应的固定体位，置病变于肺门平面以上，借助脓液的动力作用，使脓腔中的脓液流进支气管，通过咳嗽动作将脓液排出体外。这对促进肺部炎症的吸收，改善全身中毒症状有着重要意义。

体位排痰中应注意以下几点：

（1）根据病变的部位，指导病人卧向相应肺段支气管易于引流的体位，即患肺处于高位，引流支气管口处低位，便于腔内脓液排出。

（2）协助病人取固定体位，嘱病人行间歇深呼吸并尽力咳痰，同时轻轻拍脓腔相应部位的胸背部，借以使脓液易于排出。

（3）体位排痰每次15～30分钟，每日2～3次。

（4）体位排痰方法应每日坚持进行。

（5）体位排痰须空腹进行，因进食后可引起恶心、呕吐等不适反应。

（6）排痰过程中观察痰的颜色、气味、性状并记录痰量。要注意病人反应，如出现面色苍白、出冷汗、头晕、心率加快等虚脱现象，应立即停止排痰，恢复平卧，注意观察。

（7）痰粘稠不易引流时，可以进行雾化吸入或口服祛痰药后再进行引流排痰。

（8）年老体弱、全身情况极度衰竭、有高血压的病人等应忌作体位排痰。

如何做好肺结核病人的家庭护理？

肺结核是由病人的痰、涕、唾沫星子所传染的。是一种慢性的传染病，其病程长，病人容易产生各种思想顾虑，要在精神上多安慰，使病人树立战胜疾病的信心。肺结核是长期的慢性消耗疾病，首先要增加营养，可给予高热量、高维生素、高蛋白的食物，忌油炸、辛辣食物。如多吃蔬菜、水果、豆类和蛋白等食物。在疾病的初期，症状明显时应让病人卧床休息，以减少身体的消耗量。

治疗结核病，一定要按时吃药，决不能随意停药，不能吃吃停停，这样会使结核杆菌产生抗药性，反而招致麻烦。抗痨药种类很多，一般在病的初期，最好几种药同上，围而歼之最能收效。等病稳定，单服一种药就足够了。吃这类药，要有耐心（一般要连用一年半或两年左右），坚持到底才能最后战胜结核病。

要做好消毒隔离，每天定时开启门窗，以保持室内空气新鲜，但要避免对流风。不随地吐痰，最好将痰液吐入痰杯内用消毒液消毒后倒掉。不对着人面咳嗽，打喷嚏时要掩遮口鼻。病人使用的食具、被褥、洗脸用具等一切用品应单独使用一套，不与家人合用。最好能定期进行消毒。

病人如有发热或咯血时应卧床休息，一旦出现大咯血，应立即取头高脚低位，以防止窒息。

如何做好慢性呼吸系统疾病患者的心理护理？

某些慢性呼吸系统疾病，如慢性肺源性心脏病、慢性阻塞性肺气肿病都是很难治愈的。其病程长，无特效治疗，可以反复发作，迁延不愈，成为伴随患者终生的慢性疾病，这对患者的影响很大，病人的焦虑情绪会逐渐加重，产生压抑感、挫折感，甚至悲观失望，对生活失去信心。因此，家人或医护人员应以关心的态度安慰病人，帮助病人重新认识生活的意义，增加病人对所患疾病的科学理解，满足病人伴随疾病生活的各种需要。让病人发挥潜能，在最大程度上减少躯体痛苦和心理压力，提高生活质量。指导病人学会自我护理，以日常生活中的特殊护理问题开始，如学习体位引流和呼吸训练，增加每日入水量，遵医嘱按时服药。鼓励和协助病人在病情允许的范围内保持活动，有利于改善呼吸功能，改善心理状态。允许病人按自己的习惯生活起居，呼吸困难病人往往需要频繁的休息，而且自己更清楚一天中什么时间活动更合适，痰多的病人通常知道何时体位引流更有效。有些病人已建立了较固定的生活习惯，护理人员要尽量帮助维持，尊重病人，保持他们的习惯能增加病人的自信心。

什么是急性单纯性胃炎，得了急性胃炎应如何护理？

急性单纯性胃炎常由于饮用大量烈性酒、浓茶、咖啡，食用污染或过冷、过热、粗糙的食物，以及对胃有刺激性的药物，如保泰松、水杨酸盐等，使胃粘膜发生急性弥漫性炎性改变。此外，机体处于严重应激情况下，如严重创伤、感染性休克等亦均可诱发本病。病人表现上腹部疼痛、腹胀、腹泻、恶心呕吐以及高烧等症状。

护理上应注意：

（1）要注意观察病人呕吐的次数，呕吐物的颜色、气味和量。

（2）呕吐频繁伴高烧的应卧床休息，暂禁饮食。可进食时给高热量流质，鼓励病人多饮水。并停用一切对胃有刺激的药物和食物。

（3）给予止痛。腹痛可局部热敷，并口服阿托品（0.3～0.6毫克）等解痉药，腹痛剧烈时，可皮下注射阿托品0.5毫克。

（4）对于呕吐剧烈、有脱水表现的，可给予静脉补充葡萄糖盐水。

病情严重的，应送医院诊治。

溃疡病腹痛有哪些特点？

溃疡病的腹痛都在上腹部。胃溃疡近中线或略偏左，幽门和十二指肠溃疡稍靠右，在脐的右上方。此病发作与气候明显有关，每年深秋及次年春季常常是溃疡病人难过的季节，天气暖和就好转。上腹痛有周期性变化，即发作起来可持续数日、数周或数月，然后间断一时期发作；同时溃疡病的腹痛与饮食有一定关系，胃溃疡有进食→疼痛→疼痛缓解的规律，而十二指肠溃疡则为进食→疼痛缓解→疼痛的规律，故后者又称饥饿痛，这样的病人常常在睡眠中痛醒。

尚有10%左右的病人腹痛另有特点，平日毫无症状，只有在突然出血或穿孔时才有剧烈腹痛等症状。

得了溃疡病后应如何做好自我保健？

溃疡病是指胃、十二指肠溃疡。其病程长，且反复发作，迁延难愈。经过实验与临床观察，认为其发病原因与遗传、体质、精神、神经、体液和局部环境等因素有关。为了预防溃疡病的反复发作，应注意采取以下自我保健措施：

（1）由于溃疡病与精神、神经因素有关，故患者宜始终保持心情舒畅、情绪乐观、心胸开阔的心理状态，生活要有规律，避免持续强烈的精神紧张、忧虑、过度脑力劳动等，适当参加体育锻炼，保证足够的休息和睡眠。

（2）注意调节饮食，养成良好的饮食卫生习惯是防止溃疡病发生的重要因素。吃易消化的食物，不吃或少吃辣椒、大蒜、醋、酒等刺激性强和粗糙的食物，进食要细嚼慢咽。及时治疗口腔疾病，如龋齿、口腔炎、溃疡等。

（3）忌用或慎用可致溃疡病的有关药物，如水杨酸类、皮质类固醇、胆盐等。

（4）防止受凉，避免上呼吸道感染。

（5）"O"型血的人有较高的发病率，因而在考虑预防诱发因素时应重视这种遗传因素，加强宣教。

（6）患有内分泌腺的肿瘤或增生症（如甲状旁腺功能亢进、垂体瘤等）病人，要预防诱发溃疡病。

（7）在春秋好发季节，应提前加强防护措施，适当服用一些保护胃粘膜、减少胃酸分泌的药物，如胃舒平等。

胃溃疡病人在饮食上应注意什么？

溃疡病的治疗目的在于消除症状，促进愈合，防治复发与并发症。在治疗措施上以综合治疗为原则。其中饮食治疗是重要环节之一。要从病人实际出发，加强饮食管理，合理安排食谱，将对减轻疼痛、缓解症状起重要的作用。

（1）定时进食，少食多餐：因为进食过饱或餐间零食，可使胃窦部过度扩张，胃泌素分泌亢进，胃酸分泌增加，不利于溃疡愈合。所以应定时进食，少量多餐，可以减轻胃的负担，避免不利的因素。有规律的进食，可以使胃内经常保持有食物存在，有利于溃疡的愈合。

（2）多加咀嚼，避免急食：咀嚼能增加唾液分泌，从而中和胃酸。

（3）食物温软，易于消化：避免摄入过冷过热或粗糙饮食，以便减少对溃疡病的物理性刺激。

（4）营养饮食，保证热量：饮食中应以蛋白质与脂肪为主，故以摄食牛奶为宜。但要因人而异，结合病人的饮食，不可千篇一律，同时要补给丰富的维生素 B 族及维生素 C。

（5）避免刺激性饮食，减少胃液分泌：溃疡病人避免进食刺激性和不易消化的饮食，如酒类、浓茶、咖啡、浓缩果汁、辣椒、香料、醋、肉汤、鱼汤以及油煎食物等。

在具体安排溃疡病人食谱时，除了参考上述各项原则之外，要看病人具体情况，在溃疡发作病情严重时期应进流质饮食，如牛奶、豆浆、米汤和蛋汤等；病情好转后，即可改为半流质饮食或无渣饮食，如蒸鸡蛋糕、稠稀饭、烂挂面、稠藕粉等。之后，随着病情进一步好转，可逐渐增加食物的品种和用量，以便过渡到普通饮食。

什么是急性胰腺炎，其临床表现有哪些特点？

胰腺具有强大的消化作用，它分泌的胰液按照正常的道路进入肠道，为消化食物发挥作用，但如果它的分泌物逸出胰管或腺泡壁，就会把胰腺本身甚至连周围的组织当作"食物"来消化，从而引起严重的后果——急性胰腺炎。

引起急性胰腺炎的直接原因是胰液排出受阻。胰管和胆管有共同的出口通往十二指肠，胆道感染和胆石症可以影响胰液的排出；饮酒，尤其是慢性酒精中毒，常常使十二指肠粘膜发炎，并引起胰管开口处括约肌痉挛，使胰液排不出来；此外，蛔虫从十二指肠钻进胰管，造成胰管梗阻，使胰液倒流入本身的组织。

急性胰腺炎是引起剧烈急性腹痛的常见原因之一，其腹痛很有特点，多在中上腹部，少数在左、右上腹或脐部，可以串至腰、背和左肩部，疼痛呈钝痛、钻痛、刀割痛或绞痛性质，在持续不断的基础上又一阵阵加剧，病人痛苦难忍，要坐着或跪在床上，身体往前倾，才稍减轻。严重时（出血型）可发生休克。腹痛虽非常严重，但是用手按压时压痛并不重，腹壁也不太硬。

因而，平日有胆石症、蛔虫病及胆道感染的病人，在饱餐特别是饮酒以后，如突然发生这样的腹痛，就要当心急性胰腺炎，要赶快到医院去检查。

急性胰腺炎病人为什么要禁食及胃肠减压？

在治疗急性胰腺炎时，为了避免由于进食的反射作用及酸性食糜进入十二指肠，促进胰腺分泌旺盛，胰管内压增高，加重胰腺的损害，所以在急性胰腺炎早期阶段应当禁食。

在病情严重时，还应及时放置胃肠减压，一方面吸出胃液，减少促使胰腺分泌的因素，同时也有助于预防或治疗肠麻痹。

对于一般轻症病人，可酌情给予少量米汁或藕粉之类，但避免进蛋白质与脂肪类饮食，较重病人，视病情可禁食2～3天；重症病人除禁食外，应及时进行胃肠减压措施。每日静脉补液2 000～3 000毫升，待病情稳定，腹痛基本消失后即可停止胃肠减压，酌情进食少量低脂流质，逐渐增加营养，以促使机体的恢复。

胆囊炎、胆石症是怎样发生的？

胆囊结石是一种常见病，发病率仅次于阑尾炎。胆道感染或由于某些原因使胆汁排出不畅都可以使胆汁浓缩、沉淀而形成结石。另外，"蛔虫进胆，死后成石"，常见在胆道内已死的蛔虫或虫卵为核心，形成结石。结石有不同的成分，结石含钙质多的可以通过X线检查发现，其他成分的就需要作特殊检查了。

结石在胆囊里往往不引起特殊症状，偶然有右上腹发闷胀的感觉，一般不易使病人注意。如结石堵塞胆囊管，就可以使胆囊发炎。平卧位置结石较易滑进胆囊管，所以胆囊炎病人多在夜间发病。严重时胆囊积脓，甚至坏死穿孔，造成严重后果。如胆囊里的石头掉进胆总管，就会引起全身黄疸、发炎，危害更大。少数病人的结石长期刺激胆囊，可能引起癌变。因此，千万不可轻视胆囊里的石头。

慢性胆囊炎病人在饮食上应注意什么？

慢性胆囊炎发病因素较为复杂，常与胆结石并存，非结石性的病例并不少见，多为急性胆囊炎的遗患。本病的临床表现，随病理变化的程度及有否并发症而异。病人常有上腹不适或钝痛，以及恶心、呕吐、腹胀、厌食等消化不良症状，常由于劳累或进油腻食物而诱发、加重。此类症状可能与反射性胃肠道功能障碍有关。因此，在饮食上应注意避免食用高胆固醇及高脂肪饮食，以减少胆囊收缩素的产生。宜进食植物性蛋白及富含维生素 C 的新鲜蔬菜和水果；避免暴饮暴食，以防止诱发胆绞痛，在急性发作期应禁食脂肪类食物，采用高碳水化合物流质饮食。

发生胃肠道大出血应如何处理？

食管、胃、十二指肠或空肠上部出血，由口中呕出的叫呕血。

呕血之前病人常伴有恶心、上腹部不适或疼痛，吐出来的是暗红色或咖啡色混杂着食物残渣的东西。以后大便也变成黑色。

在呕血中，以胃、十二指肠溃疡较为多见，约占 60%～70%，其次是癌、胃炎出血。再就是肝硬化引起的食管下段静脉曲张破裂，这种出血多属严重，死亡率也高。

大量呕血要绝对卧床休息，发生休克的可抬高床脚，使床头略低，同时要赶快请医生急救或迅速送往医院治疗。在送往医院过程中要注意保暖，上腹部放置冰袋或冷水袋。

上消化道出血病人的饮食应如何调理？

上消化道出血包括食管病变，急性胃炎，胃、十二指肠溃疡，肝硬化门脉高压症，胆系疾病等出血，在出血时病人的饮食调理很重要。

(1) 食管病变出血：包括食管炎、食管癌、食管憩室等出血，早期应予冷或冰冻牛奶，待病情稳定后改进流质饮食，维持营养。

(2) 急性胃炎出血：在出血早期由于病人恶心呕吐较频，应予禁食，待病情稳定后可给予流质饮食，如牛奶、米汤、藕粉、豆汁等。急性腐蚀性胃炎，应早给牛奶、蛋清、豆汁类流质，以稀释毒物，保护胃粘膜。

(3) 胃、十二指肠溃疡出血：在急性大出血阶段应暂禁食。以后分次进食牛奶、豆汁等碱性流质饮食，以中和胃酸，促进止血。但应防止进食甜性饮料，如糖水、麦乳精之类。

(4) 肝硬化门脉高压症出血：出血突然，出血量大，病势凶险。在采取紧急止血措施的同时，病人应暂禁食，待出血逐渐稳定后，经胃管酌情给予米汤、菜汤、藕粉或稀粥等。应避免进高蛋白饮食，营养补给应以静脉途径为主。

(5) 胆系疾病出血：包括急性胆囊炎、胆管炎、胆系结石以及胆道蛔虫症等疾病引起的出血，在急性病期应暂禁食，待腹痛减轻，发热消退，呕吐控制后可进低脂饮食。

什么是肝硬化，肝硬化有何表现？

肝硬化是一种常见的慢性肝脏疾病，是由多种原因如病毒性肝炎、血吸虫病、酒精中毒以及服用对肝脏有损害的药物和接触某些化学毒物等引起的肝细胞弥漫性改变、坏死，进一步使肝细胞结构受到破坏，最后结果使肝脏变形变硬，以致引起肝功能减退和门静脉压力增高的各种临床表现。

早期病人常有食欲不振、腹胀、腹泻、右肋间疼痛、疲乏无力等症状。随着病情发展，病人会出现严重的一些并发症，如腹水、脾脏肿大。由于食管下端、胃底静脉曲张，常致上消化道出血。到了晚期可有贫血、消瘦、水肿，甚至因为肝功能衰竭而导致昏迷等。也可因全身抵抗力下降而发生继发性感染。

所以病人有发现肝功能不正常的，应及时到医院进行检查，找出原因，及时治疗，以防止肝脏损害。

肝硬化病人在护理上应注意什么？

肝硬化病人到了晚期会出现许多严重的并发症，病人在精神和身体上都遭受极大的痛苦，故应给予精心护理。

(1) 做好病人心理护理，关心体贴、帮助其提高生活质量，改善病人身心状态，使其积极配合治疗。

(2) 若病人有大量腹水，可严重影响病人的呼吸和循环，可发生心悸、气急、腹胀，故病人应绝对卧床休息，并取半卧位。

(3) 给予高糖、高蛋白，富含维生素、低盐、低脂、易消化的食物，忌烟酒。病人有出现神志异常，肝昏迷先兆表现时，应限制蛋白质摄入；脂肪每日不超过 50 克。如发生消化道出血时应暂禁食，出血停止 24～48 小时后可给流质饮食。另外，应避免吃粗糙和干硬的食物，药片须研粉服下。

（4）长期卧床的病人，要注意皮肤护理，保持床铺干燥平整。每 2 小时翻身 1 次，身体受压或骨关节突起部位应给予按摩、热敷，以促进血液循环，防止发生褥疮。

（5）要注意观察病人的神志、精神状态，如病人出现嗜睡、表情淡漠、躁动不安、幻觉等症状，应及时请医生检查或送医院诊治。

（6）病人有腹水使用利尿药时，要注意观察病人尿量变化，最好要准确记录 24 小时液体的出入量，每日给病人测量腹围并做好记录。

肝炎是怎么传染来的？

一般来说，甲型肝炎的传播，主要是通过消化道传染。与患者密切接触，共用食具、水杯、牙具等都可能被传染上肝炎，吃了肝炎病毒污染的食品和水，也是引起传染的重要原因；如果水源被肝炎病人的大便或其他分泌物所污染，往往引起较多人发病。曾有报告因吃了蛤蜊、毛蚶或牡蛎而引起肝炎的流行。这是因为肝炎病人的大便污染了海水。而这些软体动物每天都要吞吐大量的水，在其将水吐出来时，肝炎病毒便留在体内。因此，生吃或吃了没有充分煮熟的蛤蜊和蚝，也会引起传染。手在传染肝炎方面起着重要作用。肝炎病人的手会带有肝炎病毒，曾有报告因炊事员患有肝炎而引起肝炎流行。健康人接触了肝炎患者及其大小便后，手上也会染上肝炎病毒，若不充分洗干净就用手拿东西吃，也可能会传染上肝炎。

乙型肝炎的传染，主要是通过血液传播的。输了肝炎病人或带乙型肝炎病毒的健康人的血或血浆，就可能得肝炎；肝炎病人用过的注射器、各种采血针、针灸针、外科及牙科手术器械未经彻底消毒，也会传染肝炎；吸血昆虫，如蚊子、臭虫也可能传播肝炎。此外，身体内带有乙型肝炎病毒的孕妇生下的婴儿就可能带有乙型肝炎病毒。这种从母亲直接传染给婴儿的方式，称为"垂直传染"。

肝炎有什么表现？

肝炎的症状是多种多样的，病情的轻重也不一样。一般来说，在起病时，病人都有不想吃饭、厌油腻食物、恶心、呕吐、上腹部发堵或饱胀、全身无力、尿黄、怕冷、发热等症状，大便稀也常见。部分病人可有高热、头痛、咽痛，也有部分病人出现关节痛、腹痛或荨麻疹。约经3～10天，有部分病人可以出现黄疸（眼白、皮肤发黄）、小便深黄、皮肤可有刺痒。轻者黄疸可在几天内消退，重者可持续10周以上，多在2～6周内消退。在黄疸出现前，症状最为明显，黄疸出现后，症状减轻，随着黄疸消退，食欲增加，各种症状也逐渐消失，身体渐渐恢复正常。多数病人在6周至3个月内恢复正常，有少数至半年左右才能恢复正常。若半年仍不能恢复，就可能转为迁延性肝炎，若一年后仍未恢复，肝功持续异常或脾肿大的就应考虑慢性肝炎了。

病人在起病后，始终不出现黄疸者，称为无黄疸型肝炎，反之，出现黄疸者，则称黄疸型肝炎。此外，有极少数患者可能在发病后，病情迅速加重，出现烦躁不安、嗜睡，不能辨认亲友，最后发生昏迷及出血，这一型肝炎称为暴发型肝炎，是由于肝脏急性坏死、萎缩所致。常在 10 天左右死亡。

肝炎病人的饮食如何安排？

合理地安排饮食，对肝炎的治疗具有重要的意义。例如，蛋白质比较充足的饮食，对肝细胞的再生和修复是有利的。但是，饮食不适当，也会给疾病恢复带来不利的影响。

在肝炎的急性阶段，病人的消化吸收机能往往受到很大的影响。此时，如过分强调"三高一低"（高蛋白、高糖、高热量、低脂肪），非但无益，反而会加重肝脏负担，造成明显的腹胀及消化不良现象。结果不但不能达到营养的目的，反而由于蛋白质在肠道腐败，其腐败毒素加重肝脏的损害，不利于肝脏的修复。过多吃糖还可引起肥胖及糖尿病。

即使病人消化吸收功能很好，也可因过度营养，再加上长期休息，使得部分病人的体重迅速增加，造成过度肥胖及脂肪肝，转氨酶往往也不能下降。

那么，该怎样安排肝炎病人的饮食呢？主要应根据病人的具体情况来决定。一般说来，在早期阶段，当病人食欲不好，恶心呕吐比较明显时，饮食应当清淡，易于消化，且不宜吃得过饱；当病人进入恢复阶段后，可根据自己平时的饮食习惯，适当增加营养。但对于本来就是较胖的人来讲，就不宜过分强调营养，以免体重过分增加而造成脂肪肝。此外，得了肝炎后，不应饮酒。

怎样预防肝炎？

单凭一个人来预防传染病，其作用是有限的，必须靠大家一齐动手，把住每个环节。肝炎的预防也要大家都来做好个人卫生、家庭卫生及公共卫生。

首先要提高卫生知识水平，改变不卫生的习惯，养成饭前便后洗手，不喝生水，不共用茶杯、牙具、食具，不随地大小便的良好习惯。教育小孩，不要养成咬手指的毛病。

做好水源保护，使之不受大小便污染。特别是要做好粪便管理，做好高温堆肥，因在 60℃ 下 10 小时就能杀灭肝炎病毒。不要随处堆粪。

做到饭前要洗手，餐具应煮沸消毒。不要公用剃须刀及指甲剪。要消灭四害。

此外，发现家里有肝炎病人要早隔离，早治疗。病人的食具、便盆要分开，大小便、呕吐物要用漂白粉（或生石灰）消毒后才能倒掉（大小便与漂白粉的比例为 5：1）。与病人有过密切接触的小孩及孕妇，可注射胎盘球蛋白或丙种球蛋白，以提高其免疫力。

如何做好肝炎病人的隔离消毒？

传染性肝炎，是一种肠道传染病，所以家中有急性肝炎病人时，要及时隔离消毒。自发病起，隔离期不能少于 40 天。40 天后，若病人病情无明显好转或复发时，应继续进行隔离。隔离时应做到"一不，二专，三分睡"。

"一不"：不吃病人剩下的食物；不是护理病人者，尽量不接触病人和病人用过的东西。接触病人后，要保持个人的清洁卫生，应用流动水及肥皂彻底洗刷双手。

"二专"：病人用具（牙具、碗筷、玩具、便盆和衣物等）要专用、分洗，单独存放，还要定期消毒。凡是能煮的应煮沸 30 分钟消毒；不能再用的物品就烧掉。衣物被褥等可在日光下曝晒，便盆应用漂白粉澄清液消毒。呕吐物和大小便要随时用漂白粉进行消毒。

"三分睡"：有条件时最好分房居住，没有条件时也一定要分床。

痢疾是怎样传染的，如何预防？

俗话说："病从口入。"对痢疾等肠道传染病来说，正是如此。细菌性痢疾就是由于人"吃"进痢疾杆菌引起的。

痢疾病人的大便中，含有大量的痢疾杆菌，不断随大便排出体外，含病菌的大便，污染了饮水、蔬菜、水果、食物等，未经消毒，健康人食入就可能得病。排菌的人，没有饭前便后洗手的习惯，通过脏手污染的物品，也可能把病传给别人。苍蝇经常在粪便中爬来爬去，吃了苍蝇污染的食物，也可能传染上痢疾。

要防止得痢疾，就要做到：隔离病人，病人的粪便要消毒，养成良好的卫生习惯，饭前便后洗手，不喝生水，生吃果瓜要洗净，最好用流动水，打肥皂冲洗，同时要大力灭蝇。

伤寒有什么表现，怎样预防？

"伤寒"是由伤寒杆菌引起的一种传染病。

伤寒杆菌被吃进后，主要在肠壁上的淋巴组织繁殖，这时病人没有什么不适感觉；约经 2 周左右，病菌跑到血液里，才逐渐出现症状。

最初病人发热，体温逐日增高，感到疲乏头痛，吃不下饭，大便干结，肚子胀，可能有恶心及呕吐。一周后体温达到 39～40℃，但很少出汗，病人精神差，不愿说话，身上可出现少量的淡红色皮疹。如果未经治疗，这样持续下去，部分病人肠道壁上的淋巴结可能破溃，造成肠出血，甚至肠子穿孔，就有生命危险。

伤寒病的轻重不一，变化很大，在夏秋季，持续发热一周以上，没有找到原因的，应到医院检查，证实是伤寒的要住院隔离治疗。

伤寒的传播渠道与痢疾相同，预防的方法主要有两条：①采取与痢疾相同的预防方法，防止"病从口入"。②打伤寒预防针，增强人的抵抗力。

老年消化系统疾病应如何护理？

老年人身体组织器官功能已衰退，机体免疫功能降低，发病率比年轻人增高。虽然也得到许多治疗，但效果不好，易发展成为慢性疾病。因此，要认真、细致地做好老年人消化系统疾病的护理。

（1）由于老年人牙齿脱落或残缺不全，对食物咀嚼不彻底和胃肠功能发生紊乱，造成食欲减退，营养量不足，所以要加强饮食调节，使其营养丰富，色美味香，易于消化。尽量少吃动物脂肪、胆固醇和糖类食物，应少食多餐。晚饭不宜吃过饱。

（2）对于生活不能自理或行动不方便的病人，护理上要耐心、细致。喂饭不可过快，以免影响进食。要协助病人上、下床和处理大小便等。物品放置要方便病人拿取。对于躁动和神志不清楚的病人应采取防护措施，以免坠床或碰伤。

（3）老年人由于活动少，肠蠕动减弱，饮食吃的不多或使用某些药物，常可发生大便干结。要指导病人养成良好的排便习惯，需要多吃蔬菜和水果，如发生便秘可以口服缓泻剂或采取低压少量不保留灌肠。

（4）老年人反应迟钝，表达能力差，用药应该反复交待清楚，讲清用药方法、剂量、可能出现的药物反应和需要注意的事项，以免发生意外。

什么叫肾炎，得了肾炎怎么办？

有些青少年，在患伤风、感冒或长疮生疖之后，过二三周，却又突然发生尿血、血压偏高、浮肿，还可能有点低热。这就是急性肾炎。

肾炎是怎么得的？原来是甲组溶血性链球菌引起伤风或疖疮之后，身体产生"抗体"，如果抗体量大，抗体和链球菌的"抗原"结合起来，成为"复合体"。复合体随血流沉积于肾脏，在"肾小球"里落脚，招来不少白细胞（中性粒细胞），白细胞碰上复合体丧生，放出一种"酶"，能破坏肾小球里的小血管，肾炎就这样出现了。

得了肾炎，要积极治疗，如果迁延不治，转成慢性，那就麻烦了。青少年得了肾炎一定要打针吃药，把炎症彻底控制。要卧床休息，少活动、少吃盐、少喝水，以减轻肾脏的负担，去医院看看，吃点中药，采取中西医结合治疗。

慢性肾炎应如何护理？

慢性肾炎有一部分是急性肾炎演变而来的。以出现蛋白尿、血尿、水肿、高血压及不同进程的肾功能减退为特点。在护理上应注意：

（1）病人有水肿、血压偏高，病情重时应绝对卧床休息，并注意保暖，预防感冒。

（2）可给予低盐或无盐饮食，少吃盐多吃糖。若肾功能检查是正常的，可给予高蛋白质饮食，如肾功能减退应限制蛋白摄入。

（3）要预防感染，注意口腔清洁，以免发生口腔炎，饭前饭后应漱口，如病人有咽部发炎应及时治疗。

（4）水肿病人因皮肤抵抗力差，易受损伤，应经常擦洗和翻身，预防褥疮。

（5）观察小便量，最好每日都要记录一天的尿量和吃进去的量。还有每周量腹围一次，以便医生调整药物或用量。

（6）注意观察病情，发现严重的症状时，应请医生诊治或送往医院治疗。

尿毒症病人有哪些表现？

尿毒症是多种慢性肾脏病晚期的严重综合征群。因肾脏的排泄和调节功能失常，使体内的毒物排不出去，导致水、电解质紊乱及酸碱平衡失调，而出现了一系列临床表现。大部分病人有食欲不佳及恶心，以致体重减轻。间歇性呕吐，特别是早晨起床呕吐也很常见，可演变为持续性呕吐并伴有腹泻。病人全身皮肤瘙痒，口腔内可嗅到"氨味"，还表现有头痛、头晕、乏力、贫血、抽搐、尿量减少甚至无尿，病人表情淡漠、思想不集中、嗜睡，并逐步加重以至昏迷，常危及生命，需要积极救治。

如何做好尿毒症病人的护理？

（1）让病人安静卧床休息。烦躁不安时，应有专人护理，用床档以防止病人坠床或发生意外，有抽搐时应防止其咬破舌头。

（2）应给予高热量、高脂肪、低蛋白、富含维生素的饮食。

（3）注意口腔及皮肤卫生。由于代谢产物积累过多，而由呼吸道和皮肤排泄，所以病人呼气有臭味，皮肤瘙痒，并可影响其食欲和休息。在饭前、饭后、晨起、睡前，要用朵贝氏溶液漱口，口腔糜烂时用碘甘油涂擦。皮肤应保持清洁，每天用温热水擦洗，也可用肥皂，以防褥疮发生。

（4）每天要观察病人的尿量，如24小时尿量少于50～100毫升者属危险征象，应送医院治疗。

什么是糖尿病？

糖尿病，顾名思义就是尿中有糖。为什么会发生糖尿病呢？因为我们体内的胰腺除了能分泌胰液之外，里面还存在20万到200万个胰岛，能分泌胰岛素。胰岛素具有降低血糖的本领；而其升高血糖的"对手"却有好几个，如肾上腺皮质激素、甲状腺素、胰高血糖素等等。在正常情况下双方势均力敌，达成平衡，保持血糖正常4.5～6.7毫摩尔/升和稳定。

但是当胰岛素由于含量不足，降血糖的作用趋于劣势的时候，血糖就会升高，超过了肾脏保留糖的能力（以9.99毫摩尔/升为界）时，就经由尿排出体外。由于病人尿中有多量的糖，会损失许多营养，同时还会丢失许多水分，所以病人多尿、多饮、多食，反而日渐消瘦，这就是糖尿病人典型的"三多一少"现象。

为什么胰岛素会不足呢？是由于某些病毒感染，引起自身免疫反应，破坏了胰岛细胞。而肥胖、创伤、精神刺激、进食过多的糖及某些药物则是诱发或加重的因素。

还有一种糖尿病，平时无明显症状，只是在化验血糖和尿糖时才偶尔被发现，还有的更为"隐蔽"，早晨不吃饭，血糖（空腹血糖）并不高，而只在饭后血糖才高出正常范围。小孩患这种糖尿病，很短期间即会转变为明显的糖尿病；成年人却不一定，有的往往持续数年既不好也不坏，但终究要引起动脉粥样硬化，如冠心病或脑血管病等许多严重并发症。因此，如有发现糖尿病，则应积极治疗。

隐性糖尿病有哪些表现？

隐性糖尿病平日无明显症状，只有在化验检查后或到发生一些并发症时才被发现。事实上，隐性糖尿病也有一些症状表现。所以我们要提高警觉，早期发现，及时就医，经过正确的治疗，就会大大推迟并发症的发生。

（1）近来无明显诱因的极度疲乏无力。

（2）饭量增加，但体重减轻，尤其是原来肥胖者。

（3）周围神经炎，有手臂麻木感，皮肤有蚁行感。

（4）反复泌尿系感染。

（5）反复生疖或牙周炎等。

（6）妇女顽固的外阴瘙痒及真菌（霉菌）性阴道炎。

（7）下肢血管缺血坏疽，伤口不易愈合。

100

（8）尿有异味，泡沫很多或尿后有蚂蚁群集。

（9）餐后 2～3 小时即出现饥饿感，并伴有手抖、心慌、出冷汗等反应性低血糖者。

（10）男性阳痿，尤其是中年肥胖者。

（11）视力减退迅速，过早地出现老年性白内障。

（12）莫明其妙的腹泻。胃肠道功能一向正常的人，突然发生顽固性腹泻，每日可达 10～15 余次，而且多发生在餐后、夜间、清晨，无腹痛，且腹泻与便秘交替出现，抗生素治疗无效。

（13）异常出汗。室温不高时也易出汗，即使在寒冬有的也可大汗淋漓，特征是颜面多汗，而躯干，尤其下半身出汗减少。

（14）排尿受阻。中老年人排除前列腺肥大之外理应考虑糖尿病。

糖尿病病人如何护理？

糖尿病为慢性难治性疾病，其病程长，往往给病人带来精神压力，故要细心护理，关心体贴病人，提高其生活质量，增强其战胜疾病的信心。

（1）轻型病人应改善其生活环境，减轻病人的精神负担，鼓励病人适当做些有益的活动；重型者应绝对卧床休息。防止外伤、感染等。

（2）给予糖尿病饮食，可根据病人的标准体重、病情轻重、营养状况，估计每日所需总热量以控制病人的饮食，若用量不足或剩余应及时给予适当调整。指导病人自觉遵守饮食规定。病人每日每千克体重需给热量 104.5～125.4 焦耳

（25～30 千卡），则一日三餐热量分配应为 1/5、2/5、2/5，儿童、孕妇及营养不良者总热量应略增。

（3）如血糖高，用药物降糖效果不好的病人，应每餐前半小时查尿糖，饭前 15 分钟皮下注射胰岛素。

（4）密切观察使用胰岛素药后的反应，是否有胰岛素量过大而导致低血糖反应，如病人出现心慌、出冷汗、面色苍白、脉搏增快、饥饿感甚至抽搐、昏迷等，提示有低血糖反应，应立即给予口服糖类饮食，或静脉推注 5％葡萄糖。

（5）做好皮肤护理，保持皮肤清洁，预防感染。

（6）注意观察病人是否出现恶心、呕吐、神志异常如嗜睡等现象。若出现以上症状则要及时请医生就诊或送医院治疗。

（7）糖尿病人如外出应随身带一注有姓名、住址、所用胰岛素种类及剂量的卡片，以便出现糖尿病昏迷时就地抢救。

如何指导糖尿病病人的饮食？

每个糖尿病病人，不管病情轻重和用什么药物治疗，均须控制饮食，不吃甜食，才能有利于病情，下面介绍饮食的方法：

根据体力劳动情况，固定每日三餐主食量，轻体力劳动者每日主食 50～350 克，重体力劳动者每日主食 350～500 克（并根据胖瘦略可增减）副食与其他家庭成员相同，如有条件可增多些，种类也可更换，但其质量及数量应大致恒定。每 2～3 个月测量体重一次。只要体重维持正常，则可保持饮食不变。若病情控制不满意，必要时可稍减主食。主食在三餐中分配为 1/5、2/5、2/5，为了防止低血糖现象，可在两餐之间加缓冲饮食，一般用 12.5~50 克，可以从三餐中分出，也可另加，总之饮食既要固定，必要时又要灵活，病情加重时须减少主食，活动多时则加餐。日久天长，自己就会摸到适合本身的规律。开始时主食需准确称量，熟悉后再大致准确地估计，以维持主食量的恒定。

糖尿病一定要注射胰岛素吗？

"是糖尿病，就要注射胰岛素"，这种说法不全面。

实际上治疗糖尿病注射胰岛素只是方法之一，并非惟一手段，一般有以下几种情况时才需要用胰岛素。

（1）青、幼年（指 15 岁以下）患者发病急，病情重，容易发生酮症酸中毒（一种糖尿病严重并发症）。

（2）成年患者血糖在 14 毫摩尔/升以上，症状显著，常出现酮症酸中毒并口服降糖药物效果不好，则必须注射胰岛素。

（3）出现严重酮症酸中毒或急性感染如肺炎等病时。

（4）因外科急需手术时，或女性病人妊娠时。

（5）控制饮食和口服降糖药效果不好时。

但需要胰岛素治疗时，应尽快接受，以免贻误病情。

什么是低血糖，一旦发生低血糖怎么办？

低血糖是因血中糖浓度低于正常值（＜2.8 毫摩尔/升）而出现面色苍白、乏力、出冷汗、心悸、饥饿感、恶心、呕吐、焦虑、紧张，重者视物模糊、惊厥甚至昏迷等一系列表现。

一旦发生低血糖则应让病人绝对卧床休息，轻者口服糖

103

水或糖类饮食如饼干、果汁等即可缓解，重者应静脉注射或滴注葡萄糖液。另外，要适当调整饮食，给予高蛋白、高维生素饮食。

糖尿病患者如何应用胰岛素？

胰岛素是降低血糖的最主要药物，为避免应用时发生低血糖，应掌握用药的方法和剂量。用法及剂量：初次可用正规胰岛素每日3次，饭前半小时皮下注射，剂量要根据病情而定。简单方法可按尿糖情况作粗略估计：糖尿＋，用胰岛素4单位，＋＋用胰岛素8单位，＋＋＋用胰岛素12单位，＋＋＋＋用16单位，也可根据24小时尿所含尿糖量来估计，算出全日胰岛素总量分3次皮下注射。病情稳定后，可调换长效鱼精蛋白锌胰岛素，按正规胰岛素剂量的三分之二，每日早饭前皮下注射，治疗时应注意低血糖及过敏反应。

什么是甲状腺机能亢进，其表现如何？

在人的颈前有一个"H"形的腺体，两面的侧叶很似古代武士用的盾牌，故名甲状腺。

甲状腺"吃"的是碘，制造出来的是甲状腺素。它对人体内的新陈代谢，起积极促进作用。所谓甲状腺功能亢进，就是甲状腺激素的分泌过盛，造成神经兴奋性增高及组织代谢的增强。大多数病人甲状腺有不同程度肿大，神经过敏，性情急躁，多言善动，多思多虑，多食易饥，显著消瘦，心慌脉快，大便次数增多，怕热多汗和眼球突出等症状。

患这种病，需要及时找医生进行一些特殊检查如基础代谢率测定、甲状腺吸收碘[131]试验等等，才能确诊。

104

甲状腺功能亢进病人如何护理？

甲状腺功能亢进症简称"甲亢"，其临床症状很多，在护理上应注意：

（1）病人神经过敏，易激动，对不良的环境及语言刺激可导致症状加重，所以应关心体贴病人，态度和蔼，及时解除其焦虑和紧张情绪，避免情绪波动，使之更好地配合治疗。

（2）让病人充分休息，有心功能不好或症状明显加重的应绝对卧床休息，病室环境需安静，室温一般保持在20℃左右，不宜过高，避免强光刺激。若夜晚休息不好，可用一些镇静剂，使病人有较好的睡眠。

（3）由于病人代谢增高，能量消耗较大，故应保证其营养物质的供给，选择高热量、高蛋白、含有维生素及磷盐较丰富的饮食。病人出汗多，需多饮水以补充丢失的水分，但应禁喝浓茶、咖啡等兴奋性饮料。

（4）重症病人眼球突出，眼睑不能闭合，为保护角膜和球结膜，可采用眼膏防护，有溃疡的可局部涂以抗生素眼膏，以防感染。同时，不要喝太多的水，要低盐饮食，以防止眼压增高。

（5）要按医嘱按时服药，定期到医院复查。

什么是痛风，饮食上有哪些禁忌？

痛风是嘌呤代谢紊乱引起的一种疾病。好发于30～60岁的中老年人，尤以男性为常见，近年来发病率呈上升趋势。痛风的主要症状有：关节红、肿、热、痛反复发作，日久可引起关节畸形僵硬。最近有人发现其发病与不合理的饮食结构有关，如因高嘌呤膳食诱发急性痛风性关节炎发作的占50%，80%的患者有喜食肉类、动物内脏和经常饮酒的习惯。

目前还没有根治痛风的药物，治疗关键在于预防其反复发作，限制摄入富含嘌呤的食物等。因此，平时膳食应注意以下几点：

（1）禁食动脏内脏、脑髓、海鲜和啤酒，因这些食物含嘌呤极高；限制食用含嘌呤较高的食物，如火腿、香肠、鲤鱼、贝类等。

（2）尿酸增加可使痛风病情加重，因此应忌食或少食各种酸性强的食品，如醋、杨梅等。多食碱性食品，如白菜、芹菜、花菜、黄瓜、南瓜、茄子、萝卜、胡萝卜、西红柿、土豆、竹笋、洋葱、柑桔、香蕉、苹果、葡萄等。

（3）不宜饮酒，因酗酒常可引起痛风急性发作。也不宜食用辣椒、葱、蒜等辛辣食品及浓茶、咖啡等，以免兴奋神经而诱发痛风。

（4）应多喝水以增加排尿量，促进尿酸排泄，每天至少饮水 3 000 毫升。

（5）多食含维生素 B_1、C 丰富的食物，如干果、地瓜、土豆、西红柿、山楂、大枣、柑桔等，以使组织内淤积的尿酸盐溶解。

什么是血液病，有哪些表现？

血液、骨髓、淋巴结和脾脏等，均属于血液系统，它们发生的疾病就是血液病。

常见的血液病有贫血性疾病，如缺铁性贫血、再生障碍性贫血；出血性疾病，如血小板减少性紫癜、急慢性白血病、淋巴系统肿瘤等。

血液病病人通常有这么一些症状:

(1) 由贫血而引起心慌气短, 面色苍白, 头晕眼花, 耳鸣。

(2) 可有皮下出血点或大片瘀斑, 重的可能出现鼻出血、呕血、便血或月经不止。

(3) 抵抗力低容易发生感染、发热。

(4) 肝、脾和淋巴结肿大, 骨头有压痛等等。

实际上, 在同一个病人身上, 这些症状不可能同时出现, 但只要有某几个主要表现, 就应当想到是否患了血液病, 及时到医院去检查, 以便确诊治疗。

如何预防缺铁性贫血?

铁是制造红细胞的原料之一, 缺了它, 红细胞造不出足够的血红蛋白, 就会出现贫血。

预防缺铁性贫血的关键, 在于针对引起缺铁的原因而采取的措施:

(1) 治疗钩虫病。钩虫是一种寄居在肠道里的"吸血虫", 一条虫子一天吸血半毫升以上。如果肠道里有上百条、上千条钩虫, 那每天丢失的血液就相当可观了。

(2) 积极治疗各种慢性出血性疾病, 如妇女月经过多、痔疮、溃疡病等。

(3) 妇女妊娠、哺乳期和身体发育较快的小儿, 由于铁需要量增加, 也是缺铁性贫血的原因。因而要及时适当添加蛋、肝、菠菜和豆类等含铁量较多的食品。

(4) 慢性胃炎, 胃大部切除术后, 胃酸分泌减少, 也影响铁质吸收，常常有缺铁的可能，所以要经常口服5％的医用稀盐酸，维生素C等，帮助铁的吸收。慢性腹泻，铁的吸收也会成问题，要积极进行治疗。

如何做好缺铁性贫血患者的家庭护理？

缺铁性贫血患者除具有一般贫血的症状和体征外，还表现为口腔炎、舌炎、舌乳头萎缩、胃酸缺乏、皮肤干燥、指甲扁平不光整、勺状甲，毛发干燥易断、无光泽，同时易合并感染及神经系统损害等。在护理上应注意：

（1）轻度贫血病人不须限制活动，重度贫血者，应劝其卧床休息，以免因贫血致脑缺氧、头晕、摔伤及其他损害。

（2）应调节好病人的饮食，选择富含维生素、蛋白质及铁质的食物。如动物内脏（心、肝、肾），鸡蛋黄等。含铁的植物性食物有大豆、麦芽、水果、海带、大米、玉米等。纠正病人偏食习惯。

（3）做好病人的口腔卫生，饭后漱口。若有口腔炎或舌溃疡时，可给予局部贴敷溃疡软膏或涂擦锡类散等。

（4）在服用铁剂药时，为减少对胃肠道的刺激，应在饭后给药，以免引起病人恶心及呕吐。嘱病人禁饮浓茶，因茶叶中含有鞣酸，易使铁剂沉淀，影响肠道的吸收。服铁剂溶液或稀盐酸溶液时，可用玻璃管或塑料管吸入，勿与牙齿接触，以防破坏牙釉。口服铁剂可使大便发黑，请不要担心。

（5）如在家里进行静脉注射铁剂时应避免药液外渗，防止局部发生疼痛或坏死。进行肌肉用药以深部注射为好。

（6）因肠道寄生虫引起贫血，应嘱病人讲究卫生，饭前洗手，定期驱虫，避免重复感染。

（7）及时治疗慢性出血病。孕妇及哺乳期妇女要增加营养、补充铁剂，生长期儿童要食含铁丰富的食物，不要偏食。

（8）要注意病人的状况。如出现严重的症状，如视力障碍、吞咽困难、肢端麻木等，应及时请医生就诊。

引起高血压病的危险因素有哪些？

高血压根据病因分为两种：一种称为原发性高血压、又叫高血压病，约占所有高血压的90％～95％，其病因不明，是在多种因素的影响下，使机体对血压的调节功能失调所造成的；另一种称为继发性高血压，是由于体内某些特殊疾病引起的，约占总数的5％～10％。那么，都有哪些是引起高血压病的危险因素呢？目前认为有：遗传因素、年龄、肥胖、吃盐过多、紧张、吸烟、饮酒等。

高血压的诊断标准是什么，其治疗原则是什么？

高血压病是严重危害健康的一种常见病，我国人群中高血压患病率为11.44％。流行病学调查显示，血压有个体和性别的差异。一般说来，肥胖的人血压偏高，女性在更年期前较同龄男性略低，更年期后动脉血压有较明显升高，所有人群动脉血压均随年龄增高而上升。1999年10月8日，《中国高血压防治指南》公布了。这份指南不仅为临床医生提供了诊断与治疗高血压病的规范，也给广大高血压患者带来福音。现在规定的正常血压标准（详见下表）降低了，这就提示人们要尽早防治高血压病。

血压水平[毫米汞柱(千帕)] 分类表

类别	收缩压	舒张压
理想血压	<120（16）	<80（10.7）
正常血压	<130（17.3）	<85（11.3）
正常高值	130～139（17.3～18.5）	85～89（11.3～11.9）
高血压 1 级	140～159（18.7～21.2）	90～99（12～13.2）
2 级	160～179（21.3～23.8）	100～109（13.3～14.7）
3 级	≥180（24）	≥110（14.7）
单纯收缩期高血压	≥140（18.7）	<90（12）

高血压病治疗的最终目的是减少心血管病危险，减少血管、心、脑、肾等器官并发症的发病率及死亡率。大量资料表明，收缩压或舒张压越高，心血管病病残、死亡的危险性就越大。为此，控制及维持血压的目标水平是收缩压<18.7kPa（140mmHg），舒张压<12.0kPa（90mmHg），并强调防治心血管其他危险因素也是治疗高血压的重要目标。一般高血压的治疗原则有以下几个方面：

（1）非药物治疗：可作为开始治疗的每一步及药物治疗的辅助措施。主要包括限制食盐，减轻与控制体重，戒烟和抵制吸烟，低脂饮食，限制饮酒，经常性活动，调整生活规律，保证足够睡眠，避免情绪波动及过度劳累。

（2）药物治疗：近年来强调个体治疗即根据高血压患者不同的具体情况选用不同的最适合的药物，其不同的具体情况，如高血压的严重性、年龄、种族、性别、并发症，其他危险因素和内科病以及生活方式、职业、经济状况等。其中最重要的是以下三方面：高血压的严重程度、靶器官病、其他危险因素。常用的有利尿剂、β-受体阻滞剂、钙拮抗剂和血管紧张素转换酶抑制剂等4类药物，治疗时其中任何一类均可单独选用，治疗时宜从小剂量开始，按需要逐渐增加，治疗过程中也要注意药物产生的一些副作用。

高血压病人在饮食方面应注意什么？

高血压病人的饮食应注意以下几个方面：

(1) 食量宜限制，以维持理想体重。

(2) 每餐只吃七分饱，且三餐饮食宜力求均衡。

(3) 限制含钠高的食品。如烹调时少用盐、味精、酱油等，避免选择添加盐的食物如酱菜、咸鱼、咸肉等。

(4) 多吃富含钙、钾的食物。含钙食物如乳制品、海带、虾皮、芝麻酱、骨头汤、木耳及新鲜水果蔬菜；含钾高的食物如大枣、豆类、豆制品、粗杂粮等。

(5) 少吃动物性脂肪：烹调用油以植物油较适宜，如黄豆油、葵花油、玉米油等。

(6) 限制胆固醇的摄取。少用脑髓、牛油等高胆固醇食物，少吃内脏类（肝、肾、脑、心、胰等）、蛋类（蛋黄），多吃鱼类，因为鱼类富含有多价不饱和脂肪酸，有助于防治动脉粥样硬化，所以鱼是高血压病人的理想食物。

如何指导高血压病人的活动？

高血压病人一般不宜进行剧烈的活动，以免血压突然升高而加重心脏负担或引起脑出血。但可适当进行一些力所能及的体育锻炼，如散步、慢跑、广播操、太极拳、气功等。气

111

功和太极拳对于巩固药物降压疗效有益。对心率偏快的轻度高血压病人，可以进行体操、骑自行车、划船、游泳及甩手运动等。不少病人进行活动后可以控制病情，起到治疗效果。但无论进行什么活动，都应根据自己的体力情况、心功能状况量力而行。

吸烟对高血压有何影响？

吸烟对高血压有影响吗？回答是肯定的。吸入烟碱会引起血管痉挛，使血管粘稠度增加，血液流动阻力增加。久而久之，便成为发生高血压的基础。

吸烟能使血中肾上腺素含量增加，肾上腺素含量增加会使血压上升、心跳加快，这是高血压发生的又一原因。

吸烟还会造成动脉硬化，因为香烟中异性蛋白的刺激，引起动脉的过敏反应，使血管弹性下降，这些因素都能加速高血压的发病。

吸烟会使循环系统疾病发病率上升 3 倍，为了预防和治疗高血压，绝对不能吸烟。

如何预防高血压病？

成年人正常动脉的收缩压是 12.0～18.7kPa（90～140mmHg），舒张压是 9.0～12.0kPa（60～90mmHg），我国把血压超过 18.7/12.0kPa（140/90mmHg）作为高血压的标准。平时血压本身会有波动。因此不能仅凭一二次测出的血压就断定有异常。只有在血压长时间明显升高到上述标准后才称为高血压。为了预防高血压病，要坚持脑力和体力劳动相结合的原则。体力劳动和体育锻炼均能增强人们的大脑功能，并能使肌肉和全身小血管舒张，防止血压升高。此外，还要避免过度的情绪激动和精神紧张，保证有足够的睡眠。不过量饮酒，不吸烟。40岁以上的成年人要控制饮食，防止过胖或超重，要定期进行体格检查，以便早期发现高血压早期治疗。已明确患高血压的病人，要在医生指导下长期坚持服用降压药物。

什么是动脉硬化？

动脉是人体给各种组织器官输送营养的血管。动脉管壁分为3层，从里到外是内膜、中层和外膜。内膜光滑，中层富有弹性，外膜具有滋养血管、供给血管壁本身营养的作用。由于各种不同的原因而引起动脉壁增厚、僵硬和弹性减退的这种改变就叫做动脉硬化。动脉硬化包括动脉粥样硬化、小动脉硬化、动脉中层钙化以及其他因素引起的动脉壁增厚等病变。

动脉硬化病变可以发生在不同部位的动脉。例如主动脉、四肢动脉、脑动脉、眼底动脉、冠状动脉、肾动脉等。如果病变比较明显，病变部位的血管腔就会变得狭窄，严重时只剩下很狭小的通路甚至可使管腔全部堵塞。这时血液通过的量就要减少甚至中断，由这条血管供血的组织或器官就会发生供血不足。

一般40岁以上的人发生动脉粥样硬化的机会逐渐增多，脑、心、肾等重要器官的动脉硬化，是老年人最主要的致死原因。上岁数的人应该定期到医院做健康检查，以便早期发现心血管方面的毛病，早期给予适当的治疗。

怎样预防动脉粥样硬化？

动脉粥样硬化是动脉硬化最常见的类型。其临床表现主要是受累器官不同程度的缺血。如脑动脉硬化可引起脑部缺血及至脑萎缩或造成脑血管破裂出血；冠状动脉粥样硬化者，若管径狭窄达50%以上，则可产生心绞痛、心肌梗死及心律失常、猝死。所以预防动脉粥样硬化可以减少发生心、脑血管病的危险性，对延长健康的生命有着十分重要的意义。

由于动脉硬化呈缓慢隐匿的发展，可以长期无任何症状，因此早期常不引起人们的注意。据研究发现，一般20岁左右即可开始有脑动脉弹性逐渐减退的趋势，40岁以后逐渐明显，50岁以后会出现早期症状。可见为了保持人体的正常生理功能，避免早期发生动脉硬化，最好从儿童时期起就要开始预防，从小培养健康的生活方式和良好的生活习惯。

预防措施主要有以下几个方面：

（1）劳逸结合与精神调节：避免精神紧张，烦恼焦虑，生活要有规律，学会经常用脑，又要避免用脑过度。

（2）合理饮食：预防动脉粥样硬化最主要的饮食治疗原则是限制脂肪摄入量。摄入动脉脂肪不宜过多，少吃肥肉和油腻食品。可多吃一些含不饱和脂肪酸较多的鱼肉类、植物油、豆制品等。另外，少吃甜食，多吃新鲜蔬菜和水果，保证足够的维生素和钾、钙等有益营养素及植物纤维的供应。盐的摄入宜适量（6～8克/天），不吸烟，少饮酒或不饮酒等。

（3）体力活动：参加力所能及的体育锻炼和体力劳动。可帮助改善血液循环，增强体质和防止肥胖。

（4）早期预防：对于有高血压、冠心病和糖尿病家族史的人，宜尽早注意血压及血脂的变化，早期采取措施。

什么叫冠心病，有何症状？

冠心病是冠状动脉粥样硬化心脏病的简称。冠状动脉是人体心脏的营养血管，由于种种原因而引起的血管内膜损伤、血脂沉着，使血管腔变得粗糙不平、狭窄甚至阻塞，导致血流量减少，心脏得不到足够的氧气和营养，便会引起轻重不一的症状。

由于病变范围、病情轻重的不同，侧支循环的丰富与否，早期或晚期的差异，所以冠心病人的临床症状也各不相同。在我国，多数病人冠状动脉粥样硬化比较轻微，许多病人甚至没有什么症状，这称为隐性冠心病。少数病人可有"心绞痛"，病人胸骨后或心前区有强烈紧迫感，或具有绞窄性疼痛，这种感觉多在步行、骑自行车、情绪激动、精神过度紧张、饱餐、寒冷刺激时发生，有时疼痛可反射到左肩或左手，口含硝酸甘油片或休息片刻后即可缓解。一般持续时间1～2分钟到10余分钟，如持续时间较长（超过半小时），或者休息、口含硝酸甘油不能缓解，或出现脸色苍白、气喘、虚脱、血压下降的，则应可疑急性心肌梗死，须立即找医师或送医院诊治。

有的病人可出现心律失常或心功能减退，极少数可引起猝死，但这种情况在我国远比欧美国家为少。

冠心病的主要危险因素是什么？

大量的流行病学资料说明，冠心病的危险因素主要是高血压、高脂血症和吸烟；另外，还有糖尿病、肥胖、缺乏体力活动、精神过度紧张，或有冠心病家族史，某种性格类型及口服避孕药等。应该指出的是，危险因素并不是冠心病的病因，因为这些因素对冠心病的发生及发展的作用机制很多尚未搞清楚。各危险因素如果同时存在，可加重对冠心病发病的危险性，具有一、二、三个主要危险因素者的冠心病患病率为正常人的二、四、八倍。

吸烟对冠心病有什么影响？

冠心病人的三大害是高血压、高血脂和吸烟。不少已经确诊为冠心病的或是有隐性冠心病的病人，大量吸烟之后常造成突然死亡。死亡原因是急性心肌梗死。

杀人凶手是烟碱。烟碱能使血管痉挛、心跳加快、血压升高、心排出量降低，并且还会使心脏神经传导功能失常。

烟碱会使胆固醇升高，还会使血管壁通透性发生改变，使胆固醇沉积在动脉壁上，造成动脉硬化。

吸烟使动脉血里的一氧化碳含量增加，氧气含量下降，身体组织缺血缺氧，心脏本身所需的血液也大大增加，这就更加重了心脏的负担。

如果供应心脏血液的冠状动脉发生血管痉挛和动脉硬化，心脏本身得不到充分的"能源"供应，就会发生心绞痛和心肌梗死。

已经证明，每天吸烟 20 支的人，其发生冠心病的危险，与血胆固醇增至 10.4 毫摩尔/升（mmol/L），或血压（收缩压）升到 33.3kPa（250mmHg）的情况相当。吸烟能使冠心病发病率增加 2～3 倍。

因此，冠心病患者，为了保护心脏和维持健康，切不可吸烟。

如何做好冠心病病人的饮食调理？

冠心病的病理基础是动脉粥样硬化。动脉粥样硬化的发生与脂质代谢异常及胆固醇和甘油三酯增高有密切关系。调查表明，凡饮食中胆固醇或糖类含量高的地区，动脉粥样硬化及冠心病的患病率亦较高。因此，冠心病人应注意平衡饮食，保持正常体重。应选取低胆固醇、低动物脂肪、低热量的食物，尽量减少胆固醇摄入，如蛋黄、肥肉、动物内脏、海鲜等。多食含有不饱和脂肪酸的植物油，如玉米油、豆油、花生油、麻油等。对于甘油三酯明显增高的病人，水果也不宜吃得过多，以减少外源性甘油三酯的摄入。此外，每日进食不宜过饱，餐后要有一定的时间休息。饮食宜清淡，易消化及富含维生素，如豆类、蔬菜、瘦肉、淡水鱼等均较适宜，饮食不宜太咸，少食多餐。

体育锻炼对冠心病病人有何影响？

冠心病人适当参加一些运动与体力劳动，对身体和病情有益。因运动和体力劳动可促进侧支循环的形成，改善心肌供血情况，提高心脏对体力活动的适应能力。降低血脂，防止和减轻身体发胖，改善冠状血管的神经调节功能，预防血管痉挛的发生。在具体的体力活动中，快速散步和慢跑是最好的方式，其他如骑自行车，打乒乓球、太极拳，练气功，做广播操等亦较适宜。活动量不是以时间为准，而是按里程计算。也可参照自己的脉搏数（心率）决定活动量，即不论采取何种方式活动，都不能使心率（脉搏）增加至 110 次/分以上，以免增加心脏负担。合理的运动应根据不同病情、原来的体力及锻炼情况、症状轻重、心功能状况等统筹考虑。应在医护人员指导下，进行科学的锻炼，避免突然的剧烈活动。

如何预防冠心病？

冠心病的发生与下列三个因素有密切关系：即高血压、高血脂及吸烟。此外高热量饮食、吃糖或吃盐过多、肥胖、糖尿病、缺乏体力活动、遗传及家族因素等都有一定作用。上述大多数因素可分别通过直接损伤动脉内膜，或促进血小板聚集和凝血倾向等机制而促使冠心病的发生。针对这些发病因素，其预防措施如下：

（1）适当参加体力活动，做到劳逸结合，以保持健康的神经精神活动、良好的代谢和血脂功能。

（2）避免情绪波动，尤忌急躁、焦虑、发怒，戒烟并少喝酒或不喝酒。

（3）合理饮食。少吃高胆固醇食物如动物内脏、蛋黄及动物脂肪。少吃盐、糖，可吃植物油，如豆油、花生油、芝麻油、葵花子油及蔬菜、水果。肥胖的人应减少饮食总热量，适当控制进食量并结合体力活动以降低热量。

（4）积极治疗高血压、高脂血症、糖尿病等有关疾病。

冠心病病人如何正确使用保健盒？

为了做好冠心病的防治工作，要为冠心病病人准备保健盒。盒内应含有：硝酸甘油片、亚硝酸异戊酯、长效硝酸甘油、西地泮（安定）及潘生丁。

使用保健盒要注意以下几点：

118

（1）由于这几种药物很不稳定，暴露在空气或阳光时容易失效，故应保存在暗色的密闭盒内，取后立即关闭，半年内未用完应丢弃更新。冠心病人应该经常随身携带，以供急用。

（2）心绞痛发作时主要用硝酸甘油类药物。硝酸甘油可以使血管扩张，减少回心血量，减轻心脏负担，降低心肌耗氧量。

（3）如心绞痛剧烈时可用亚硝酸异戊酯 1 支放在手帕里压碎安瓿后吸入。此药是一种速效亚硝酸甘油类扩张血管药，从粘膜吸收后 10～30 秒即能生效，作用持续 5～10 分钟。如怀疑有心肌梗死，则应禁用。

（4）当心绞痛发作时立即含服硝酸甘油片，应以小剂量开始，一般 0.3 毫克，1～2 分钟发生明显效果，2～5 分钟疼痛消失。如果不见疗效，应立即再用 1 片。如经用 3 次疼痛仍未缓解，则应立即送医院就诊。

（5）如果病人能够确定引起发作的原因（如用力、进食或紧张），可应用硝酸甘油和西地泮事先预防。

（6）如心绞痛经常发作，可每日常规服用消心痛、心痛定等药。

（7）对于心绞痛发作次数少程度不重的病人，平时可常规服用一二种药物，预防心绞痛发作，如长效硝酸甘油、潘生丁、消心痛、心痛定、丹参等。至于哪一二种较好，则应根据每个病人在治疗中对各种药物的反应不同而选用。

什么是心绞痛，发生心绞痛应如何护理？

冠状动脉的某一支发生粥样硬化之后，血管腔变窄，影响血液通过，使接受由这支血管供血的心肌得不到足够的血液，心肌缺血和缺氧，就会发生心绞痛。

典型的心绞痛多发生在心前区或胸骨后，有一种压迫感或呈放射性胀痛、绞痛。可以放射到肩、背、喉咙、牙齿，或左手等部位。一般持续疼痛时间较短。

发病大都有各种诱因，如过度劳累、情绪激动、饱餐及大便用力等。

发生心绞痛时，应让病人安静卧床休息，舌下含服硝酸甘油或消心痛等药片。并安慰病人，消除紧张、焦虑、恐惧等不良心情，避免情绪激动。缓解期做好劳逸结合，动静结合。戒烟酒，培养乐观情绪。

如果心绞痛发作次数突然增多，程度加重，应该到医院进行检查，以便及时治疗，可预防心肌梗死的发生。

什么是心肌梗死？

冠状动脉是供给心脏本身营养的血管，分左、右冠状动脉两大支。它的分支遍布整个心脏，如果某一支发生硬化，而病变足以使血管腔完全阻塞时，那么，由它供血的那一部分心肌就失去血液供应而产生心肌坏死，这就叫作"心肌梗死"。

因为梗死可以发生在不同大小、不同部位的冠状动脉，所以心肌梗死的程度、范围也不一样，其表现也不完全相同。比较典型的症状是突然发生持续性的心前区或心窝部剧烈疼痛，含硝酸甘油片也不能缓解，同时感到胸闷憋气，甚至出冷汗，四肢发凉，有时可以表现为恶心、血压降低或心跳不规则等。如果过去曾检查过有冠状动脉硬化，那么就有可能是发生了急性心肌梗死。

发生心肌梗死应采取什么措施？

发生心肌梗死时，首先要使病人平卧休息，保持镇静，室内空气要新鲜。如有条件可以给病人吸入氧气和使用镇静剂，应立即请医生检查，最好能做心电图。如果证实是心肌梗死，而且心跳规则，血压平稳，可以先做静脉输液以便给药。然后，由医护人员陪同用担架将病人送往医院。在转送的全过程中，应注意绝对不能让病人自己用力活动。

住院后，病人和家属应与医护人员配合。为减轻心脏负担，急性期必须绝对卧床，吃清淡易消化的饮食，避免一切精神刺激和情绪波动，根据病情恢复的情况，可逐步增加病人的活动。不少病人在休息几个月之后就能参加一般的工作了。

心肌梗死病人为什么会便秘，如何护理？

急性心肌梗死病人易产生便秘。是由于病人长期卧床，进食少，消化功能减退及因心前区痛，应用哌替啶（度冷丁）或吗啡，抑制消化腺分泌等而引起便秘。加上多数病人不习惯于在卧床情况下使用便盆，大便时更加用力，产生一种动作，即深吸气后屏气。这种动作本身可增加心脏负担，诱发室性心律失常，促使心脏破裂等，故急性心肌梗死的病人因便秘后导致死亡者并不少见。所以防止便秘是十分重要的。

（1）预防便秘：常规服用果导或缓泻剂，如中药番泻叶；协助病人养成定时排便的习惯，视病情适当增加蔬菜、水果。教会病人在急性期床上使用便盆的方法，病人在床上（尤其取卧位时），使用便盆须有专人照顾，避免用力。急性期过后如病情许可，可在专人搀扶下在床边取坐式使用便桶或便器。

（2）便秘护理：除可继续服用果导或番泻叶并可调整用量外，还可用甘油栓或开塞露栓剂等，必要时使用低压盐水灌肠。此外，避免精神过度紧张，以免加重排便困难，故应安慰病人，消除其紧张心理，配合药物使用，以解除便秘，保持大便通畅。

高血压、冠心病病人夜间起床应注意什么？

正常人体位变动时，尤其从平位到直立位时，可发生血压变化，严重者则可造成体位性（或称直立性）低血压，引起头晕、眼前发黑、晕厥、摔倒，甚至发生意外。这在老年人、高血压病人、冠心病人尤为常见，也更为危险。临床上因夜间起床过快所诱发的脑卒中、心绞痛、心肌梗死、猝死屡见不鲜。国外有学者曾作过研究，发现每当夜间醒来时很快起床，心电图立即显示心率加快、心肌缺血，同时血压也呈一过性降低。为防止意外，建议夜间醒来时，先静卧半分钟，之后再坐起半分钟，之后双脚垂在床沿再等半分钟，这样经过3个半分钟，机体有了一个适应过程再下床，就不会出现上述的意外了。

安装心脏起搏器的病人应注意什么？

安装心脏起搏器的病人出院后应注意以下几个问题：

（1）填好心脏起搏器卡片，并要随身携带，以备必要时使用。

（2）不能在高电压环境下工作或久留，如在电视塔下居住、工作、休息等。因为高压电所产生的强大磁场会影响起搏器的正常起搏功能。

（3）病人不宜接受使用较强电流的电器治疗。

（4）病人不要过度高抬两上肢，以免牵拉起搏导线使前端的心内膜电极与心内膜脱离，导致起搏失灵。

（5）病人外出时应随身携带阿托品、异丙基肾上腺素等药物，以备起搏器突然失灵时急救之用。

（6）要定期到医院复查，平时无特殊情况的可3个月复查一次。医生对起搏器功能、感知功能、电池消耗等情况进行检测。并进行心电图检查，依心电图显示的情况对起搏器的工作状态作出评价。

（7）病人应注意观察局部的皮肤情况，是否感染。起搏器周围的肌肉随心搏出现节律性收缩或跳动，表示起搏器或起搏导线漏电，应及时到医院处理。

（8）及时更换起搏器。每一台起搏器都有一定的使用期限，过期不更换将致起搏失效，病人会发生危险，因此应及时更换。

（9）安装起搏器后，病人仍出现频发早搏或快速型心律失常、心力衰竭者，可在起搏器的保护下进行各种药物治疗。

什么是心力衰竭，如何护理？

风湿性心脏病或动脉硬化性心脏病的病人，忽然情绪过分激动或过于劳累，使心脏收缩无力，从静脉灌入心腔的血液排不出去，这就叫心力衰竭。

发生心力衰竭，全身得不到氧气和养料的供应，废物也无法排出，造成新陈代谢紊乱，于是出现心慌气短、不能平卧等症状。由于左心和右心的功能不同，右心容纳静脉来血，再送入肺，使静脉血吐故纳新，变成带氧的动脉血。动脉血流入左心，再由左心压入动脉系统周流全身。右心衰竭，静脉血必然淤积，就会出现下肢水肿、颈静脉怒张鼓起、肝大、肾脏淤血而致尿少、胃肠道淤血而致消化不良等症状；左心衰竭，会出现呼吸困难、咳嗽和咯血、心跳增快、口唇和指甲青紫等明显缺氧症状。病情加重的话，整个心脏都呈现衰竭状态，就分不清是哪一侧的问题了。

治疗心力衰竭有两个要点，一是减轻心脏负担，二是增加心脏收缩力。

病重的，应该卧床休息；病轻的，可以适当活动。急性心力衰竭时，可以吃点镇静药，饮食方面，要尽量少吃盐（轻者5克/日以下，重者在1克/日以内），少喝水，不能过饱，宜少吃多餐。

为了增强心力，洋地黄是重要的药。还可以配合应用利尿药并吸入氧气。但这些都应在医生指导下进行服药。

如有全身水肿，则会引起循环、营养不良，皮肤抵抗力、弹性差，故应注意皮肤清洁，防止褥疮发生。

如何做好心脏病病人的饮食调理？

心脏病人的饮食要营养丰富，易于消化。蔬菜、水果、蜂蜜和瘦肉等，是心脏病人的良好副食。

心脏病人宜少量多餐，不可暴饮暴食，避免过饱。因为胃部饱满，易致膈肌痉挛，影响心脏活动。在口味上要求清淡，少吃油腻。心脏有病，尤其心功能不好的人，胃肠往往有瘀血，消化吸收能力较差，多吃油脂，就会加重胃肠负担，影响食欲。要根据病情，少吃或不吃盐（包括碱在内），因为盐和碱中的钠离子能使身体里的水分积存，不易排出，增加血流量，结果加重心脏负担，并引起水肿。如果病人进食少或者正在服用利尿药，尿量增加了，那就不必对盐限制过严。水果含有较丰富的维生素，每天应适当吃些，以补充维生素；但也不宜大量吃。如心功能太差时，还要限制一定的水分。

如何护理老年心血管病病人？

老年人由于身体的组织器官老化，心血管功能也受到严重影响，老化往往伴有动脉硬化，易引起高血压、冠状动脉供血不足。最常见的老年心脏病是冠心、高血压、肺心、心力衰竭等几种心血管病，这些疾病可同时存在，并相互影响，其中以冠心病与肺心病并存机会较多，称为肺冠心病。得了冠心病同时也有高血压、高脂血症、糖尿病、肥胖等合并存在。在这些病人中一部分有吸烟、饮酒及家族史。

在护理中应做到：关心体贴病人，多给予精神安慰，并要重视饮食护理；饮食宜低盐、低脂，少食多餐，食块要小，肉无骨，鱼无刺，少吃煎炸食物，多吃煮炖食物，清淡可口，做到"软"、"烂"、"热"、"美"，以增进食欲，改善情绪。在服药过程中要注意用药情况，老年人对药物的耐受性降低，应根据医生开的用量来吃，不可过量，以免发生药物中毒。另外，应做好皮肤护理，经常给予擦浴，卧床时应当每2～3小时给予翻身，预防褥疮。并做好口腔卫生。保持大便通畅，有便秘时给予泻药如口服果导、番泻叶等。注意病人的安全，防止坠床。

脑血栓是怎么形成的？

脑血栓，即血管内形成血栓凝块，把某一支脑动脉堵塞位，使那里的脑组织得不到血液的供应而坏死、软化、失去功能。形成脑血栓的病因，多为脑动脉粥样硬化和脑动脉内膜炎。

脑血栓形成多见于 60 岁以上的老人，发病数天或数周前常有头痛、头晕、肢体麻木或偏瘫。起病比较慢，多在睡眠或安静状态下发生，1～2 天内症状发展到高峰。多数病人仅有意识模糊，少数病人昏迷，偶见抽搐，血压多不增高，常有口角歪斜，伸出舌头偏向一边等表现。

若发生这种情况，则应让病人安静卧床，并尽快送往医院治疗。

脑梗死最常见的预兆是什么？

脑梗死虽然发病急骤，但在发病前多数必然有一个或长或短的病理演变过程。据统计，约 70% 的病人发病前多多少少都会感觉到一些前驱症状。这些前驱症状就是即将发生脑梗死的先兆，它常在发病前数分钟、数小时或数天内出现。脑梗死发生前最有意义的危险信号就是短暂性脑缺血发作，它是短暂的脑流量减少引起的脑功能障碍，每次发病时间短，由数秒、数分钟到数小时不等，一般 24 小时内可以恢复。短暂性脑缺血发作可以表现为突然头晕；肢体麻木，面麻和舌麻，说话吐字不清，流涎；突发性一侧肢体无力，活动不灵，走路跌倒或晕倒；头痛突然加重，由间断性变为持续性；短暂的意识丧失或个性和智力的突然变化；整天昏昏沉沉，困乏无力，呈嗜睡状态；突然出现视物不清或眼前黑矇，短时间内可恢复等。短暂性脑缺血的反复发作是将要发生脑梗死的危险警报。因此，中老年人和高血压患者如出现以上症状，应引起重视，及时去医院诊治。

什么叫"中风"？

中风又叫脑溢血，多见于 40 岁以上到 70 岁的人。多数病人同时有高血压症，中风之前可能有头痛、头晕、耳鸣、一时性黑矇等现象，之后突然昏倒、呕吐、面部潮红、呼吸深且慢，还可能有些低热。轻者只有头晕、无力、一侧肢体动作不灵或发音不清；重者昏迷不醒、大小便失禁、脖子发硬、呼吸深且慢而发出鼾声。如果出血不断增加，昏迷便越来越深，青紫也越来越重，呼吸断断续续，血压下降，四肢冷厥，病情发展到这种程度，往往难以挽救。

如果出血不严重，血块逐渐被吸收、脑水肿减轻，病人逐渐清醒，常常出现口角歪斜、伸舌偏向一侧，以后可能出现偏瘫等后遗症。

家庭中有人发生"中风"该怎么办？

中风可以发生在任何时间和各种场所，多数是发生在家庭中或工作单位内。一旦发生中风，病情进展很快，紧急抢救是一个十分重要的环节。因此家庭中抢救及时与否，处理好坏关系到患者病情的预后转归，所以掌握中风发病中的家庭急救知识很有必要。

（1）发现病人突然发病不要惊慌失措，而应保持镇静，派人速请医生前来抢救，或立即送医院诊治。

（2）掌握正确的搬运病人方法，不要急于把病人从地上扶起或坐起，最好 2～3 人同时把病人平托到床上，头部略抬高并避免震动；对于呕吐病人应将头部偏向一侧，解开病人衣领并取出假牙，用纱布或手帕包上放好，将病人舌头拉向前方，以保持其气道通畅，以免呕吐物误吸入气管引起窒息或吸入性肺炎。如果呕吐物阻塞咽喉部，病人出现气急、咽喉部痰鸣等症状时，可用塑料管或橡皮管插入到病人咽喉部，另一端用口吸出分泌物。

（3）转送病人时要用担架卧式搬抬，切忌用椅子搬运。如果病人从楼上抬下，必须头部朝上，脚朝下抬，这样可减少脑部充血。整个搬运过程，动作要轻柔稳健，尽量减少震动或扭伤身体其他部位。在救护车内，家属可轻轻托住病人头部或上半身以减轻车辆行走中的震动。不要让病人随意坐起或站立，因为任何过多的活动和搬运都会使病人病情加重。

老年人"中风"应如何护理？

老年人"中风"的护理应注意做到

（1）让病人安静卧床，不要过多地惊动或搬动病人。

（2）头部可以敷凉水毛巾、冰袋，但四肢要保暖。

（3）血压高，要积极降压。使用降压药，要观察血压情况。

（4）病人出现烦躁不安，可用镇静药。

（5）病人头部应略垫高，使头部静脉血液容易回流。

（6）恢复期和慢性期，要注意病人的口腔卫生，经常给予翻身、擦澡，防止产生褥疮，要处理好大小便。在这个时期里，应注意锻炼，帮助病人活动肢体，促使其早日恢复四肢功能。

癔病有哪些表现，应如何处理？

癔病是强烈的精神创伤和痛苦情感的反应。多见于性格多变、感情脆弱、情绪不稳的妇女。起病急骤，多半过去有过类似的发作。

癔病表现形式多种多样，有一种是抽风形式的：忽然两手紧握、口眼紧闭、人往后挺、呼叫不应，但没有大小便失禁和舌头咬伤，这与真正的抽风不同。这种抽风可以持续几十分钟甚至几小时。

再一种，是兴奋激越形式的：突然叫喊哭笑、歌唱狂呼、乱骂乱跑，有的还毁坏器物甚至打自己或咬人。

还有一种形式是神经异常：如不能下地，但能在床上活动，自己感觉身体麻木，两眼看不见东西，双耳听不清声音，甚至不会说话。

处理这种情况，主要是保持镇静，将病人安置在安静的房间，谁都不要惊慌喧嚷。尤其不能谈论病的轻重，免得病人听了更不容易恢复常态。相反，倒是应当用语言暗示，对病人进行诱导，告诉病人，他（她）的病不要紧，慢慢就会好的。不要让过多的人来看望病人。暗示诱导效果不好，必要时可以吃点镇静药，让病人安静入睡。癔病过后，要做细致的思想工作，劝病人心胸开阔，不计较小事，以防再次发作。

急性荨麻疹如何处理？

这是一种轻的过敏性反应。常常由于吃了某种药或某些食物，或者吸入花粉、香料及受到冷、热、光的刺激而引起。

先是皮肤突然发痒，搔抓后皮肤发红，很快出现大小不等的凸起风团；还可能有胃肠症状：一阵一阵的腹痛，恶心、甚至呕吐、腹泻；同时还可能伴有不同程度的发烧、寒战。

处理方法是：尽可能去除病因。如果是食物过敏引起的，应鼓励病人多喝水，亦可用泻药和利尿药。如系某种药物过敏引起的，则应停服该药。可以口服抗过敏药，如扑尔敏4毫克，每日3次（小儿剂量酌减），皮肤太痒的可涂复方炉甘石洗剂等。如病情重，反应严重，请送医院治疗。

老年人常见的疾病有哪些？

老年人得的疾病，有三类情况：

（1）第一类情况是只出现于老人的疾病，如脑动脉硬化症、慢性肺气肿、脊柱以及关节的退行性变化、骨质疏松、前列腺增生症等。

（2）第二类情况是其他年龄组的人也会得的，但以老年人发病率较高的疾病，如动脉硬化症、高血压病、冠状动脉疾患、脑中风、癌瘤等。

（3）第三类情况是老年人和青年人一样都可能得的病，例如伤风感冒、肠胃炎等许多疾病。

通常把第一、第二类情况中的那些病称作"老年病"，它们的发生和老化现象有一定的关系。由于老年人反应力弱，疾病常呈慢性发作，恢复的时间也较长；老年人疼痛等疾病的表现也不像年轻人那么急剧，有时容易掩盖病情延误治疗；老年人肾脏功能降低，服用的药物不易从肾脏排泄，而容易在体内蓄积，副作用以至毒性作用更易出现，这些都是应该注意的。

如何调理老年人的饮食？

老年人牙齿脱落，咀嚼能力很差，因此要根据老年人的习惯和爱好，选择易于消化的食物。如煮面条、粥、糊糊、煮水果等。饮食要有规律，每日可进3～4餐，但每次食量不可过多。

热量：其食量比20～30岁的人要减少近1/3。

蛋白质的需要量，大约每千克体重需1～1.5克。最好吃大豆及豆制品、鱼类、瘦牛肉、鸡肉等，这些食物所提供的蛋白质含胆固醇低，对预防动脉粥样硬化有一定的好处。

油类：最好吃含不饱和脂肪酸多的油，如豆油、花生油、香油、菜子油等，可以预防动脉硬化。

此外，应常吃青菜，特别是绿叶蔬菜和水果，因其含有维生素C等营养物质。

粗粮含维生素B较多，而且粗粮的纤维素较多，利于通便，老年人适当吃些粗粮好。

老年人还可适当补充钙质。大豆中含有丰富的钙，也可以口服乳酸钙，每日1克。

老人如何养成良好的生活习惯？

良好的生活习惯是延年益寿的"法宝"。老年人应养成：

（1）早睡早起，坚持早晨锻炼身体。

（2）保持一定的睡眠时间。老年人大约每晚睡6～7小时即足，中午应睡半小时至1小时。

（3）睡前用温水洗脚或擦浴，常能使人安稳入睡。

（4）衣服勤换勤洗，被褥常洗晒。

（5）饭前便后要洗手，不随地吐痰。

（6）洗澡不必过勤，每周二三次即可。夏季可以每天 1 次，每次洗 20 分钟；不要用碱性强的肥皂洗搓。水的温度最好在 40℃，过冷或过热容易引起血压波动。

（7）最好骑自行车或步行上、下班，这对身体很有好处，但路程不宜过远，速度不宜太快。

（8）注意身体健康，定期去医院检查。如有高血压、糖尿病、动脉粥样硬化等疾病，要坚持治疗。

（9）老年人对药的敏感性强，排泄缓慢，药物副作用出现的机会较多，尽可能少用药。

（10）少量饮酒可以舒张血管、促进血液循环；大量饮酒有害无益；酗酒者很少活到 60 岁。

（11）戒烟。

如何预防老年人便秘？

大约有一半的老年人可出现便秘症状。

便秘是常见病症，但常引起腹胀、全身不适，老年人用力大便时，有的病人可出现晕厥或心血管意外。

预防措施：

（1）养成每日定时通便的习惯。

（2）饮食中应多摄取一些蔬菜、水果和多纤维食物。

（3）每日要有一定的时间进行体力活动。

（4）如便秘 2 日，大便硬结，可用“开塞露”注入肛门。

（5）可饮淡茶，不饮浓茶。

（6）也可口服通便药如果导片或番泻叶 2 克，开水冲泡后饮用，1～2日饮1次。

老年人健康要诀是什么？

老年人的健康要诀是：

（1）睡得好，每日小休1～2次。

（2）每日步行30～60分钟。

（3）饮食宜易消化、清淡，多吃蔬菜、水果，吃饭不过饱。

（4）饮酸奶。

（5）不吸烟、不酗酒。

（6）生活规律，不通宵打麻将。

（7）不晒过多太阳。

（8）保持牙齿清洁。

（9）性情愉快，不性急。

（10）有病早治疗，不拖延。

如何延年益寿？

运用科学知识和经验来推迟衰老、延长您的寿命。

（1）要有正确的人生观、远大的理想和坚强的意志。

一个人要有正确的人生观，要有远大的理想和坚强的意志，才能不畏险阻，兴致勃勃地工作和学习。不但青少年和壮年人要这样，老年人也应该这样。"老当益壮"，才能使各项功能得到改善和发挥。

（2）要有规律地生活和必要的活动。

起床、锻炼、吃饭、社会活动、工作、运动和睡眠都要按时、有规律，也要安排一定的时间参加文娱活动。

老年人最好做力所能及的事，生活要自理，即使是病后的恢复期，也要鼓励其自理。不然的话，由于体力活动减少，对社会和事物的接触减少，耳目闭塞，就会使智力减退，思维、联想能力减低，精神抑郁。这对老年人的生活、健康都很不利。因此，从工厂、企业、机关退休的老人，最好参加力所能及的适当的社会工作或公益事业。这样老人的生活也会丰富愉快，能够益寿延年。

（3）适当的体育锻炼。

在青少年时代，运动对促进身体的发育有着很重要的意义。对于老年人来说，运动也是很有必要的。运动可以锻炼肌肉、关节，促进血液循环，增强心脏功能，使心搏出量增加，心率减退，肺通气量增加，消化功能增强，促进机体代谢，精神愉快。可以说抗老在于运动。然而，进行体育运动也应选择适合的方式：如散步，做体操，打乒乓球、羽毛球等。太极拳对老年人的健康具有积极的作用，但不可过于疲劳或剧烈。体育锻炼要持之以恒，不要练练停停。最初的锻炼最好在专人指导下，要求动作姿式和锻炼的方法比较正确；锻炼后，要总结经验，例如体力、睡眠、食欲是否改善，疾病症状是否缓解，以便作出适当的调整和改进。

四、外科疾病护理常识

丹毒病人如何护理？

丹毒是皮肤内淋巴间隙的急性感染。致病菌多为丹毒链球菌，其毒性强，播散快，好发于面部及下肢。病人往往开始有头痛、高热、畏寒等前驱症状，继之皮肤出现红疹，呈鲜红色，中央淡，周围深，局部疼痛不剧烈，但有烧灼样痛，有时出现下肢大片红斑，像流火一样。丹毒极易复发，特别是足癣患者，反复发作可使下肢淋巴管阻塞，发生象皮肿。

丹毒病人应注意休息，抬高患侧肢体，局部热敷或用50％硫酸镁湿敷。根据病情适当选用抗生素，常用青霉素，到炎症水肿症状消失后方可停药。有足癣者应及时治愈足癣，以免复发。丹毒传染性大，属接触性传染病，需床边隔离，接触患肢后应洗净双手，病人的被褥等用品要煮沸消毒。

皮肤长疖子如何护理？

疖是一个毛囊及其所属皮脂腺的急性化脓性感染。常可扩散到附近的皮下组织。致病菌多为金黄色葡萄球菌。多见于头、颈、面部、背部、腋窝及臀部。这些部位皮脂腺丰富，常受摩擦，细菌易传播，侵入附近毛囊。面部疖比较严重，因为面部血液循环丰富，炎症反应严重。特别是上唇周围和鼻部，如用力挤压，感染可通过血管扩散至颅内，引起颅内化脓性海绵窦静脉炎，死亡率高。任何部位的疖都禁忌挤压，以免感染扩散。早期的疖可用鱼石脂软膏、鲫鱼膏敷贴，使感染局限化。疖成熟后立即除去脓栓或切开引流。常用抗生素有青霉素、红霉素及头孢类广谱抗生素等。预防要经常保持皮肤干燥，如已生疖，疖周围的毛发应立即剃除，并用70%酒精涂擦，以免感染扩散至附近毛囊。暑天气候炎热，出汗多，需多进水分，并饮清凉解毒饮料。

如何观察皮肤色素痣的变化？

色素痣属于黑素细胞的良性肿瘤。有针尖至硬币大小，形状为圆形，硬度与正常皮肤相同，颜色有淡棕、深褐或者黑色。

若是淡颜色的色素痣颜色突然加深，且面积增大，局部红肿、破溃、出血，边缘出现卫星状色素小点，局部轻度疼痛、灼热、瘙痒或针刺感，则应提高警惕，防止恶变。若是痣边界不清楚，边缘不光滑，看起来模模糊糊一片，颜色深浅不一，且发展迅速，稍一碰撞则破溃出血，并形成不规则形状的瘢痕，这极有可能是色素痣已转化成恶性黑素瘤，应迅速到医院就诊。对于一般的色素痣，应尽量避免刺激它。如手抓、摩擦，均会刺激痣细胞，易于恶化。若是反复使用激光、冷冻等物理方法去除色素痣，却没有彻底消除痣细胞，反而易于激惹痣细胞，使其变性增生，进而恶化。对于发生在掌跖、腰围、腋窝、腹股沟、肩部等易于摩擦部位的色素痣，最好及早切除，以防恶变。

手术前病人应做哪些准备？

手术前病人需准备柔软的卫生纸，床上使用的便盆，男病人需备尿壶。术前病人常有焦虑、恐惧心理，影响休息、饮食及机体适应环境的内分泌系统，所以应安慰病人，以确保最佳心理状态。充足的睡眠可改善营养，提高机体免疫力，术前晚必要时在医生指导下服用安眠镇静药物。不同手术，有不同的饮食要求。如肠道手术病人入院后可低渣饮食，术前一天改为流质，任何手术（除局麻）在术前12小时都需开始禁食，术前4～6小时禁水，以防因麻醉或手术过程中呕吐引起窒息或肺炎。为防止切口感染，术前需剃除手术区域、切口周围的毛发，然后沐浴、洗发、清洁身体。为防止术中术后增加污染机会，减轻术后腹胀，有些腹部手术病人需要灌肠，时间是术前晚或术日晨。施行大中手术病人术前要采血定血型和交叉配血试验，为术中用血做准备。术前还要进行青霉素和普鲁卡因麻药试验。如有发烧、皮肤破损感染或女病人月经来潮都要延迟手术。吸烟的病人应在术前1～2周停止吸烟，以减少呼吸道刺激。术前还应练习床上使用便器，深呼吸及有效咳痰方法。手术日晨，根据不同手术需要，可能为您插胃管或尿管。进手术室前请将假牙放入透明玻璃杯中妥善保管，发夹、手表、首饰及贵重物品交家属保管。术前先自行排便排尿，并更换干净患服。手术前，为避免病人紧张，护士会给病人注射镇静药物。

如何做好手术前病人的心理护理？

多数病人在手术前会产生焦虑、紧张、恐惧、抑郁、消

137

极、悲观等不良心理状态。处于这种精神极度紧张状态下施行手术是非常不利的，因为它可影响病人的睡眠和休息，食欲随之减退，健康状况也下降了。更重要的是使机体适应环境的内分泌系统受到损害，从而减低机体对病毒、病菌、过敏物质的抵抗力而致病。同时减低了对手术的耐受性，增加手术后发生合并症的机会。我们应在术前仔细掌握病人的思想情况，有针对性地采取积极措施，改善患者精神情绪，使其安心接受手术治疗。

此外，还要加强术前卫生指导，可根据病人不同年龄、性别、职业、信仰及不同性格、文化程度等个体差异，在术前采取集体和个别介绍相结合方法，以通俗易懂的语言说明手术的必要性及术后注意事项。同时还可向病人介绍医护人员的高超技术及责任心，邀请已手术病人介绍配合治疗的经验，从而帮助病人认识自己的疾病，解除其对手术的恐惧焦虑不良心情，以增强其对手术的信心。

手术前还要注意保护性医疗，特别是恶性肿瘤的病人，恐惧心理更为严重。因此对病人解释病情、手术方案时需要慎重，原则上避免使用增添恐惧和顾虑的语言。疾病的严重性和手术的危险性及预后都不必向病人解释。但对有一定判断力的病人，隐瞒实情反而会增加猜疑，如果告诉他真实情况并强调早期治疗的重要性，更会激起病人战胜疾病的信心。在与病人交谈时，医、护及家属说话要取得一致，否则非但不能稳定病人思想情绪，反而会给病人带来不安。

手术后应注意哪些问题？

麻碎未清醒时，去枕平卧，头侧向一边，以防窒息。腰麻或硬膜外麻醉需平卧 6 小时，以防头晕。病人清醒后血压稳定时，颈胸腹部手术病人可改为半卧位，利于呼吸和血液循环、减轻伤口疼痛、预防膈下脓肿。阴囊腹股沟手术后取低半卧位。

术后除医生特别指示都应禁食。每日所需的营养物质由输液补充。禁食时应注意口腔卫生。术中可能留置某种引流管道，应注意引流管妥为固定，千万不可自行拔出。

手术后若无特殊禁忌，都应早期开始活动。早期下床活动可预防术后肺部感染，防止静脉血栓，避免肢体肌肉废用性萎缩，促进肠蠕动早日恢复，减少腹胀，增进食欲，还有利于排尿。首先在床上进行深呼吸和四肢活动，护士协助翻身，如无特殊禁忌，手术后第一天可在协助下沿床走几步。活动以不过累为度，逐渐增加活动范围和活动量。

术后半卧位、翻身拍背、深呼吸、有效咳痰及雾化吸入都是预防肺部感染的有效措施。

术后有效咳痰的方法？

咳痰是清除呼吸道分泌物的最有效方法。手术后部分病人怕咳痰时伤口会痛，不愿咳嗽，或只是干咳一两声，使呼吸道分泌物不易排出，引起术后肺部感染。正确的方法是：咳痰前先拍背，或进行雾化吸入，使痰液松散。咳嗽前先深吸气后屏气片刻，然后将屈曲放在两侧胸壁下的手臂内收加压，或由护士内收轻压伤口处，同时腹壁肌肉稍用力收缩，躯干略前倾，用力咳嗽。训练过程动作要连贯，一气呵成。

手术后病人饮食如何护理？

手术后的饮食对病人的身体恢复有很大关系。过早进食可引起腹胀等并发症，但进食过迟也是有害无益的，因为不但使术后创伤得不到足够营养及时修复，而且口渴、饥饿等会折磨病人。局麻和小手术病人，不存在麻醉药物反应的，术后6小时可给正常饮食。全麻但非消化道手术病人，术后6小时如没有恶心呕吐反应的病人，可以先吃流质饮食，以后根据情况给予半流质或普食。胃肠道手术病人一般术后24～48小时内禁食，待肛门排气、肠蠕动恢复后就可以给少量多次的流质，开始最好不要喝甜的、易胀气的汤，很容易引起腹胀。逐渐可改为半流质如稀饭、面条等，术后2周左右就可以改为软食或普食了。

手术后一般饮食原则是清淡、易消化、高蛋白、荤素搭配均衡且少量多餐。可吃些如鸽子、鲈鱼、童子鸡、甲鱼、黑鱼等高蛋白食物以促进伤口愈合，但也要吃些蔬菜水果，以防止术后便秘。

术后病人为什么要早期下床活动？

许多病人在手术后不敢下床活动，怕引起伤口痛，伤口会裂开。手术后如无禁忌，早期活动是促进早日恢复健康的关键问题。

（1）防止肺部感染：手术后胸腔及腹腔之间横膈松驰而上升，肺内呼吸的量及氧交换量较少，加上卧床，伤口疼，害怕咳嗽，痰就不易排出，积在肺内形成"坠积性肺炎"。术后早期活动使横膈下降，空气进出肺的容量增加，痰液容易咳出，从而有利于防止肺部感染。

（2）防止下肢静脉栓塞：手术后卧床不动使血液流动减慢，加上术后禁食或进食饮水少，使血液浓缩，很容易形成血栓，使肢体营养和功能受到障碍，甚至坏死。如果术后早期活动，腿部血流速度就会增加，可避免或减少血栓形成。

（3）减轻腹胀：手术的刺激可造成植物神经紊乱，使肠蠕动减弱，出现一定程度的腹胀。早期活动可以推动肠蠕动，提早放屁，帮助消化，增进食欲。

（4）预防肠粘连的发生：肠蠕动不好，肠子就容易发生粘连，轻者腹痛，重者还会引起肠梗阻。早期活动使肠蠕动变得活跃，因此就不容易发生粘连，即使有粘连，程度也较轻。

（5）避免发生褥疮：手术后如长期卧床，不敢翻身，会使受到压迫的某些部位如背、骶尾等部的皮肤开始发红、起泡、疼痛以致溃破、糜烂成为褥疮。早期翻身下床就不会发生褥疮。

（6）促进伤口愈合：早期下床并不会撕裂伤口，因为医生缝合伤口的医用丝线很牢固，缝合时每针距离又相当密，缝合又要好几层，足以耐受一般的坐、站、散步等下床活动，何况术后 24 小时左右刀口各层已有一定程度的愈合。早期下床可促进血液循环，减轻腹胀，增进食欲，改善营养状况和促进炎症消退，反而有助于伤口愈合。

（7）减轻伤口疼痛：手术后早期活动，肌肉关节都可以得到锻炼，而且能给病人精神鼓舞，增强信心，转移对伤口疼痛的注意。

早期活动并非随意无限制的活动，而是要根据病人的耐受力适当进行，以不过累为度。凡休克或术后生命体征不稳定、严重感染、出血后极度衰弱的病人，以及整形、骨关节手术后需要固定时、疝气修补术后等，均不宜过早活动。

急性阑尾炎病人如何护理？

急性阑尾炎是外科急腹症中最常见的疾病之一。主要症状是腹痛，起始多在上腹或脐周，若干小时后再转移至右下腹。常伴有恶心呕吐、发热等症状及白细胞计数升高。发现如上症状时，应及时就医。在确诊前忌服用或注射止痛剂，以免延误诊断。如行非手术治疗，应密切观察病人神态及精神状况，若体温逐渐下降，腹部疼痛好转，白细胞渐趋正常，说明病情好转，反之则病情在发展，不能继续采用保守疗法。急性阑尾炎主要以手术治疗为主，即阑尾切除术。手术前应消除紧张情绪，排空尿液。手术后根据不同麻醉方式给予适当卧位，如腰椎麻醉病人应去枕平卧 6～12 小时，硬膜外麻醉可睡低枕平卧。手术当天禁食，术后第一天流质，第二天进软食，在正常情况下，第 3～4 天可进普食。术后如发生便秘可在医生指导下口服轻泻剂。术后 3～5 天禁用强泻剂和刺激性肥皂水灌肠，以免引起阑尾残端缝合裂开。术后 24 小时可起床活动，促进肠蠕动恢复，防止肠粘连发生，同时可增进血循环，加速伤口愈合。老年病人术后应注意保暖，每日做拍背、助咳动作，防止坠积性肺炎。

胆结石的发生与饮食有什么关系？

胆结石病即胆道内胆汁某些成分（胆色素、胆固醇、粘液物质及钙）等在各种因素作用下析出、凝集而形成石头导致的疾病。胆结石的形成与饮食有很大关系。

凡是能造成胆囊胆汁中胆固醇成为过饱和状态均有可能为胆固醇结石的形成提供条件。动物性食物中含有较多胆固醇，以脑、蛋黄、鱼子、骨髓含量最多，动物的内脏、乌贼、贝螺等软体动物、牛羊肉、奶酪等也富含胆固醇，而瘦肉、鱼肉中胆固醇含量较少。身体内胆固醇增多就会引起胆固醇结石，因此要少吃含胆固醇较多食物。另外，长期空腹可造成胆汁在胆囊中停留时间过长，胆固醇过饱和而形成结石，所以应改掉不进早餐的习惯。经研究证明，糖摄入过多也容易形成胆固醇结石，而每天适量喝点葡萄酒能减少胆石症的发生。

胆色素结石即胆红素钙为主要成分的结石。它的形成与人们饮食中缺乏蛋白质和脂肪有一定关系。在正常胆汁中有一种叫葡萄糖二酸的物质，它可阻止胆色素结石的形成。如果饮食中蛋白质和脂肪长期不足，就会引起胆汁中葡萄糖二酸明显减少，而易发生胆色素结石。

随着人民生活水平的不断提高，我国不少地区胆色素结石的发病明显减少，而胆固醇结石的发病越来越多，因此保证平衡膳食是防止胆结石发生的重要因素。

胆囊炎胆石症病人术后如何护理？

胆囊炎胆石症病人术后常因麻醉发生呕吐，因此未完全清醒时，应去枕平卧，头偏向一侧，以免窒息。天冷时注意保暖，但要注意避免烫伤。保持 T 型管通畅，正常情况下引流胆汁由少至多，再从多到少。最初每天约 300～400 毫升，3～4 天约 600～700 毫升，5～7 天后会减少。正常的胆汁应是金黄色或墨绿色，清亮而无杂质。病人翻身时，千万勿将T型管牵拉过度而滑掉，引起手术失败。一般T型管放置10～14天后病人体温正常、无腹胀及压痛，黄疸基本消退，胆汁色质正常，T型管造影通畅，夹管后无特殊反应，即可考虑拔管。手术好肛门排气后可开始进清淡流质，如米汤、藕粉、果汁、鸡汤、麦乳精、蛋汤等。1～2日后再改半流质饮食。如烂糊面、馄饨等，1周后可进普食。手术后近期饮食宜清淡，少油、高蛋白（不吃蛋黄）、高热量为原则。可以少吃多餐，尤其一次不宜吃太多动物脂肪食物。经过一个阶段（3～6个月），可以逐渐少量多次添加脂肪饮食，以不造成腹部不舒服和腹泻等消化不良为标准。胆固醇结石病人应低胆固醇饮食，色素型结石病人可增加饮食中蛋白质与脂肪含量。手术后7～10天可拆线。部分病人需长期留置T型管，平时应注意几点：①勿使T型管滑脱；②保持管口皮肤清洁干燥；③遵照医生指示每日定时开放或夹管；④定期更换引流袋，换袋前应洗净双手，勿触及管口及接头处。

胃切除术后如何护理？

胃十二指肠溃疡反复发作，内科治疗效果不佳，或伴有穿孔、大出血、癌变等，宜采取手术治疗。胃大部切除是常用的手术方法。而胃癌通常采取全胃切除，或根治性胃次全切除术。

术后常见的并发症为出血（胃管流出鲜血、血压下降）、感染（持续发热、腹部疼痛）、吻合口梗阻（进食后半小时感腹胀痛、反胃、呕吐）、肠瘘（腹疼、发热、切口红肿随后流出较多液体或胃内容物）等，医生将及时给予止血、消炎、引流及其他支持治疗或再次手术。还有一个常见的并发症如倾倒综合征，胃大部切除后，含糖高的食物过快进入空肠，短时间内引起植物神经失调、低血糖反应，出现腹胀、心慌、出汗、头晕、呕吐，有时腹泻。进食后平卧10～20分钟可控制或减轻症状，此外，还应多食蛋白、脂肪类半流质或固体食物，控制糖类摄入，使其逐渐适应。

术后常用的康复疗法：

1）一般疗法：

（1）起居要规律，劳逸结合。

（2）戒烟忌酒，少饮浓茶。

（3）积极参加各种有益于身心健康的娱乐、文化生活，保持高昂的情绪，树立战胜病魔的坚强意志。

2）饮食疗法：日常饭菜要花色多样，美味可口，少食多餐，尤其中餐不要太多，这样将减少饭菜在胃中停留的时间，保持残胃的结构和功能。蒸、炖、煮、烧是可取的保护性烹调法，尽量少食用油炸、腌制的食物，多食面粉、瘦肉汤、鲜嫩蔬菜、豆制品、奶类等；少食淀粉及糖类食物或过冷过热食物。

3）补充铁剂和维生素等：胃大部切除易引起缺铁性贫血，故应在医生的指导下长期补充铁剂。同时还会引起维生素 B_2 及多种 B 族维生素缺乏，导致口角炎、口腔粘膜溃疡，应及时就医。在口服或注射维生素 B_2 过程中尿色变黄属正常现象。

4）其他：贲门术后病人应强调终身低斜坡位，否则易引起反逆性食道炎。

人工肛门术后如何护理？

人工肛门是根据病情经手术在腹部做一瘘口以适应机体的排便需要。回肠造瘘常位于右下腹，结肠造瘘常位于右上腹、中腹腰水平，左上或左下腹。

人工肛门术后病人可使用一次性简易粪袋，用袋前先以清水将周围皮肤洗净涂上氧化锌油膏保护皮肤，袋口接放于造口处，用弹性带将肛门袋系于腰间。袋内有粪便应及时倒掉，避免感染。如果造瘘口变黑、变蓝则应立即就医。

术后应进高蛋白、高碳水化合物的饮食，以促进伤口的愈合。有的病人为了减少粪便不吃饭或少吃饭，这样做是有害的。回肠造瘘的病人对于高纤维的饮食如花生、蔬菜、水果要细嚼，天热、锻炼时应增加液体的摄入。

出院后饮食可根据个人胃肠道消化吸收功能情况做调整。饮食以三餐软干饭或馒头及适量粗纤维青菜为宜，少喝油腻汤，以保持大便成形。如大便较稀，可遵医生指示，服用复方乙呱啶以恢复成形便。绿叶蔬菜、蛋类、鱼类、洋葱，均可增加臭味，社交前可减少此类食物的摄入。

患者应适当掌握活动度，避免过度增加腹压，而引起人工肛门的结肠粘膜脱出。

直肠癌术后病人每半年做纤维结肠镜一次。

疝气手术病人如何护理？

"疝气"即腹外疝，是指内脏自腹壁或体表的缺损处向外突出，在局部形成肿块。发病的原因主要有两种：一是腹壁缺损，由先天原因或手术造成，老年人由于腹壁肌肉退化松

146

弛，也容易引起疝的发生；二是腹内压力增加，如慢支长期咳嗽，经常便秘用力排便以及前列腺肥大等重体力劳动者、举重运动员、妊娠妇女等。

疝气可分为易复性、难复性、嵌顿性、绞窄性四类。易复性疝可以返纳，腹压增加时出现，卧床休息时消失；难复性疝指疝大，内容物粘连，难以返纳；嵌顿性与绞窄性疝多剧痛。有些可出现肠梗阻的症状，恶心呕吐、停止排便排气等。

疝气的治疗以手术为主。手术前对慢性咳嗽或便秘的病人应及时治疗，戒烟，注意保暖，避免受凉。手术后注意观察伤口有否渗血。不宜过早采用半卧位，以免增加腹压，影响手术修补部位愈合。术后2～3天取半卧位，但膝关节应屈曲，膝下垫一软枕以松弛腹壁，减少张力。肠蠕动恢复后可进流质或软食，逐步过渡到普食。注意保暖，以防受凉而引起咳嗽；保持大便通畅，若有便秘应给通便药物。出院后仍应适当休息，逐渐增加活动量，一般3个月内不宜参加重体力劳动或过量运动。术后仍应注意对腹压增加的疾病的治疗。

甲状腺术后病人如何护理？

甲状腺手术后应注意：

(1) 拆线后练习颈部动作，防止瘢痕收缩。

(2) 地方性甲状腺肿术后的病人应多吃含碘丰富的食物，如碘盐、海带、紫菜、海鱼等。但预防用的碘剂量不宜过大，否则反而会激发成甲亢。

(3) 甲状腺恶性肿瘤术后病人应遵照医嘱口服甲状腺素5年，前半年每日2片，半年后每日1片，持续5年。

（4）有喉返神经损伤并声音嘶哑者应请五官科医生诊治，进行声带调拨。喉上神经损伤者应缓慢进餐，以免发生呛咳，最好能进一段时间的干食。出院 2 个月后随防。

肛裂病人如何护理？

经常便秘或大便偏硬的人可引起肛管皮下脓肿，脓肿溃破，形成溃疡，使肛管齿状线与白线之间皮肤全层裂开，就是肛裂了。肛裂病人排便时及便后肛门剧裂疼痛。病人不敢大便而易致大便干结，则更增加排便困难和痛苦。肛裂轻微者非手术治疗，首先应保持大便通畅，可遵医生指示口服果导片、新癀片、液体石蜡等，并多吃新鲜蔬菜、水果，忌辛辣刺激油炸食物。每次便后以 1：5 000 高锰酸钾溶液或热水坐浴 30 分钟，解除括约肌痉挛，减少疼痛，改善局部循环。经久不愈者，可行手术治疗。

痔疮病人如何护理？

痔疮是直肠下端粘膜和肛管的静脉丛扩大和曲张所形成的静脉团。痔的病因主要有两种：一是年老体弱久病的患者，静脉壁本身抵抗力减弱而易扩张；二是腹压增高，长期从事体力劳动、或久站、久坐、习惯性便秘、前列腺肥大、尿路结石以及妊娠子宫的压迫均能造成腹压增高，阻碍直肠静脉血液的回流。痔疮可分为内痔、外痔和混合痔三种。痔疮主要症状，轻者大便带血或便后滴血，血色鲜红，重者出血呈喷射状，但便后自行止血。便秘、饮酒及食用刺激性食物等是痔疮出血的诱因。

痔疮病人应卧床休息，便后及每晚用温水坐浴，然后将痔疮膏纳入肛门，使痔核收敛止血。同时，改变不良的大便习惯，晨起可空腹喝蜜开水，多吃纤维性食物，必要时使用缓泻剂，如果导、番泻叶、石蜡油等。平时要戒酒，不食或少食刺激性食物，注意肛门部清洁卫生。若有内痔脱出，出现水肿，可用 50%硫酸镁热敷，每日 2～3 次，每次约 30 分钟，能使水肿很快消退。对于病程长，经常发作，症状严重者，可行冷冻、激光、手术等治疗方法。

下肢静脉曲张如何护理？

下肢静脉曲张主要是大隐静脉或与小隐静脉同时发生曲张的一种常见病。主要病因是先天性静脉壁薄弱，如果长时间站立，使下肢浅静脉内压力持久地升高，再加上从事强体力劳动使腹内压力增高，影响下肢静脉血液的回流，最终导致下肢静脉曲张。静脉曲张最明显的部位在小腿及踝部处，静脉明显隆起，蜿蜒成团，长期淤血可造成皮肤缺乏弹性，脱屑，血栓性静脉炎，一但遭受外伤，极易发生糜烂、溃疡，且经久不愈。治疗方法有手术、硬化剂注射及加压疗法。

手术治疗前应注意擦洗手术部位皮肤，慢性溃疡者术前应仔细换药，避免渗液污染周围皮肤。下肢曲张静脉剥脱术后即用绷带加压包扎，鼓励病人次日即下地行走，两周后拆除绷带。术后下肢均应抬高 30°，使患肢高于心脏水平，且腘部不应垫枕，以利下肢静脉回流。鼓励病人作足背伸屈动作，以利于小腿深静脉回流，避免血栓形成。通过观察脚的皮肤温度、色泽、感觉和脉搏强度来判断血管是否通畅，如有异常应及时与医护人员联系。

血栓闭塞性脉管炎如何护理？

血栓闭塞性脉管炎是一种周围血管慢性非化脓性病变，大多数病人有长期吸烟史，此外，长期在湿寒环境下生活和工作也可诱发本病。其基本病理变化是动脉闭塞后造成肢体供血不足而产生肢体疼痛、营养障碍而致的腿足部肌肉萎缩、趾甲增厚变形、皮肤干燥、汗毛脱落，如长期严重缺血，可产生干性坏疽和溃疡，即中医称之为脱疽。

治疗主要目的是改善患肢的血液供应，减轻疼痛和促使溃疡愈合。病人应该戒烟，因为尼古丁容易造成血管痉挛，加重病情。患肢需保暖，但不宜热敷和理疗，以免加重组织的缺氧程度，并要防止外伤。可进行肢体运动：病人平卧，抬高患肢 45°，维持 1～2 分钟，然后双足下垂床边 2～3 分钟，两脚作旋转运动，同时脚趾作伸屈运动 2 分钟，再将患肢放平休息 2 分钟，如此反复锻炼 4～5 回，每日 3～4 次。对于干性坏疽部位，用酒精消毒后以无菌纱布保护，保持干燥，以免转变为湿性坏疽而发生严重感染。对已发生感染的创面需用抗生素溶液换药或行清创术。患肢禁静脉注射。

前列腺增生病人如何护理？

前列腺增生症又称前列腺肥大，是老年男性常见的一种疾病。男性到 40 岁以上，前列腺就有不同程度的增生，但症状常在 50 岁以后出现。尿意频繁及夜间尿频常是最早出现的症状，排尿困难是最突出的症状，由于膀胱过分膨胀，致使尿液不自主地从尿道口溢出，称为充盈性尿失禁。有时急性尿潴留是患者首发症状，常因饮酒、发热、受凉、用力、腹泻、便秘、憋尿时间过长等原因造成。晚期病人可出现肾积水和肾功能不全。

保守治疗适用于轻度梗阻及全身情况不能耐受手术治疗的患者。患者应戒酒，不吃有刺激食物，避免憋尿，防止受凉及感冒，节制性生活，保持大便通畅，避免便秘及腹泻，以免发生急性尿潴留。尿潴留病人可给予间歇或持续导尿，持续导尿病人应给予每日用新洁尔灭酊消毒尿道口，隔日更换引流袋，引流袋低于尿道口平面，防止尿液逆流。

手术是目前主要的治疗方式。手术前要戒烟，以免术后咳嗽，防止术后肺炎和肺不张。避免便秘，忌饮酒，以免诱发急性尿潴留。术后护理重点是防止术后出血。应严密观察血尿转清情况，确保导尿管通畅，如有小血块应及时冲洗。老年人常有便秘习惯，术后卧床、肠蠕动减弱，更易引起便秘，用力排便是诱发术后出血的重要原因，因此，要鼓励病人下床活动，保持大便通畅，必要时灌肠。

老年人骨折如何预防和护理？

老年人容易发生骨折，主要原因是：骨质疏松症；衰老所致下肢无力；反应迟钝，遇紧急情况不能保持身体平衡；冠心、糖尿病等慢性病所致肢体无力等。

老年人应注意经常锻炼身体，增强体质。增加在户外活动时间。活动能使血液中的钙质更多地在骨骼中存留。同时要多进富含蛋白质和维生素的饮食，多吃蔬菜，以防止骨质疏松症的发生和发展。人多、车多、雨天及慢性病或感官不灵敏的人要有人搀扶走路。夜间上厕所前应先坐在床沿一会儿，洗澡时防止跌倒。

疑有骨折时应禁止随便移动患者,密切观察病情变化。就地取材,固定骨折部位。不可采取背送病人,或一人抱腿,一人抓住腋下,连拖带拽的方法。如有石膏和夹板固定,应注意松紧度,观察肢体血运情况,并避免引起再移位。老年人骨折长期卧床,容易发生肺炎和褥疮,应定时给予翻身、拍背。鼓励患者深呼吸并有效咳嗽排痰,预防感冒。在医生指导下积极进行功能锻炼,以免关节僵硬、挛缩和肌肉萎缩。去掉石膏或夹板后,肢体会发生肿胀,应抬高下肢,下肢可穿弹性长筒袜,帮助血液回流,减轻水肿。皮肤可用刺激性小的沐浴液和温水清洗,再涂润肤霜。老年人骨质愈合缓慢,治疗时间长,精神容易忧郁痛苦,要鼓励老人"既来之,则安之",保持愉快乐观情绪,争取早日康复。

石膏固定病人的护理要点有哪些?

在骨科无论是骨折的固定,畸形矫正,炎症的局部制动或成型术后固定都需要石膏做为辅助治疗的工具。

未干的石膏应用枕垫垫好,防止对骨突部位产生压迫,并应促使石膏早干、快干,石膏干后就不易折断与变形,但应注意在使用烤灯、电吹风或热水袋时勿烫伤病人。应保护石膏的清洁,如果石膏外面染上污垢,应立即用毛巾沾肥皂及清水擦洗干净。擦洗时,水不可过多,以免石膏软化。

注意观察石膏固定肢体的肢端血循环。凡肢端皮肤发青、发紫、发冷、肿胀以及疼痛、麻木或感觉异常者,说明有血运障碍。四肢术后包扎石膏的,须将患肢抬高,预防肿胀及出血。下肢可用枕垫垫起,使患处高过心脏半尺;上肢可用枕垫或悬吊法。注意保护石膏不要变形与折断。

每日观察和检查石膏外面的皮肤，特别是石膏边缘及未包石膏的骨突部位，看有无红肿、摩擦伤等早期压疮（褥疮）症状。要加强按摩。凡手指能伸入到没有伤口的部位均须按摩，促进局部血循环。在离石膏3厘米处嗅闻。如石膏内伤口没有感染，但发生腐臭气味，可能是石膏内有压疮形成组织坏死，应及时处理。

石膏内伤口出血时，可以渗到石膏表面，出血多时可沿石膏内壁流到石膏外面，所以观察出血时，除了看石膏表面之外，还要检查石膏边缘外面、床铺上有无血迹。

牵引的病人如何护理？

牵引作为一种有效治疗骨科疾病的方法，一般都需要在医院进行，开展家庭牵引也应在医生的指导下进行。牵引的姿势、重量、时间都应遵医嘱进行。护理牵引病人应注意以下几点：

（1）密切观察患肢的血液循环，遇有肢端青紫、肿胀、麻木、疼痛及脉搏难以触摸，应分析原因，及时与医护人员联系，警惕由于血循环障碍而发生缺血性挛缩。

（2）随时注意胶布及绷带有无松散或脱落，应经常向病人解释，并加强管理，否则影响牵引力。

（3）牵引重量不可自行增减或移去，应保持悬空。牵引重量减小，可影响畸形的矫正和骨折的复位；重量加大，又会发生过度牵引，造成骨折不愈合。

（4）注意病人体位。牵引病人可由于牵引重量与体重不平衡，而发生过多向床头或床尾移动，以致身体抵住床栏杆，减弱牵引作用，应及时纠正。牵引时要求躯干直、骨盆放正，脊柱与骨盆垂直。

（5）预防褥疮。保持身体及受压部位干燥清洁，定时翻身，翻身要根据骨折情况进行，防止骨折部位错位。

（6）预防呼吸、泌尿系统并发症。鼓励病人利用牵引架上拉手抬起上身，加强呼吸，促进血液循环，排尽尿液。冬天注意保暖。

（7）防止膝关节外侧腓骨小头下方腓总神经通过处长期受压，而导致腓总神经受伤，发生垂足畸形。

（8）保护牵引针部位不受触碰，不受污染。发生牵引针移位，不可自行推送，造成感染机会，要及时汇报医生。

（9）注意每周定期检查由皮牵引引起的皮肤溃疡，并清洁患肢。

股骨颈骨折病人如何护理？

老年人骨质疏松，股骨颈脆弱，防卸能力差，遇到滑倒跌落甚至下肢突然扭转，均有可能引起骨折。

外固定主要适用于无错位的骨折，常用方法为下肢皮肤牵引，一般需卧床 3 个月，下地活动 3 个月且不能负重。大部分错位型骨折适用于内固定手术治疗。人工股骨头置换术目前在股骨颈骨折治疗中有一定使用价值。

老年人髋部损伤后活动极为不便，非手术治疗者需有一定时间卧床，因而易于发生肺炎、泌尿系感染、褥疮及下肢静脉炎等合并症，应加强主动和被动活动，经常采取半卧位，鼓励患者咳嗽和深呼吸，注意排痰。经常按摩骨突和受压部位，并保持干燥，必要时使用气垫或棉垫圈，防止褥疮。保持患肢正确体位，无论是牵引或手术后均应防止患肢内收和外旋。人工全髋置换术后 6 周内做到"六不要"：不要交叉双腿；不要卧于手术侧；不要坐低沙发和矮椅子；坐在椅子上时，不要将身体前倾；不要弯腰拾地上的东西；不要坐在床上屈膝。

桡骨远端骨折时如何护理？

桡骨远端骨折好发于中老年人，女性多见。常因跌倒时前臂旋前，腕背伸，手掌着地造成骨折。无移位的骨折用石膏或夹板固定 3 周左右，对有移位的骨折用手法复位后，石膏或夹板固定 4～6 周，很少需行手术治疗。

护理的重点是指导并督促病人早期功能活动。在固定期间应及早进行肩和肘关节活动，特别是老年患者，容易发生肩肘关节僵硬，还应进行手部的功能锻炼，如果手部功能锻炼不够，可以发生交感神经性营养不良，表现为手腕肿痛，活动受限制，皮肤发亮，皮温增高，骨质明显疏松，一旦形成，后果严重，且难以治疗。此外还应控制不利骨折愈合的活动，如腕背伸活动等。饮食中应补充含钙丰富的食品如虾米、骨汤等，或服用钙片。

如何防治腰椎间盘突出症？

腰椎间盘突出症可采用理疗、药疗及手法复位、牵引、手术等多种治疗方法。尤其还应注意在日常生活中纠正不良的姿势和习惯，加强腰背肌功能锻炼，以提高腰椎稳定性、灵活性及耐久性。由于腰椎间盘突出症的发生与其负重有一定关系，因此卧硬板床并保证充足的卧床时间是一基本原则。这可以使人体在仰卧时保持腰椎正常生理前凹，侧卧时保持腰

155

椎不侧弯。枕头高度以压缩后和自己拳头高度相当为适宜。卧床时可在床上适当运动，防止肌肉萎缩。

避免长时间的站立和久坐。正确的站立姿势是：下颌稍内收，胸部挺起，腰背平直，小腿微收，两腿直立，两足与双肩宽度相等。坐位时：应上身挺直，下颌内收，双腿并拢，最好使用有一定向后斜角椅背的靠椅，腰部垫有3～5厘米厚的软枕，使腰骶部肌肉不致疲劳。行走时：应挺胸、直腰，膝关节勿过弯，大腿不宜抬过高，注意脚踏实地，防止闪腰。弯腰搬移重物时：先将身体向重物尽量靠拢，然后曲膝曲髋，双手持物，再伸膝伸髋，重物即可被提起。避免直膝弯腰搬运重物。此外，鞋跟高度以3厘米为适宜，过高跟鞋和平底鞋都不适合。

总之，在日常生活工作中不宜让腰椎长期处于某一被迫位，并加强自我保护观念，避免损伤腰部。

什么叫脑震荡？

脑震荡是最常见的轻度脑损伤，它既没有脑组织结构上的损害，也不会出现神经功能缺损。伤后意识短暂丧失，一般不超过半小时，同时出现面色苍白、冷汗、脉搏呼吸微弱，四肢无力抬举等状态。清醒后有头晕头痛，活动后眩晕、呕吐，通常一周内逐渐好转，对受伤经过和伤前短期内事物不能回忆，称为"逆行性遗忘"。多数病人休息两周后可酌情恢复工作，无需特殊治疗及护理。少数伤员自觉症状持续时间长，遗留所谓的"脑震荡后遗症"，应加强心理护理，采取放松诱导等方法，使病人逐步恢复正常。

五、肿瘤疾病护理常识

什么叫肿瘤？

肿瘤是人体在内外各种有关致瘤因素的作用下，局部组织呈现过度和异常增生而形成的肿物。肿瘤细胞是从正常细胞转变而来的，它具有异常的形态、代谢及功能。它生长旺盛，甚至可连续地生长，与整个机体不协调，并在不同程度上失去了发育到成熟的能力，有些甚至接近幼稚胚胎细胞。

什么叫肿瘤的三级预防？

肿瘤的发生发展是许多因素包括病因、环境、机体共同作用的结果。因此，要做好肿瘤的预防和控制，就必须切实做好肿瘤的三级预防。所谓一级预防，就是找到癌肿的病因，从病因上来预防。二级预防，对于癌肿，要早期发现、早期诊断、早期治疗。三级预防，就是提高癌肿病人的治疗率、治愈率及提高其生存质量。

如何做好肿瘤的一级预防？

癌症使人类面临的严重威胁是众所周知的。近年来，通过对肿瘤流行病学和病因学的研究，对有关致癌因素、发病机制以及肿瘤的流行和地理分布方面的认识和了解比过去有更多的进展。从而使我们认识到做好肿瘤的一级预防是控制肿瘤发生的理想方法。一级预防必须做好以下几点：

（1）控制吸烟：每日吸烟一包以上者患肿瘤的风险比不吸烟者高3～4倍。因此，停止吸烟是消除危险性因素的最有效办法。

（2）限制饮酒：酗酒也是肿瘤的危险因素。肝硬变是肝癌的危险因素之一，其发生与酗酒有密切关系，这样酗酒也间接增加了肝癌的发生。

（3）改变不良饮食习惯：不吃霉变花生、玉米等食物，限制吃盐腌、酸菜、烟薰、油炸食物，多吃大白菜可降低胃癌，少吃动物脂肪防乳腺癌、大肠癌、前列腺癌、子宫内膜癌等。

（4）加强环境保护和职业防护：避免接触生产过程产生的致癌的废气、废水、废渣，并防止"三废"对大气、土壤、作物、水源的污染。当工作场所有易产生致癌的化学物质、金属、粉尘、纤维等时，要加强防护，如戴聚乙烯手套、戴加厚口罩、穿防护衣裤等。

（5）避免日光过度照射：露天工作时要戴草帽，穿长袖衣裤等。

（6）计划生育：避免早婚、早育、多产，杜绝性乱，以防子宫颈癌。

（7）慎用药物：现已证明有些抗癌药虽可延长生命，但有致另一种癌的危险。雌激素和免疫抑制剂与人类某些癌肿的发生有关。

（8）控制乙型肝炎感染：乙型肝炎病毒感染是肝癌的重要危险因素。

158

(9) 保持乐观向上的精神：某些人得癌症与他（她）们遭受某些重大变故如失去亲人等，或工作过劳及来自家庭和工作的压力过大有关。

如何做好肿瘤的二级预防？

去除致癌因素是预防癌症发生的最理想手段。但是多数癌症的病因尚未完全明了，有些遗传或家族因素并非一级预防所能控制。根据临床治疗效果统计，90%以上的早期癌症可以治愈。

早期发现、早期诊断、早期治疗是预防和控制肿瘤，提高治愈率和生存期的重要环节。

（1）积极宣传癌症的"三早"和"危险信号"（危险信号另述）："三早"即早期发现、早期诊断、早期治疗。

（2）肿瘤筛选：即预防性检查，有条件的可到医院防癌门诊进行。定期体检、拍片、B超、食管镜，患胃病史的可做胃镜，有肝炎史5年以上的高危人群每年进行1～2次甲胎蛋白（AFP）检测。妇女尚可定期做阴道细胞学检查、乳房检查等，这些均是早发现、早诊断的重要二级预防措施。

（3）治疗癌前病变：如粘膜白斑，子宫颈糜烂，纤维囊性乳腺病，结肠、直肠息肉，萎缩性胃炎及胃溃疡，皮肤慢性溃疡，食管粘膜上皮增生，老年日光性角化病，乙型肝炎，肝硬变等。

（4）加强对易感人群的监测：对遗传因素或家族性肿瘤如乳腺癌、直肠癌、胃癌、食管癌、肝癌等，除积极采取有关一级预防措施外，尚需加强对其家族的调查了解，掌握发病倾向，定期体检，亦是早期发现、早期诊断的重要预防措

159

施。

（5）肿瘤自检：对身体暴露部位如体表、口腔等，可通过自我检查，早期发现肿瘤或癌前病变。

长了肿瘤怎么办？

当被确诊患了肿瘤，即使较晚，病人或家属均应积极配合，到正规医院采取及时合理的综合治疗，以延长患者的生存期和提高其生活质量。也就是做好肿瘤的三级预防。

当前肿瘤的治疗方式有手术、放射、药物、免疫和中医中药治疗等。至于采取何种治疗方式，肿瘤专科医生会根据病情制定出最佳治疗方案。另外病人及家属应树立肿瘤可治的共识，消除对癌症不正确认识，建立有益身心健康的行为并发挥自我潜力，投入到与疾病的斗争中，从而提高生存质量。

在北京、上海等地组织的抗癌明星座谈会上发现，所有抗癌明星的共同特点是：

（1）科学的综合治疗。

（2）具有顽强的意志，乐观向上的精神。

（3）良好的环境。包括单位领导、同事及家庭的支持、鼓励和帮助等。

常见癌症需要警惕的十大"危险信号"是什么？

当人人都能熟知肿瘤的危险信号，就可以大大提高肿瘤的治愈率，延长生存期。癌症主要有以下十大危险信号：

（1）体表或浅表可触及的肿块，逐渐增大，如乳腺、皮肤、口腔或身体其他部位。

（2）持续性消化异常或食后上腹部饱胀感。

（3）吞咽食物时，胸骨后有不适感乃至哽噎感。

（4）持续性咳嗽、痰中带血。

（5）耳鸣、听力减退、鼻出血、鼻咽分泌物带血。

（6）月经期外或绝经后阴道不规则的出血，特别是性生活接触性出血。

（7）大便潜血、便血、血尿，长期腹泻或便秘。

（8）久治不愈的溃疡。

（9）黑痣、疣色泽加深、增大、脱毛、破溃等。

（10）原因不明的体重明显减轻。

肺癌的危险因素有哪些？

肺癌的危险因素有以下几方面：①有血吸虫病史；②经常酗酒；③营养不良及缺硒；④吸咽，每日1包以上；⑤职业接触致癌物如：石棉、氡（在某些大理石中含量多）、砷、粉尘；⑥被动吸烟。

肺癌的早期表现有哪些？

肺癌早期常因肿瘤小，或所在部位对周围肺组织影响不大，病人可以没有症状。但随着肿瘤逐渐增大或肿瘤产生的某些生物活性物质的作用，病人可以出现以下的某些症状：

（1）久咳，特别是频繁不止的呛咳，短期内查不出原因。

（2）感冒或支气管炎之后，咳嗽久治不愈而症状逐渐加重。

（3）反复不愈地咯血痰，且有不固定的间歇性胸部疼痛。

（4）素有肺结核及慢性气管炎，原有咳嗽规律突然改变。

（5）没有发冷发热，突然渐进性气短、胸闷，胸透有胸腔积水。

（6）胸透显示"肺部炎症"，经治疗不能彻底控制，症状反复出现或加重者。

（7）不明原因的关节、肌肉顽固性疼痛，皮肤麻木、灼痛，虽有发烧，但全身症状不明显。

（8）有长期吸烟史；家族血统中有癌病史；日常工作中接触致癌物质如石棉、沥青、砷、铬、煤焦油等机会较多的人，又出现呼吸道症状者。

预防肺癌的十条措施是什么？

预防肺癌有以下几条措施：

（1）不吸烟，并注意避免被动吸烟。

（2）进高蛋白、高维生素、高纤维素、适当脂肪和热量的饮食，多吃新鲜蔬菜和水果。

（3）不饮酒，不吃煎、炸、熏、烤食物。

（4）不食发霉变质的食物，不偏食、暴食。

（5）避免接触各种致癌化学药和杀虫剂。

（6）生活起居有规律。

（7）注意个人卫生，加强体育锻炼。

（8）保持心情舒畅或平静，避免忧虑或过度劳累。

（9）注意和重视慢性病和癌前病变的防治，防微杜渐。如慢性支气管炎病人应重视预防感冒，如患感冒应及时治疗等。

（10）谨慎用药，如美国每年有 5 000 例癌症是因用药不当引起的。

食管癌的危险因素有哪些?

食管癌的确切病因尚不明了，目前认为食管癌的发病可能与以下因素有关:

(1) 缺乏某些微量元素，在食管癌高发区的自然环境中，缺乏钼、锌、铜、钴、镍、锰、铁等。

(2) 食管上皮增生、食管炎和口腔卫生不佳者。

(3) 饮食和习惯因素，如食物制作粗糙、偏硬、食物过热、吞食过快、喜进刺激性饮食、喜食酸菜、常吃霉变的食物等。

(4) 营养及维生素缺乏，如维生素 A、C、核黄素、蛋白质及必要的脂肪酸等的缺乏，使食管粘膜上皮易于发生增生以致癌变。

(5) 吸烟。

食管癌病人有哪些症状和体征?

哪些感觉变化提示有食管癌的可能，也就是说发生食管癌后有哪些自觉症状和体征呢? 主要有以下几点:

(1) 进行性咽下食物梗阻感。

(2) 胸骨后疼痛。

(3) 咽喉部干燥紧缩感。

(4) 食管内异物感。

(5) 食物通过缓慢滞留感。

(6) 剑突下疼痛。

(7) 胸骨后闷胀不适。

(8) 食欲减退。

（9）体重减轻。

食管癌病人术前应注意什么？

食管癌病人术前应注意做好以下几点，以保证手术的顺利进行：

（1）进高热量、高蛋白、高维生素饮食，进食困难时给流质或半流质饮食，药片必须研成粉末冲服。

（2）注意口腔卫生，每日刷牙漱口 3～4 次，以减少口腔内细菌。

（3）术前第三日起改用少渣半流质。

（4）有吸烟者应禁烟，防止术后呼吸道感染。

（5）术前注意随气候冷暖情况及时增减衣服，防止受凉感冒。

（6）术前学会卧床大小便。

（7）术前一天可沐浴等，做好个人卫生。

食管癌病人术后应如何进食？

在外科手术中，食管癌手术对机体的影响较大。破坏了胸腔和腹腔的密闭，胃移位胸腔，对心肺干扰也较大。术后饮食的安排对恢复身体有着重要的作用。一般来说，术后禁食 3～4 天，无特殊情况第三天给少量开水，肛门排气后（约术后 4～5 天）给流质 1 500 毫升，分 4～5 次给。营养成分开始可给米汤，以后以面粉、鸡蛋、肉汤、鱼汤等为主。量逐渐增加至 2 500 毫升。术后第 7 天给低渣半流质，术后第 8 天后改半流质。术后第 14 天改为普食。由于术后消化功能受到一定影响，食欲减低，一般安排清淡易消化饮食为主。

胃癌的危险因素有哪些?

胃癌是最常见的恶性肿瘤,在我国居各种恶性肿瘤的前列。其发病原因已查明与饮食习惯、饮食成分、精神因素、胃部疾病等有密切关系。如:

(1) 经常进食高盐、盐腌、烟熏及霉变的食物。

(2) 饮食中缺少蔬菜、水果。

(3) 水源受硝酸盐污染。

(4) 胃部疾患,如萎缩性胃炎、胃息肉、胃溃疡、胃部手术后、胃部细菌感染、胃粘膜异型增生及肠上皮化生。

(5) 长期吸烟、饮酒以至酗酒。

(6) 营养差,致使人体免疫力降低,抗肿瘤能力减弱。

(7) 精神受过重大创伤或经常生闷气者。

胃癌早期有些什么信号?

胃癌早期有什么信号或症状是人们迫切需要了解的问题。因为只有早期发现,才能彻底治愈。以下表现往往是胃癌早期的信号,应予重视。

(1) 上腹部饱胀不适,有一种说不清的模糊状闷胀感,饮食调节效果欠佳。

(2) 上腹部疼痛,开始为间歇性隐痛,继之逐渐加重且较持久。疼痛虽可忍受,但不易缓解或短时间缓解后又出现。

(3) 食欲不振、反酸、嗳气、消化不良,通常找不出诱因,少数人可有呕吐。

(4) 大便隐血阳性或黑便。

(5) 乏力、消瘦、体重逐渐下降,2～3个月内可下降3～

165

5 千克。

（6）原有慢性胃病的疼痛规律发生改变。如以前空腹痛或进食后痛的规律明显，近期规律性消失或原来治疗有效的药物现效果欠佳。

如何预防胃癌？

预防胃癌应注意以下几点：

（1）积极治疗慢性萎缩性胃炎和胃溃疡。同时定期复查，一般半年至1年复查一次胃镜，并取活检。

（2）尽量少吃各种刺激性物，如烟、酒、辛辣食品等。不要暴饮暴食，不吃霉变食物，少食盐腌、熏制、油炸食品。多吃蔬菜和水果。

（3）胃溃疡经过1～2个月治疗，痊愈后应坚持继续服药半年至1年，药量可减半或遵医嘱，防止复发。

（4）反复发作久治不愈的胃溃疡，或溃疡直径在2厘米以上者，或周边炎症、糜烂、增生、基底不平者，应在严格复查及活组织检查的基础上考虑手术切除。

（5）情绪乐观，正确对待疾病，避免生闷气。

（6）多吃含维生素A丰富的食物，如蛋黄、动物肝脏、牛奶、胡萝卜等。

（7）多吃未经精加工的食品。少吃精面、脂肪、糖、甜食、罐头食品等。

大肠癌有哪些危险因素？

大肠癌的危险因素有：

（1）家庭肠癌史。

166

（2）家族和个人息肉史。

（3）溃疡性结肠炎 10 年以上。

（4）经常进高动物脂肪、低纤维素饮食。

（5）日本血吸虫肉芽肿者。

（6）有盆腔放疗史者。

（7）有胆囊或阑尾切除史者。

大肠癌有哪些临床表现？

大肠癌常见的临床症状有以下几方面：腹部包块，为癌肿增大后形成；典型的腹泻与便秘交替进行，并有里急后重感，肛门下坠感，便意频繁，以欲腹泻，但每次不过便些粘液，日便次可达 20～30 次；可有脓血粘液便，或大量便血；可出现肠梗阻症状，因癌肿进一步增大，使肠管变得狭窄或全部堵塞而致；晚期可出现贫血、腹水、纳食少及典型恶病质表现。

如何预防大肠癌？

预防大肠癌应做到以下几点：

（1）要提倡良好的个人习惯和生活方式，限制饱和脂肪酸的摄入，多进富含纤维素的食物（纤维素，在麦麸中十分丰富；半纤维素，这是在全谷食品中含有的另一类纤维；木质素，见于谷物、水果和蔬菜；果胶，通常在水果和蔬菜中有）。多吃新鲜蔬菜和水果，特别是含多量维生素 A 和 C 的黄绿色蔬菜。

（2）防治血吸虫病。

（3）防治大肠癌的癌前病变。对结肠腺瘤性息肉，特别是家族性多发性肠息肉病，须及早切除病灶。积极治疗慢性结肠炎。

（4）给有结肠、直肠癌家族史和有高度结肠、直肠癌发病趋势的人口服钙剂，可使癌症发病率下降。化学预防目前应用最多的药物是维生素 A、E 和 β-胡萝卜素，也可常用大剂量的维生素 C 预防息肉形成。

肠癌病人家属如何自我预防保健？

结肠癌、直肠癌的发生与遗传因素有关，表现有家族发病趋势。因此，医学家建议肠癌患者的家属，要从以下几方面预防：

（1）每人每天至少吃 300 克蔬菜。

（2）减少全脂食品。

（3）保持大便通畅。

（4）防治肠道炎症。据美国全国癌症研究所癌症防治报告，在日常饮食中常吃麦麸能减少患肠癌的危险。它有助于使良性肠瘤或良性肠息肉缩小。

肝癌的危险因素有哪些？

肝癌的危险因素有：

（1）乙型肝炎或乙型肝炎病毒携带者。

（2）肝硬化。

（3）被黄曲霉素污染的粮食。动物实验已经证实了黄曲霉素可以直接导致肝癌。

（4）寄生虫病。主要指肝吸虫即中华分枝睾吸虫，这种寄生虫常常寄生于淡水螺和鱼中。

（5）酗酒者。

（6）营养不良及缺硒。

（7）有肿瘤的家族史，尤其有肝癌的近亲家族史者。

肝癌的早期症状有哪些？

肝癌的早期症状有：

（1）曾有肝炎和肝硬化病史，病情稳定多年，没有发冷发热，而突发肝区闷痛或剧痛。

（2）30岁以上的成年人，右上腹部及上腹部可扪及包块，质地硬，表面不平，且连续观察增大趋势明显，而病人却没有明显不适者。

（3）口干、烦躁、失眠、牙龈及鼻腔出血，伴有上腹部胀满，肝区不适者。

（4）全身关节酸痛，尤以腰背部为最明显，伴有厌食，烦躁，肝区不适，以抗风湿治疗，效果不佳者。

（5）反复腹泻伴有消化不良和腹胀，按胃肠炎治疗效果不明显或不能根治，并有肝区闷痛，逐渐消瘦者。

怎样预防肝癌？

预防肝癌应做好如下几方面：

（1）注射乙肝疫苗：注射乙肝疫苗是预防肝癌的重要措施。

（2）控制输血源，减少输血和血制品的应用：丙型肝炎病毒是发达国家肝癌的主要病因，因此应控制丙型肝炎。80％～90％的丙型肝炎是经血液和血制品传播的。所以严格控制输血源，尽量减少输血或应用血制品是减少丙型肝炎、控制肝癌发生的另一有效措施。

（3）防止食物霉变：已知黄曲霉素是超剧毒物质，其致癌作用比亚硝胺类大 75 倍。它可诱发所有的动物发生肝癌，所以，要保管好各种食物不发生霉变，疑有霉变食品，即不再食用。

（4）其他：饮水污染、药物中毒、吸烟、亚硝胺、微量元素缺乏以及遗传等，都有协同致癌作用，所以采取保护措施、讲究卫生、改善营养、增强免疫功能，杜绝滥用药物和摒弃不良习惯等综合措施，会有效地防止肝癌的发生。

肝癌病人如何护理？

肝癌病人只要消除其恐惧心理，积极配合医生治疗，无论采取何种疗法，都能提高其生存率。

病人的饮食要精心调理，以高蛋白、高维生素为主，以营养丰富而又滋润的食品为宜。若每天在膳食中补充 50～100 微克的硒，对肝癌的治疗将会有所帮助。

肝癌病人治疗后可根据体力情况练气功，如站桩功（每晚睡前 1 小时练功）、太极拳、散步等。应避免剧烈的活动，以免肝破裂出血等。同时应定期去医院行 B 超和血清甲种胎儿球蛋白（AFP）的复查与跟踪测定。

对巨块型肝癌的病人，护理者须注意其肝包膜和肝癌结节破裂，若有突发性腹痛、面色苍白等内出血症状者应速送医院抢救。

晚期肝癌病人可能会出现剧痛、大量腹水、黄疸及肝、肾功能衰竭，须给予适当的镇痛剂和其他支持性治疗，尽可能地缓解病人的痛苦。肝癌晚期病人，因非常痛苦，会出现焦虑、烦躁甚至轻生念头，护理时一定要多从心理上、感情上

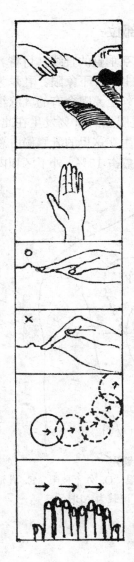

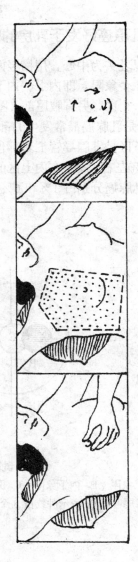

图3

乳腺癌好发于乳房的哪些部位？

以乳头为中心，用横竖两条相互垂直的直线，可将乳房分为4个象限，即内上、内下、外上、外下象限。乳晕为单独的一个区，另有腋尾部（图4），外上象限含有的乳腺组织最多，是乳腺癌最常发生的部位，乳腺癌的50%发生在此区。乳晕下区是乳腺导管汇聚部位，发生在这里的乳腺癌占总数的18%左右。发生在内上区的乳腺癌占15%，外下区和内下区的乳腺癌分别占1%和6%。

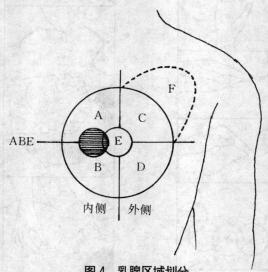

图4　乳腺区域划分

A. 内上象限　B. 内下象限　C. 外上象限　D. 外下象限　E. 乳晕区
F. 乳腺尾叶　⬤ 表示肿物占3个区域，记载为 ABE.

176

乳腺癌的现代治疗方法有哪些？

乳腺癌的现代治疗以外科手术切除、放射治疗以及化学药物治疗为主要治疗措施，免疫治疗、内分泌治疗及中医治疗则是辅助治疗的手段。上述每种治疗方法都有自己的适用范围，临床上常以几种方法用于同一病例的治疗，以期获得良好的效果，这也就是乳腺癌的综合治疗措施。

当前，外科手术切除是治疗乳腺癌的首选方法。手术切除之后还要辅助以放疗、化疗、内分泌治疗或免疫治疗等。如果病程较为晚期，或重要脏器患有严重的器质性病变而无法耐受手术的，则应选择放疗或化疗作为首选治疗手段，同时辅以其他治疗手段。总之，在选择治疗方案时，应根据病人的全身情况、病理形态类型、病程分期和癌的生物学特性进行综合考虑，最后制定出适合每一位病人具体情况的治疗方案，以达到最理想的治疗效果。

如何安排乳腺癌病人的饮食？

乳腺癌病人除了在治疗期间服用药物或因病情变化需要注意按医嘱忌食外，一般在饮食上和正常人并无特殊之处。以下这些饮食建议可供病人和家属参考：

（1）饮食要配合治疗：乳腺癌病人在手术前后应当努力进餐，补充营养。以利术后切口愈合，早日恢复健康。在放疗、化疗期间，由于治疗作用，病人可有味觉和食欲下降，可产生恶心、呕吐等胃肠道反应。这时病人应自觉地以乐观主义的精神和顽强的意志去克服这些副作用，坚持适量进食一些易消化、营养高的食物，以保证身体能按期接受和完成各

177

种治疗计划。

（2）饮食要有节制，不过量：目前认为，过度营养以及肥胖对乳腺癌的发生、发展都有不利影响。因此，乳腺癌病人在保证营养需要的前提下，应恪守饮食有节制不过量的原则。

（3）合理选择食物：乳腺癌病人适当选择对防治乳癌有益的食物是有好处的。这些食物包括海带、海参等海产品，因为从海产品中可提取出多种抗肿瘤活性物质；又如豆类食物和蔬菜、水果等，可补充必要的维生素、电解质。当然这些食物可因人、因时、因地采用，不必强求一致。

（4）限制高脂高胆固醇饮食：限制脂肪的摄入及含胆固醇高的食物的摄入。

乳腺癌术后病人应注意哪些？

外科手术切除是治疗乳腺癌的首选方法。术后应注意以下几点：

（1）术后需用绷带加压包扎伤口，应注意观察局部情况，如绷带扎过紧，则患侧肢体皮肤温度低，呈紫绀色，应及时处理。如绷带松脱则不能使皮瓣与胸壁紧贴，不利于愈合。

（2）术后患侧要放置引流管，负压引流，应妥善固定防止引流管滑脱，如有发现引流管扭曲，血块堵塞，血压消失等应及时处理，以免因创面积液而导致皮瓣的坏死。同时应注意观察引流量的颜色，有无大出血等情况。

（3）术后肢体功能锻炼：手术侧上肢3天内禁止活动以免影响皮瓣的愈合。术后3～5天开始活动，先从手指握拳开始，再到肘部、手指可触及同侧耳垂，术后一周可作肩部活动，以后逐渐增加肩部活动范围，可作手指爬墙运动，手可达到对侧耳、后背腰中线。或用患侧整理头发，以锻炼和恢复肢体的功能。至少坚持锻炼一个月。而腋窝麻木感将会持续较长时间。

（4）术后不宜穿戴过紧的衣袖、手表或手饰。

（5）患侧不要负重，应用健侧背包等。

（6）每月做一次乳房自检，未切除的乳房每年拍一次X光片。

（7）患乳腺癌患者的姐妹及女儿的患病率是无家族史妇女的3～4倍，因此有乳腺癌家族史的，超过20岁的女性应每月检查一次。

肿瘤化疗的常见毒性反应有哪些?

现用于临床的抗肿瘤药物，多数缺少理想的选择性抑制肿瘤的作用，在杀伤肿瘤细胞的同时对增殖旺盛的正常细胞如造血系统、胃肠粘膜上皮、毛囊和生殖细胞等都有影响，并且在出现疗效的同时，常伴有不同程度的毒性反应。其常见的毒性反应如下：

（1）组织坏死和栓塞性静脉炎：用药前应熟悉各种药物的刺激性。对强刺激性药物如不慎注于皮下，可引起组织坏死，形成硬结，甚至经久不愈。病人初次用药时应做好解释，以消除其恐惧，并着重指出药物的刺激性，注药时如有疼痛或异常感觉，应立即告诉护士，不可勉强忍受，以致造成组织坏死。万一不慎漏到皮下，应立即更换注射部位，同时局部用相应药物封闭及冷敷。

（2）胃肠道反应：应用化疗的病人常有食欲减退、恶心、呕吐、腹泻、腹痛等胃肠道反应，严重时可出现肠粘膜坏死、脱落，以致穿孔。出现胃肠道反应时，要关心病人的进食情况，给予易消化、少油腻的清淡饮食。同时在用化疗前1/2～1小时给止吐药，以减轻或消除胃肠道反应。

（3）骨髓抑制：由于抗肿瘤药物对骨髓的抑制，病人常有白细胞下降，血小板减少，多数药物对机体免疫功能也有影响。要严格执行清洁卫生、消毒、隔离制度，并注意病人的体温变化，预防继发性感染发生。由于血小板减少，病人常有出血倾向，嘱病人用软毛牙刷，不可用手挖鼻孔，宜用电剃须刀刮胡子，防止损伤皮肤。

（4）粘膜、皮肤反应：抗代谢药应用，特别是大剂量应用时，常可引起严重的口腔炎。因此，化疗病人应定时检查口腔情况，使病人保持口腔清洁，每日早晚及饭后刷牙漱口，每2～3小时用漱口液含漱。因毛囊上皮生长迅速，对化疗敏感，因此化疗病人常有脱发，治疗前应向病人做好解释，说明停药后头发会再生，以消除病人的担忧。

（5）肾脏毒性：多数抗肿瘤药物由肾脏排出。用药后，由于瘤组织迅速崩解，易产生高尿酸血症，严重时可形成尿酸结晶，堵塞肾小管，导致肾功能衰竭。因此，要鼓励化疗病人多饮水，并记录其尿量，当尿量不足时，可给予利尿药。

（6）其他毒性：在化疗中还需注意其他副作用，如引起心脏毒性、皮肤过敏、神经系统等不良反应，护理上必须严密观察。

化疗期间如何进行家庭护理？

化疗期间，患者常伴有不同程度的毒性反应（副作用），因此，必须做好家庭护理：

（1）为避免或减少这些副作用，病人家属应该督促病人严格遵守医嘱，按时、按量、按顺序服药，以减少副作用发生的机会。

（2）对消化系统的副作用，可采用化疗前注射止吐药，同时让病人多休息，饮食上多给病人易消化、高营养、无刺激的食物。

（3）化疗期间易合并肺部感染和褥疮。为避免这些感染，最好让患者住在阳光充足、空气流通的房间，定期在室内喷洒些消毒药水。同时做好病人卫生，经常用盐水或硼酸水漱口，防止口腔溃疡；帮助病人排痰，防止吸入性肺炎；经常擦洗会阴部，以防泌尿系统感染。对卧床不起的病人要经常翻身，以免发生褥疮。

（4）至于脱发和皮肤、指甲的症状，停药后一般能逐渐恢复。

（5）防止肾脏的毒性作用。在化疗期间应鼓励病人多饮水，以促进药物从肾脏排出，保护肾功能。

肿瘤病人如何安排饮食？

肿瘤病人的饮食应注意以下几个方面：

（1）减轻或消除病人对癌症的恐惧感，要千方百计增加病人的食欲，经常更换菜肴品种，注意菜肴的色香味调配。

（2）要让病人保持足够的蛋白质摄入量。癌症是一种消耗性疾病，特别是蛋白质的消耗很多。应经常吃瘦牛肉、瘦猪肉、兔肉或鸡鸭家禽肉。如果病人厌油腻荤腥，可换些蛋白质含量丰富的非肉类食物，如奶酪、鸡蛋饼、咸鸭蛋等。

（3）要避免吃不易消化的食物。应多吃煮、炖、蒸等易消化的食物，少吃油煎食物。

（4）多吃维生素含量丰富的蔬菜、水果及其他一些有助于抗癌的食物，如芦笋、海带、海藻、洋葱、大蒜、蘑菇等。

（5）适当运用中医饮食疗法：①放疗后，往往有口干舌燥、舌红少苔等津液耗损的表现，可多吃一些滋阴生津的甘凉食物，如藕汁、荸荠汁、梨汁、绿豆汤、冬瓜汤、西瓜汤等；②化疗期间，病人免疫功能下降，白细胞减少，食欲不振，可吃河蟹、黄鳝、牛肉等有助于升高白细胞的食物以及山楂、萝卜等健脾开胃食品；③手术后病人气血亏虚，可多吃山药、红枣、桂圆、莲子，以补气养血。

防癌饮食要诀有哪些？

饮食不调和癌肿的发病有密切的关系。因此，针对这个环节，调整饮食，是预防癌肿的一个方法。从饮食角度来预防癌肿，有以下几个方面：

（1）饮食中的三大营养要素，蛋白质、脂肪、糖类，要搭配合理。保持一个合适的总热量供应。

（2）不要偏食，食品的种类尽可能多样。食谱广不仅可满足机体所需要的各种营养素，而且还能抑制有害致癌物质。

（3）尽可能吃新鲜的食品。

（4）低脂肪饮食可以减少患乳腺癌、前列腺癌、结肠癌和直肠癌的危险性，在经济条件日益改善的情况下，不要过度增加脂肪的摄入量。

（5）减少盐、糖的摄入。

（6）要有充足的维生素。特别是维生素C、维生素E、维生素 A 及维生素 B 等。

(7) 要有适量的含纤维素较多的食品。

(8) 禁止吸烟。

(9) 饮酒适量。

(10) 减少腌、熏、炸、烤食品的摄入量。

(11) 适当多吃蔬菜和水果食品。

(12) 不吃霉变的食品。

(13) 饮食有节，不暴饮暴食，每顿饭吃八成饱为宜，适当控制热量的摄入，可明显降低直肠癌的发病率。

(14)合理补充提高人体免疫功能的某些滋补品。如人参、蜂王浆、薏苡等，有直接抑癌的功效。

(15) 少用辛辣调味品，如肉桂、茴香、花椒等，过量食用这些食物有可能促进癌细胞的增生，从而加速癌症恶化。

总而言之，我们应注意饮食防癌。

为什么不宜过量食咸鱼、干鱼片？

咸鱼，一般是将生鱼用海盐腌制而成的。海盐里的主要成分是氯化钠，但也含有少量的硝酸钠和亚硝酸钠。由于在腌制咸鱼的过程中，海盐中的亚硝酸钠和生鱼中的胺长期接触而发生化学反应，致使鱼体内产生大量二甲基亚硝酸盐。这种物质进入人体，易被代谢转化为致癌性极强的二甲基亚硝酸胺。因此，不宜过量食用咸鱼。

鱼片的奇香，可以唤起食欲，但在享受奇香的乐趣中，会不知不觉地带来可怕的后患。这是因为渔民把鱼从海中捕捞出后，加盐腌制 7 天，再晒干制成鱼片，科学家已从中分离出亚硝胺物质，这种物质为强致癌物。由上可见，干鱼片也不宜多吃。

哪些食物含有抗癌作用的微量元素？

具有抗癌作用的微量元素是硒、碘、锌、钼。而含有这些微量元素的食物有：

（1）硒：芝麻、麦芽含量最高，海味比肉类高，蔬菜较少，大蒜、芦笋含量较高。

（2）碘：海味、海带、紫菜含量较高。

（3）锌：海味及水生贝壳含量丰富。

（4）钼：豆科植物最高，蔬菜、动物肝脏含量较高。

癌症病人化疗期间吃些什么好？

化疗期间，由于药物在杀伤肿瘤细胞的同时，难免会使正常的细胞受到一定损害，产生相应的毒副反应，如免疫功能下降、白细胞减少、消化道粘膜溃疡、脱发等。此时，病人宜补充高蛋白质食品，如奶类、瘦肉、鱼、动物肝脏、红枣、赤豆等。河蟹、黄鳝、黑鱼、牛肉等也有助于升高白细胞。如出现食欲不振、消化不良，可增加健脾开胃食品，如山楂、白扁豆、萝卜、香蕈、陈皮等。

具有抗癌作用的八类食物有哪些？

具有抗癌作用的八类食物是：

（1）西红柿：西红柿具有其他蔬菜所没有的"番茄红素"——一种使西红柿变红的天然色素，它能消灭某些促使癌细胞生成的自由基，因此具有抗癌作用。

（2）绿色蔬菜：包括菠菜、花茎甘蓝、莴苣等。颜色越是浓绿，蔬菜的抗氧化剂含量也就越高，就越能有效地防癌、抗癌。

（3）葱蒜：葱属蔬菜中含有抑制肠癌、胃癌、肺癌和肝癌的化学物质。一项研究表明，有一种蒜化合物能对癌细胞产生毒性效应，能阻抑癌细胞的生长。

（4）柑橘类水果：此类水果中含有丰富的胡萝卜素，以及黄烷素等多种天然抗癌物质。

（5）十字花科蔬菜：包括甘蓝、花椰菜、芥菜和萝卜等等。此类菜最好生食或半生半熟食用，因为烧得过熟会破坏其中的抗癌化合物。

（6）大豆：大豆含有五种以上的抗癌物质，它们具有延缓和抑制癌细胞生长、扩散的作用。

（7）麦麸：有关研究显示，麦麸类食物可使癌细胞退化、萎缩。它对结肠癌有特效。

（8）低脂牛奶：其含的钙、维生素 B、维生素 A、维生素 C 及维生素 D 等都具有奇特的抗癌性。

为什么要慎吃上色食品？

食品摊点和餐馆酒家，有的用石硝（也叫火硝）、硝酸盐和亚硝酸盐煮肉，这样做可以使肉类食品产生诱人的红色，外观非常好看，增进了肉食的风味，还可抑制肉毒杆菌的生长。但最致命的一条是：容易导致癌症，特别是肝癌。所以人们应尽量少吃上色的食品为好。

熏烤、煎炸的食物为什么不宜多吃？

熏烤、煎炸的食物，风味独特，香气诱人，但却不宜大量和长期食用。因为熏烤、煎炸的肉类食物，特别是熏烤法，在制作中会产生致癌物质 3,4-苯并芘，油炸烧焦的鱼肉食品，产生的致癌物活性更大，可诱发胃癌、肠癌。因此，不宜多食熏烤煎炸食物。同时，熏烤时，应注意尽量不要让食品与炭火直接接触，温度不宜过高，时间不宜过长。另外，食物最好不用木材熏烤，而以电烤箱烤；煎炸食物时，先将鱼肉沾上淀粉，并掌握好火候，炸油如变稠变黑，就应弃去不用。一旦鱼肉等食品烧焦了，也不能食用。日常饮食中应多吃些绿色蔬菜和黄绿色水果，以抵御熏烤煎炸食物带来的副作用。

哪些食物有利于抗癌？

去看望癌症病人时若不带鲜花和罐头，而是送上抗癌食品，可谓雪中送炭。抗癌食品很多，特举以下 10 种：

(1)香菇：含抗癌物质 1,3-葡萄糖苷酶和诱发体内产生干扰素物质，提高机体的免疫能力，抑制癌细胞内 DNA 的合成。

(2)猴头菇、银耳：对肉瘤、胃癌、食管癌均有抑制作用。

(3)猕猴桃、柑橘、大枣：富含维生素 C 等，可阻断人体内致癌物质亚硝酸胺的合成。

(4)蚕蛹：含广谱免疫物质，对癌症有特殊疗效，它还产生一种 α-干扰素，可有效抑制癌细胞的繁殖。

(5)海带、青鱼、带鱼、赤红鱼：富含碘、钙、硒等抗癌物质。

(6)鲜玉米：含有大量的亚油酸、维生素 A、维生素 E 和酶，还有重要的抗癌物质谷胱甘肽、赖氨酸和硒。硒也是抗氧化剂，能防止致癌物质在体内形成。

（7）牛奶：含 8 种氨基酸，特别是植物蛋白质所缺乏的蛋氨酸和赖氨酸更为丰富。100 克牛奶中含有 120 毫克钙，也可抗癌。据分析，西欧国家和近十多年来的日本，胃癌发病率很低，与大量食用牛奶及其制品有关。

（8）海参、甲鱼类：中国古代和现代的很多研究都已证实它们有抗癌、治癌作用。

（9）茶叶和泡制除毒后的苦杏仁：其抗癌治癌作用国内外已大量报道，但因苦杏仁有毒，故需经医生指导方可食用。

（10）人参、山药、枸杞子：含有抗癌因子锗。

癌症病人治疗后生活上应注意什么？

癌症病人治疗后应注意以下几方面：

（1）生活要有规律：起床、服药、锻炼、娱乐、活动及睡眠等都要有计划地安排，使体内各系统功能与社会生活规律相适应，有助于病体的康复。

（2）保持情绪的稳定和乐观：正确对待疾病，"既来之，则安之"保持乐观情绪，树立起战胜疾病的坚强决心，以达到身心两方面的稳定和平衡。

（3）注意预防感冒或其他疾病：癌症病人抗病能力很弱，很容易受到外界病菌的侵袭，应特别注意预防。

（4）避免过度疲劳：不论工作、学习、锻炼或活动都要适度。

（5）参加适当的文化娱乐和体育锻炼：康复过程中逐步培养一定的生活情趣，增强顽强的生存意念，参加适当的文体活动，对身心康复是十分有益的。

（6）合理的膳食营养：不求过量营养，但求合理摄入，为康复提供必要的物质基础。

癌症病人参加癌症俱乐部有好处吗？

目前，在全国各地都相继成立了癌症俱乐部，并以各种方式进行活动，产生了很好的效果。

参加俱乐部的人全是清一色的恶性肿瘤病人，大家同病相怜，一两句话就找到共同语言，一两天就情深意切，无所不谈。听完报告练完功，"专家"围了一大群，谈者无保留，听者都虚心。癌友们一到这里就像没病似的，一人有难大家帮，多人有难学会帮。这里能请到名医、专家和教授作报告，买到名书、名药、新资料，又得到社会各界多方面的支持；有很多几十年癌龄的"抗癌明星"的现身说法，使癌友们从中学到经过实践检验的科学的康复、护理、生活、饮食和锻炼等抗癌知识。癌症病人在完成手术、放疗、化疗等正规治疗之后，再也没有什么比这些更重要的了。

因此，不仅应让癌症病人参加癌症俱乐部，而且护理病人的家庭成员也可以陪同参加，共同听课和参加活动，学到经验和护理知识就照着做，以后护理的效果就会更明显了。

常见癌症的危险信号有哪些？

癌症的危险信号有：

（1）身体任何部位出现肿块，一天比一天大。

（2）长期治疗而不愈的溃疡。

（3）贫血、发热、出血、骨骼痛。

188

（4）耳塞、耳闷、头痛、回抽性鼻血。

（5）痣或疣迅速增大，溃烂易出血。

（6）一侧扁桃体一天比一天增大，无明显疼痛和发热，经抗菌消炎治疗后仍无效。

（7）不明原因的声音嘶哑，日益加重。

（8）一天重于一天的头痛，同时有恶心、呕吐、视力障碍。

（9）不明原因的嗅觉失常。

（10）吞咽困难，胸骨后有异物感。

（11）气急、干咳，或痰中带血，持续不断，尤其是吸烟者。

（12）乳房皮肤出现皱纹，两侧大小不等，乳头溢液或破溃，乳头内陷。

（13）胃溃疡反复出血。

（14）消化不良，上腹饱胀不适或食欲不振。

（15）皮肤和眼睛巩膜黄染，一天重于一天，持续1个月以上。

（16）无痛性血尿。

（17）稀便与干结便交替且常有便血。

（18）阴道不规则出血，或性交、妇科检查后出血，并有分泌物增多。

（19）绝经后再出现阴道出血。

（20）原因不明的闭经或泌乳。

（21）老年男性排尿困难且有尿意频数，夜尿增多，时有血尿。

（22）一侧睾丸增大、变硬并有坠痛感。

（23）阴茎头上出现皮疹、疖、疣硬结。

（24）男性乳房增大或变硬。

癌症究竟有无遗传倾向？

一般认为先天性的遗传基因和后天获得性的生活方式、职业环境都与癌症的发病有关，但不良的生活方式为最重要的致癌因素，与3/4的癌症发病有关，因此，从预防癌症发生的角度来考虑，可能合理的生活方式和适宜的饮食习惯是很重要的。即使有癌症遗传倾向的人，其发病也必须有环境作为条件。实际上，多数情况下，并不是肿瘤本身直接被遗传下来，遗传的仅仅是一种易患肿瘤的倾向（或称易感性）而已。在此遗传的基础上，还需要有外界环境因素的不断作用，经历进一步的变化后，才能发生肿瘤。

因此，对伴有明显癌症家族史（尤其是父母、兄弟、姐妹等一级亲属患癌）的人来说，纠正不良生活习惯，减少乃至摆脱环境致癌物的影响，积极参加定期防癌普查是免遭癌症威胁的有效办法。

良好的情绪对癌症有哪些作用？

约翰·格雷普说过："身体的健康在很大程度上取决于精神的健康。"因为乐观的精神、良好的情绪、积极的心理状态，能增强大脑皮层的功能和整个神经的张力，进而能通过植物神经系统、内分泌系统、神经递质等中介物质分泌皮质激素、脑啡呔等物质；人体的免疫系统像忠于职守的哨兵，时刻监测人体的各个部位，一旦发现癌变苗头，便迅速聚集"各路人马"围歼。它还能最大限度地调动具有抗癌作用的 T 淋巴细胞、巨噬细胞、肿瘤杀伤细胞的"积极性"，使原先"懒散"或"麻木不仁"的细胞恢复能力，来围剿或杀灭癌细胞。

"正气存内，邪不可干"，有强大的免疫系统保卫着您身体的各个器官，癌细胞必然望而却步。"生命的潮汐因痛苦而落，因快乐而涨"，保持乐观的情绪，会使你的生命获得更大的能量。

被誉为医学之父的古希腊名医希波克拉底就看到了精神与疾病的关系。他精辟地指出："人的精神是自己疾病的良医。"如果我们不幸患了癌症，除了采取积极的治疗手段，手术切除放、化疗外，还要赶快调整好自己的情绪，记住："我命在我！"生命的权利掌握在我们自己的手中，命运的主人就是我们自己。

不良情绪对癌症有什么影响？

据 WHO 统计，全世界目前有 15 亿人在心理上处于不健康状态。

临床统计数字显示：90％以上的肿瘤患者均与精神、情绪有直接的关系。精神创伤、不良情绪，可能成为患癌症的先兆。

中国科学院心理研究所的研究结果也表明：现代生活中，工作和学习上的长期紧张、工作和家庭中的人际关系的不协调、生活中的重大不幸是致癌的三个重要因素。

精神因素对癌的发生、发展、扩散，起着非常重要的作用。这点已被美国的费农、赖利博士的动物实验所证实。用声光刺激动物，使之产生紧张、焦虑，结果动物的免疫系统的防御能力大大减弱，并诱发了以前潜伏在胸内的癌瘤。他的另一个实验是：在受到同样刺激的老鼠臀部种植的肿瘤细胞，很快就扩散到肺部和肠道。究其原因，正是这些恶劣的精神因素起到了"唤醒"沉睡的"狮子"（癌细胞）的作用，使它得以"疯"长，肆无忌惮地吞噬着机体。

有人把不良情绪比作装满子弹的枪，任何微小的刺激都像扣动了它的扳机。的确，"不良情绪是癌细胞的活化剂"。如抑郁消极的情绪可使催乳素分泌过多，而致乳腺癌；肝癌患者大多有"大怒"伤肝的经历；胃癌患者则常生"闷气"。俗话说"百病皆生于气"，"万病源于心"。

治病要治心，恶劣的情绪、忧郁的精神，对人体健康的损害，甚至比病菌、病毒更厉害得多。情绪可以杀人，亦可以救人。良好的情绪，犹如一剂心药，对癌细胞有强大的杀伤力，是任何药物所不能代替的。

如何做好癌症病人的心理护理？

恐惧是癌症病人普遍存在的情绪的反应。据文献报道，癌症病人常见的恐惧有：对病未知的恐惧；对孤独的恐惧；对疼痛的恐惧；对失去家庭和朋友的恐惧；对失去自我控制的恐惧；对退行性变的恐惧等。恐惧常唤起对过去和未来对比的联想和回忆，因而会产生消极的情绪。

首先，要使病人摆脱对疾病未知的恐惧。长期以来，对是否如实地将真实情况告诉癌症病人，一直存在着不同的看法。实际上要根据病人的年龄、性格、文化程度等来区别对待。如果病人是不懂事的少年或已近古稀的老人，就没有必要告之；如果病人平素性格坚强，对癌症有一定的认识，则可以逐步地在病人思想有所准备的情况下告诉本人，这样可

192

为什么会发生痛经，应如何预防与护理？

月经来潮前后，下腹部坠胀、腰酸、疼痛，就叫痛经。痛经分原发性痛经和继发性痛经两种。

原发性痛经是月经初潮1～2年发生痛经，妇科检查无病变，亦称功能性痛经。可以对症治疗，下腹部放置热水袋，使用镇静剂或解痉药，如消炎痛、去痛片等。

继发性痛经是月经初潮没有疼痛，以后因某些原因发生病变：如子宫内膜异位症、盆腔炎、肿瘤等，应到医院进行妇科检查和治疗。月经初潮是女子进入青春期的标志，是正常的生理现象，不必恐惧、紧张、害羞，要保持心情舒畅，注意经期卫生，不要吃生冷及有刺激的食物，注意保暖，生活起居要有规律，做好月经期、妊娠期、产褥期、哺乳期、更年期的保健，是预防继发性痛经的重要保证。

痛经常见于月经来潮不久的少女或未婚未育的年轻妇女。疼痛时可用热水袋敷下腹部。也可以口服解痉、止痛药，轻者可以服用消炎痛，每天2～3次，每次25毫克，或用去痛片，每天2～3次，每次1片。也可以口服阿托品。疼痛厉害的可在医师的指导下肌内或静脉注射止痛药，也可以借助药物和食物制成药膳，红糖适量，煮粥食用。可服用当归羊肉汤：当归、肉桂、茴香、川椒各10克，羊肉200克，加水煮熟后加调味品，食肉喝汤，经后3～5天开始用，连用7天。玉米赤豆粥：薏苡仁、赤小豆各50克，砂仁6克煮粥食用。白鸽甲鱼汤：白鸽1只、甲鱼50克做汤食用。

什么叫功能性子宫出血，青春期为什么会发生月经过多，应怎样护理？

功能性子宫出血是指由于卵巢功能失调引起的子宫出血，简称"功血"。可分为两种：

（1）无排卵型功血：排卵功能发生障碍，常见于青春期和更年期。

（2）有排卵型功血：由于黄体功能失调，主要症状是月经周期紊乱，经量增多，出血时间延长，淋漓不净。可能由于精神过度紧张、环境气候改变、营养不良、代谢紊乱而致。

青春期少女的卵巢尚未发育完善，极易发生功能失调，导致子宫出血过多，表现为月经持续时间延长，月经量多，周期不准，有时停经达2～3个月，随后发生大出血，且出血不止。出血时间长的可以造成贫血，出现头晕，心慌无力。应到医院作妇科检查，排除炎症、肿瘤、血液病等器质性原因，已确诊为青春期功能性子宫出血的，不要紧张，要加强营养，注意个人卫生，预防感染，配合医师进行治疗。经过一段时间的治疗，卵巢功能恢复以后，病自然就会好的。也可用药膳疗法：小米、山药、粳米各50克煮粥食用。人参5克，核桃肉15克，水煎代茶并可食用。

什么叫经前紧张综合征，如何预防？

月经前7～14天或者月经来潮前夕发生情绪波动，烦躁不安，心烦易怒，多愁善感，暗自哭泣，容易与人争吵，失眠，且伴有头晕、乳房胀痛、全身乏力、腹痛等一系列症状。症状可随月经停止而消失，对身体无大影响。

预防经前紧张综合征，应注意做到：

（1）平时加强体育锻炼，增强体质。月经来潮时注意休息，劳逸结合，注意自我调节情绪，避免有不良刺激，适当参加文娱活动，丰富精神生活。忌食刺激性食物。饮食宜清淡、少盐，多吃蔬菜、水果，增加营养。

（2）对证治疗。服用少量镇静剂，如地西泮（安定）2.5～5毫克，每日2次，连服2～3天；也可以服少量利尿剂，如氢氯噻嗪（双氢克尿塞）25毫克，每日2次。

（3）在医师指导下治疗：经前2周每晚口服安宫黄体酮10毫克，连服10天。谷维素、维生素 B_6 对调整植物性神经有较好的效果，特别是经前期的头痛，效果良好。

什么是更年期，有哪些表现，怎么办？

人从出生到衰老死亡要经过三个阶段，从童年到成年的发育期叫青春期，从中年到老年的过渡时期称更年期。更年期主要表现为人的内分泌功能减退或失调，最突出的是性腺功能的变化。

更年期症状表现轻重不一，主要表现为以下几个方面：

（1）月经紊乱：月经周期不规则，周期提前，持续时间短，量减少。长期无排卵出血，持续时间可达2～4周或更长，月经突然停止。

（2）潮热出汗：多在烦恼、生气、紧张、兴奋、激动时发生。也有少数人表现怕冷，面色苍白。

（3）心慌气急：胸前区不舒服，出现叹气样呼吸，有的出现心律不齐、心动过速或过缓。

（4）血压升高：出现头昏、头痛、两眼冒金花、胸闷等。

（5）神经精神症状：精神抑郁、失眠、情绪低落、注意力不集中、情绪不稳定，易烦躁激动、喜怒哭笑无常，常为一些小事大吵大闹。进入更年期的妇女，了解了更年期的生理知识，就能很快适应机体内的改变，从而避免和减少各种症状的发生。要定期做好健康检查，保持情绪稳定，化解内心的烦闷，保持良好的心理状态，参加文娱体育活动。也可适当用些中药，如可用枸杞代茶饮；或鲜生地 30 克，黄精 30 克，粳米 100 克煮粥食用；莲子、龙眼肉、芡食炖汤食用；赤小豆、薏苡仁、粳米适量，大枣 10 枚煮粥食用。也可以使用少量镇静剂，如地西泮（安定）2.5～5 毫克，每天 3 次；谷维素 10～20 毫克，每天 3 次；维生素 E5～10 毫克，每天 3 次，可调节自主神经功能。

老年妇女为什么容易发生骨折，如何预防？

妇女 40 岁以后，每年以 0.25％～1％的速度丢失骨质，绝经妇女丢失速度加快，可达 2％～5％，脊椎骨的骨松质丢失的比较多，严重的影响到负重的四肢骨。由于骨中钙盐丢失，骨头密度降低，硬度下降，脆性增加，负重能力差，稍加外力，就容易骨折。妇女一生丢失 50％的骨质，更年期以后易得骨质疏松症，就容易发生骨折。常发生脊柱压缩性骨折、桡骨下端骨折、股骨颈股折。

为预防绝经后骨质疏松症，应注意营养的摄入，如蛋白质（鱼、肉、蛋、豆制品）、维生素（维生素 B_6、维生素 C、维生素 D），为预防维生素 D 的缺乏，可经常晒太阳，多活动，每日饮用牛奶。注意钙的摄入，适当参加体育活动，能使钙盐丢失减低到最低水平。还可以在医师的指导下服用少量雌激素。

老年妇女尿频是泌尿系感染吗？

老年妇女常出现排尿次数多，咳嗽、打喷嚏时小便控制不住而不由自主地尿湿裤子。经尿液检查未见异常。原因是女性外阴、阴道和尿道、膀胱三角区很近，尿道短而直，特别是有多次妊娠、分娩或难产、子宫脱垂、子宫肌瘤、会阴裂伤史的，由于卵巢功能减退、雌激素分泌减少，使骨盆组织衰老松弛，阴道、会阴、尿道括约肌张力减弱，因而出现尿频、尿急、尿失禁。可在医生指导下给少量激素治疗。

而泌尿系感染的尿急、尿频、尿道口烧灼痛，小便检查可发现尿中有白细胞、红细胞，甚至有蛋白，应到医院治疗。

什么样的白带是正常的，哪些原因会引起白带不正常？

正常的白带是乳白色或无色透明，无味或略带腥味，分泌的量和质受雌激素和孕激素的影响。排卵前雌激素水平升高，白带增多，质稀，色清，外观如蛋清样，能拉长丝；排卵以后雌激素水平降低，孕激素水平升高，白带稠厚，呈乳白色，拉丝易断。

白带增多，颜色、气味有改变的就应警惕，寻找不正常的原因：

（1）真菌（霉菌）性阴道炎：白带呈白或黄色，粘稠，呈乳状或豆腐渣样，阴道壁潮红。

（2）滴虫性阴道炎：白带呈黄色，稀脓样，有泡沫，有臭味，常伴有外阴瘙痒。

（3）淋菌性阴道炎：白带呈黄色，粘稠脓样，当挤压尿道、尿道旁腺、前庭大腺时有脓性分泌物。

（4）细菌性阴道炎：白带呈浆液性或血性，常见于老年妇女和婴幼儿，因雌激素水平低下，阴道抵抗力降低而致。

（5）宫颈糜烂：白带呈黄色，质粘如脓涕，多无气味。

（6）子宫内膜炎：盆腔炎的白带增多，色黄，稀，多伴有腹痛。

（7）输卵管癌：白带呈水样，绵绵不断。

哪些原因可引起外阴瘙痒，怎么护理？

外阴瘙痒为妇女常见的病症，难以忍受，有难言之隐。瘙痒部位以阴蒂、阴阜、阴唇和肛门口周围。

外阴瘙痒主要由全身疾病和外阴局部病变及感染所致：

（1）全身性疾病：糖尿病、肥胖病人因皮脂腺、汗腺分泌增多，刺激外阴；贫血，白血病，维生素 A、B 缺乏，黄疸，小便失禁，膀胱阴道瘘，肛瘘等亦可引起外阴瘙痒。

（2）局部因素：真菌（霉菌）性阴道炎、滴虫性阴道炎、细菌性阴道炎、宫颈糜烂白带增多、外阴湿疹、神经性皮炎、慢性营养不良、外阴肿痛以及不良卫生习惯，不注意外阴清洁，分泌物或血积存于外阴引起瘙痒。使用纤维健美内外裤，使外阴皮肤通风不畅，汗渍浸泡也会引起瘙痒。

要防止外阴瘙痒首先应寻找瘙痒的原因，去除一切发病因素，避免抓痒，洗热水澡，保持外阴干燥清洁，常更换内裤，可用 1∶5 000 高锰酸钾液浸泡外阴 15～20 分钟，每天 1 次。或洁尔阴浸泡，冲洗外阴。限制刺激性的食物，如酒、浓茶、咖啡及辣味食品。

外阴、阴道炎的原因是什么，如何护理？

外阴皮肤、阴道粘膜因为某些原因受刺激或损伤，而致感染引起炎症，其原因有：

（1）幼女因为卵巢功能尚未成熟，发育不完善，阴道壁薄弱，细菌容易入侵。有的幼女穿开裆裤，或者好奇把异物塞入阴道，而引起炎症。

（2）老年人因卵巢功能减退，激素水平降低，降低了对细菌的抵御能力。

（3）月经前、后抵抗力低，白带多，经血刺激、出汗等都是细菌入侵的好机会。

（4）不注意个人卫生。使用公共浴盆、浴巾、坐式马桶，未消毒均易被细菌污染。

患者觉得外阴皮肤瘙痒、红肿、粘膜溃疡、白带增多。应加强个人卫生，每天更换内裤，清洗会阴，保持外阴清洁干燥，使用自己的脸盆、毛巾和浴具。不用有刺激性肥皂洗会阴，幼女最好不穿开裆裤，养成良好的卫生习惯。每天可用1∶5 000高锰酸钾液浸泡外阴15～20分钟，涂以金霉素或红霉素软膏、白多斑软膏。有异物的要到医院请医生取出。有发热的则应用抗生素治疗，禁止食有刺激性食物。

什么是滴虫性阴道炎，怎么护理？

阴道毛滴虫寄生于女性皮肤的皱褶内、尿道旁腺、尿道、前庭大腺、阴道及子宫颈管内，而且也能寄生于男性尿道和前列腺中，可以通过性生活传播，或者由于使用公共浴盆、毛巾、坐式马桶等被传染。

其症状有白带增多，呈黄绿色，稀薄泡沫状合并细菌感染时常为脓性白带，有臭味，常伴有外阴烧灼感，性交疼痛，尿频、尿急、尿痛等症状。

妇科检查：因为外阴瘙痒致外阴有抓痕，小阴唇、阴道口充血、水肿，有脓性白带自阴道流出，阴道粘膜充血水肿，有散在性红色斑点或草莓样隆起，称"草莓样阴道"。分泌物在显微镜下可查出滴虫。

治疗：患者应与丈夫或性伙伴同时治疗。治疗期间要保持外阴清洁，每晚用1：5 000高锰酸钾液坐浴或10％碘氟坐浴后用灭滴灵1片塞入阴道内，10天为1疗程；也可以用醋酸洗必泰溶液冲洗阴道，每天1次，10天为1疗程；口服灭滴灵，每次200毫克，每日3次，连服7天；也可用替硝唑，每次1克，每天1次，连服3天。

护理：每日清洗外阴，更换内裤，用沸水高温消毒，不易加热的物品可用0.1％～0.2％过氧乙酸溶液浸泡3～5分钟或用肥皂水长时间浸泡。禁止性生活。不吃刺激性食物。阴道毛滴虫是一种单细胞原虫，有很强的生活能力，必须坚持治疗，常在月经后复发，症状消失后，连续治疗3个月，阴道分泌物检查滴虫为阴性才可停止治疗。妊娠早期及哺乳期不可用灭滴灵，可改用局部用药，用1％乳酸冲洗，控制症状，待分娩后或哺乳后再治疗。

什么是真菌（霉菌）性阴道炎，如何护理？

真菌性阴道炎常由白色念珠菌感染所致。糖尿病患者，妊娠妇女由于阴道上皮细胞中的糖原含量增多，使阴道内酸度增加，有利于念珠菌的生长繁殖。大量长期使用广谱抗生素的病人，使阴道内菌群紊乱，也有利于白色念珠菌的生长繁殖。

症状：最多见的症状是外阴瘙痒，比滴虫性阴道炎厉害，瘙痒严重的可使人坐卧不安，阴道灼痛，排尿时更为明显，严重的出现尿频、尿痛、性交痛。白带增多，呈白色或黄色，粘稠，也有的是稀薄的、典型的白带呈豆腐渣样或乳凝块状。妇科检查可见小阴唇、阴道粘膜有不同程度的充血、水肿，阴道内有粘稠的白带，阴道粘膜上有白膜覆盖，揩去白膜，可见粘膜红肿糜烂或表浅溃疡，可从阴道分泌物中查出白色念珠菌。

引起真菌性（霉菌性）阴道炎的细菌是念珠菌属，是白色念珠菌，而引起足癣的细菌是红色毛癣菌、石膏样毛癣菌、絮状表皮癣菌等，而由白色念珠菌引起的较为少见，因而真菌性（霉菌性）阴道炎的发生与足癣关系不大，但也有少数人的脚癣可以传染真菌性（霉菌性）阴道炎。

护理：患者应在医师指导下正确用药，不要半途而废，以免复发。寻找原因，合理使用抗菌素，保持外阴的清洁干燥，每天用温水清洁外阴，更换内裤，使用自己的毛巾、浴具，用物可用煮沸消毒，不要穿化纤内裤，急性期要避免或禁止性生活，夫妻要同时治疗。为了防止新生儿感染，孕妇应及时治疗，治疗可持续到妊娠 8 个月。

什么是盆腔炎，为什么会发生盆腔炎？

盆腔炎是妇科常见病、多发病，是指女性盆腔内生殖器官、子宫周围的结缔组织及盆腔腹膜的炎症。它包括子宫内膜、子宫肌、输卵管、卵巢、盆腔腹膜、盆腔结缔组织的炎症。

盆腔炎可分为急性盆腔炎和慢性盆腔炎。

急性盆腔炎发病急、突然、症状很明显，常见下腹部疼痛，伴有发烧，严重的出现高热、寒战，进一步可引起弥漫性腹膜炎、败血症、感染性休克等严重后果。治疗及时可彻底治愈。

慢性盆腔炎往往是急性期未能彻底治疗，引起反复发作。

发生盆腔炎的原因有：

（1）产后或者流产后感染：由于此时宫颈口扩张后未完全闭合，身体虚弱，抵抗力降低，细菌从阴道、子宫颈进入上行感染。

（2）妇科手术后感染：行人工流产术，放环、取环术，输卵管通液，造影术后，手术消毒不严格，或患者不注意个人卫生，不遵照医嘱自行性生活。

（3）月经期不注意卫生：因为子宫内膜剥脱，宫腔内血窦开放，经血凝块，容易造成细菌生长。月经期使用不合格的卫生纸、卫生巾，有同房史，都可引起盆腔炎。

（4）邻近器官的炎症蔓延：如阑尾炎、腹膜炎。

（5）性生活混乱：互相传染。

什么叫宫外孕，为什么会发生宫外孕？

宫外孕是指受精卵在子宫以外的地方着床发育。常见的宫外孕有输卵管妊娠、卵巢妊娠、腹腔妊娠、阔韧带妊娠。最常见的为输卵管妊娠。

原因：

（1）输卵管炎症使输卵管皱襞粘连，管腔狭窄，纤毛受

206

损，或者扭曲，不能正常蠕动，妨碍了受精卵正常运行，使受精卵不能按时到宫腔，而着床于输卵管。

（2）输卵管发育异常或者行输卵管手术后，如输卵管过长，有憩室，粘膜纤毛缺如，输卵管结扎后再通，输卵管成形术等，都可引起输卵管妊娠。

（3）孕卵游走。一侧的卵巢排卵，受精后没有到输卵管停留，而是经过宫腔或腹腔移至对侧输卵管，称为孕卵游走。在移行中孕卵逐渐长大，当不能通过输卵管时，即在输卵管着床，引起输卵管妊娠。

（4）盆腔子宫内膜异位症或者配带宫腔节育环，也可发生输卵管妊娠。

什么是宫颈糜烂，有哪些症状，如何治疗？

宫颈糜烂是一种常见的慢性宫颈管炎。

宫颈糜烂可分为轻、中、重三度。轻度宫颈糜烂，患者一般没有明显自觉症状，仅有白带略为增多。中、重度宫颈糜烂患者最明显的症状是白带增多，呈黄色粘稠，或白带中夹有血丝，少数患者性交后出血。由于炎症白带增多，长期刺激外阴，常引起外阴瘙痒，腰骶部酸痛，小腹坠胀等症状，少数患者可致不孕。患宫颈糜烂的妇女比无患宫颈糜烂的妇女宫颈癌的发病率高。由于宫颈糜烂与早期子宫颈癌肉眼难以鉴别，故应先到医院做妇科检查与宫颈刮片检查，如果发现有非典型细胞，应做进一步检查——阴道镜或活组织检查，以早期明确诊断。

宫颈糜烂多数采用局部治疗，也可采用药物治疗、物理治疗、手术治疗等。

（1）药物治疗：糜烂面积较小，炎症浸润较浅者，可选用抗生素局部上药，如甲硝唑、磺胺类药、呋喃西林等。

（2）物理治疗：适用于糜烂面积较大、炎症浸润较深的患者。常用方法有电熨法、激光疗法、冷冻疗法。物理治疗手术前要常规消毒外阴、阴道、宫颈，术后因排液多要注意保持外阴部清洁干燥，防止感染。在创面未愈合前禁止性生活、盆浴、阴道冲洗，一般需要4～8周，治疗后每个月复查1次。

（3）手术治疗：经以上治疗无效或有宫颈肥大、糜烂面深而广，且已累及宫颈管的，可考虑手术治疗。

怀孕要有哪些条件，确实怀孕又应具备哪些条件？

怀孕必须具备以下几个条件：

（1）要有一定数量的精子进入阴道。

（2）必须有正常的卵巢功能。

（3）阴道的酸碱度、粘液量要适宜，有利于精子的穿透。

（4）生殖器要通畅，使精子能顺利通过阴道到子宫、输卵管与卵子相结合。

（5）要有正常的子宫内膜适宜卵子的生长、发育。

要确实怀孕，必须具备以下条件：

（1）停经。已婚妇女一贯月经周期准确的，突然停经，首先考虑是否怀孕。

（2）有早孕反应。最早的可能发生在停经5～6周出现恶心、呕吐（多数发生在清晨，空腹时更厉害），3个月后自然消失；择食，爱吃酸或辣的食物，因人而异，食欲不振。

（3）感觉疲乏无力，怕冷，好困，发懒。

208

（4）乳房有胀、痛感，并且增大，乳头、乳晕着色。

（5）小便次数增多。

（6）妇科检查：子宫增大，宫颈着色。

（7）尿妊娠试验阳性。

哪些妇女容易发生妊娠呕吐，怎么办？

第一次怀孕容易发生呕吐，比多次怀孕的呕吐厉害，20岁以下怀孕比年长的厉害，肥胖的孕妇比瘦的厉害，单胎比多胎受孕者厉害，异常妊娠（如葡萄胎）比正常妊娠厉害，受一般教育比受良好教育的厉害，家庭妇女比工作妇女厉害。

恶心呕吐是妊娠早期反应的主要表现。有的停经5～6周就出现"晨吐"，一直到3个月以后才能逐渐自然消失。有少数孕妇妊娠呕吐加剧，出现频繁甚至持续性呕吐，可吐出绿色的胆汁或咖啡色液体，不能进食，因而尿量减少，出现尿酮体阳性、精神萎靡、脱水，持续时间长了可影响胎儿的发育。尿酮体阳性者应及时治疗，给予补液，纠正酸中毒。而更重要的是解除孕妇思想顾虑，保持精神愉快，适当休息，鼓励其进食一些营养丰富、容易消化、自己喜爱的食物，多吃蔬菜、水果，少量多餐，避开不适宜的环境和气味，摸索发生症状的规律，从而自我调节，过渡到3～4个月以后反应就能停止。

孕妇为什么会抽筋，怎么防护？

随着胎儿的发育，孕妇对钙的需求量增加，当血中钙浓度低于正常时，就会出现肌肉神经兴奋性升高，发生抽筋。又因妊娠后期身体重心改变，腓肠肌负担较重，也容易引起痉

209

挛。抽筋常在夜间发生，睡前用热水按摩小腿后面的肌肉，可以减少抽筋。当自觉抽筋开始时，立即把脚尖向上翘，腿伸直，抽筋就会很快消除。

孕妇在妊娠期应多吃一些含钙高的食物：如牛奶、骨头汤、鱼汤、虾皮、鲜虾、蔬菜等，还可以口服钙片、鱼肝油，适当地晒太阳，睡觉时应注意下肢保暖。孕妇不宜穿高跟鞋，以减轻腓肠肌的负担，从而减轻抽筋、腿痛。

孕妇为什么容易发生便秘，怎么防护？

妊娠期容易发生便秘、排便困难。由于便秘，可发生肛周内外痔疮，便血。由于便秘常觉得腹胀，食欲不振。

原因：

（1）妊娠后孕激素的产生，使胃肠道平滑肌张力降低松弛，蠕动减弱，引起腹胀、便秘。

（2）由于妊娠反应，摄入的水分、纤维素减少，如少吃青菜、水果。

（3）妊娠以后活动量减少。

（4）妊娠子宫增大，压迫直肠。

（5）胎儿先露下降压迫直肠。

孕妇要防止便秘，应注意户外活动，多散步，多吃含纤维素多的蔬菜和水果，养成每天定时排便的习惯。如果仍有便秘发生，可以口服果导、石蜡油等缓泻剂，也可以用甘油栓或开塞露塞肛。忌用强泻药，也不宜灌肠，以防早产。

如何做好早孕保健？

做好早孕保健，应注意以下几方面：

（1）到当地妇幼保健机构建立早孕卡。

（2）对早孕出现的反应不要过分紧张，2～3个月后早孕反应慢慢就会消失。尽量选择自己喜欢吃的食物，多进富有营养的食物。因为胎儿在母体内生长发育需要大量丰富的营养，这些营养通过胎盘供应胎儿。孕妇的营养关系到胎儿出生后的健康，为了保证胎儿的生长发育，孕妇饮食要多样化，多吃高蛋白、高维生素的食物，如瘦肉、蛋、猪肝、豆类、水果、蔬菜，少吃盐和有刺激性食物，如辣椒、酒、浓茶，还应多增加钙和鱼肝油。

（3）不要随意服药。多数药物能通过胎盘进入胎儿体内，引起药物中毒，甚至导致胎儿畸形，如抗生素类的四环素、土霉素、卡那霉素、庆大霉素；解热镇痛药阿司匹林、消炎痛；镇静安眠药利眠灵、冬眠灵、反应停、苯巴比妥等；激素类药肾上腺皮质激素、性激素及甲状腺素等；降血糖药；抗癌药；免疫抑制剂等。

（4）避免感染风疹和疱疹。

（5）避免接触放射性物质，如X线照射。

（6）有烟酒嗜好者要禁止，抽烟容易使胎儿缺氧、胎盘早期剥离、妊娠高血压和子痫，威胁母婴生命，还会引起流产、早产、低体重儿，有的还可以致畸。酒精会损伤胎儿的脑细胞，使脑细胞发育停止，数目减少，导致不同程度的智力低下，甚至造成脑性瘫痪。致畸主要器官是小头、小眼裂、塌鼻梁、上颌骨发育不全、指（趾）短小、先天性心脏病和内脏畸形。

（7）要穿宽松的衣服，以免妨碍子宫的血液循环、胎儿的活动和生长发育或导致胎位不正、外阴部静脉曲张。乳罩不宜过紧，应有上托乳房的作用，最好选用棉制品，以免影响乳房的发育，使乳腺孔阻塞，增加了母乳喂养困难。不宜穿高跟鞋，为了保持身体的平衡，孕妇常采取挺胸收腹的体态，从而影响胎儿的发育，而且由于行走不便，容易跌倒。孕妇以穿平底布鞋为宜。

（8）注意清洁卫生，常洗头洗澡，每日更换内衣裤，以防外阴炎的发生。

妊娠期是否可以过性生活？

妊娠早期（孕12周前），胎盘尚未完全形成，分泌的孕激素量比较少，容易发生流产，不可过性生活。妊娠晚期（孕28周以后），容易引起子宫收缩，胎膜早破，早产，感染，也不宜过性生活。孕13～28周之间可以过性生活，但不要过于频繁，使孕妇疲劳。

孕妇应选择什么样的饮料？

孕妇应选择柠檬型或果汁型的饮料，可以多喝红糖水，而不要喝含有咖啡因的饮料，如可口可乐。柠檬型果汁饮料含有大量维生素C，能促进胃酸分泌，增加食欲，有利于铁质的吸收，可以预防贫血，还能增加身体的抵抗力。红糖含钙比白糖多2倍，含铁比白糖多1倍，其他微量元素锰和锌也比白糖含量多，红糖还含有白糖所没有的胡萝卜素、核黄素、烟酸，所含的葡萄糖比白糖多20～30倍，容易被人体吸收，释放热量，是孕产妇饮用的温补品。

咖啡饮料含有较多的咖啡因，可通过胎盘血循环到胎儿，损害胎儿的胰脏，使胰岛素分泌减少，导致糖尿病。咖啡因还有兴奋中枢神经的作用，使心跳加快，加重孕妇的心脏负担，还有致胎儿畸形的危险。

为什么要定期做产前检查，有什么好处，检查些什么？

（1）定期做产前检查是了解胎儿发育和母亲健康状况，早期发现异常，早期给予纠正处理，使孕妇和胎儿能顺利渡过妊娠期。如及早发现妊娠并发症、遗传病、胎儿畸形、胎儿发育迟缓等，能得到及早的治疗与处理。

（2）对孕妇进行妊娠期各阶段的宣教工作，妊娠各期的生理特点，营养卫生，个人卫生，使他们对妊娠有正确的认识，消除不必要的思想顾虑，增强体质。

（3）确定分娩方案，为分娩时做好准备工作。孕妇身体为了适应妊娠的改变和胎儿生长发育的需要，全身各系统都要相应地发生一系列的变化来适应妊娠的需要，一旦某种原因，某个系统不能适应妊娠的变化，孕妇和胎儿都会发生异常改变。如妊娠高血压综合征，胎儿宫内发育迟缓。如果能定期及时检查，就能及时发现异常，得到早预防、早治疗。孕早期主要监护孕母的健康状况，从孕8～28周，每月检查1次，孕28～36周，每2周检查1次，孕36周以上每周检查1次，发现异常应遵照医嘱，增加检查次数。

产前检查包括两方面：

（1）对孕妇进行全面的体格检查：了解本次妊娠情况：月经史、妊娠经过，有否有流产（包括自然和人工流产）、剖宫产、引产、早产、难产的历史，有否分娩过畸胎、先天愚型的孩子,家族史中有无双胎、畸胎,本人有否患过急慢性疾病。

213

（2）进行产前检查：①听胎心。每分钟在 120～160 次，有否规律性。②测血压。正常血压不超过 17/12kPa（130/90mmHg）。第一次测的血压和第二次测的血压相差，收缩压不超过 4kPa（30mmHg），舒张压不超过 2kPa（15mmHg）。③测体重。从怀孕开始至分娩，孕妇体重可增加 10～12 千克，每周增加的体重不超过 0.5 千克，怀孕中期到晚期，若每月体重增加少于 1 千克或超过 3 千克应视为异常，应到医院进行检查。④检查胎位有否异常。⑤检查骨盆大小能否使胎儿正常分娩。

如何推算预产期？

足月妊娠共计 280 天，将末次月经的第一天日期计算起，月份减 3 或加 9，日数加 7 就是预产期的时间。如末次月经是 1998 年 10 月 6 日，即月数（10-3）得 7，（6+7）得 13。预产期就是 1999 年 7 月 13 日。如果记得是农历，则应把日数改为加 14。

如果平时月经不规则，或者月经记不清，可根据早孕反应开始算起加上 8 个月就是预产期（一般妊娠反应在末次月经后的 40 天左右，也就是孕 6 周半出现）。也可以根据胎动时间，或者用子宫底高度来推算预产期。

妊娠 18～20 周孕妇可自觉感到胎动，也有的产妇 16 周就能自觉有胎动。妊娠 20 周就能在腹壁上用胎心筒听到胎心。

孕期自测胎动有什么意义，如何自测？

妊娠 4 个月后，孕妇用自己的手放在腹壁上能触摸到胎儿的肢体在子宫内的活动，这就是胎动，腹壁薄的而且松弛的孕妇还能见到胎儿的活动。通过胎动可以了解胎儿的安危，胎动正常的胎儿发育良好；胎动次数减少的，胎盘功能减退，以至慢性缺氧。正常妊娠18～20周自觉胎动，以后逐渐增加，28～32周达到高峰，38周以后逐渐减少。上午8～12时胎动均匀，以后逐渐减少，下午2～3点减到最少，到晚上8～11点增加到最多。

孕妇取侧卧位，每天早、中、晚，固定在同一时间内数胎动，每次1小时，将3次胎动次数相加乘以4就是12小时的胎动次数，如12小时胎动次数在30次的胎儿情况良好，少于20次为胎儿宫内缺氧，少于10次的预后不良，当胎动出现异常立即到医院检查处理，以免长时间缺氧，致胎儿死于宫内或分娩时新生儿窒息。

孕妇取什么卧位最合适，为什么？

孕妇在休息或睡眠时采取左侧卧位最合适。孕妇仰卧位时可使：

（1）增大的子宫压迫下腔静脉，使回到心脏的血流量减少，造成心脏搏出量减少，产生胸闷、头晕、恶心、呕吐、血压下降，严重者还会引起休克，常在妊娠晚期出现，称仰卧位综合征。

（2）左侧卧位可以减少子宫对下腔静脉回流的阻力，减轻和消退水肿。左侧卧位还可以使右旋子宫得到一定程度的纠正，从而减轻右侧输卵管的挤压、减少妊娠泌尿系的感染的发生。

（3）左侧卧位还能减少子宫压迫腹主动脉，避免血管痉挛、血压增高而诱发"妊娠高血压综合征"或加重妊娠高血压的发生。

（4）左侧卧位还能增加胎盘血流量，供给胎儿足够的营养，有利于胎儿的生长发育。

孕妇为什么会发生下肢静脉曲张，怎么办？

有些孕妇下肢出现一根根"青筋"，像"紫色蚯蚓"般附着于下肢，随妊娠月份增加而逐渐加重。使下肢沉重，有热胀感、蚁走感或疼痛、痉挛，严重的可感到会阴部肿胀、疼痛。这是由于体内女性激素水平增高，盆腔和下肢静脉扩张，血液淤于静脉管内；另一方面由于子宫逐渐增大，压迫子宫后方的大静脉，影响了下肢和会阴部血液的回流，使下肢静脉淤血、增粗。

为防止和减轻静脉曲张，可采取以下措施：

（1）注意休息，减少站立和走路的时间，避免负重。

（2）每天行走半小时，不要穿高跟鞋，穿合脚的软底布鞋，赤脚走路可以改善足部的血循环。

（3）卧床休息时抬高下肢，使血管内血流量增加，并且采取左侧卧位。

（4）避免感冒咳嗽、便秘，减少增加腹压的因素。

（5）不要穿紧身内衣、袜子，不要用力按摩腿部，下肢可穿绑弹性绷带或穿高弹性裤子。以防曲张的静脉结节破裂出血。

（6）已有静脉曲张的孕妇要避免用太热、太冷的水洗澡，以免血管扩张。

（7）一般分娩后静脉曲张会自然消退，严重者产后需考虑外科手术治疗。

孕妇为什么会全身瘙痒，怎么办?

由于妊娠时肝脏代谢发生变化,胆汁代谢也受到影响。胆汁排除不畅,形成胆盐,胆盐刺激全身皮肤的感觉神经,引起瘙痒。

全身瘙痒对胎儿有极大的威胁,胆盐沉积在胎盘上,阻碍了母体与胎儿之间的氧气、二氧化碳及各种营养物质和代谢产物的交换,给胎儿造成极大的威胁。

孕妇因瘙痒而昼夜不眠,烦躁不安,用力搔抓,使全身皮肤破溃、流水、甚至化脓感染。这时应注意皮肤卫生,常洗澡,忌用肥皂,不要用手抓,可用六合粉、爽身粉、炉甘石擦剂局部涂擦,保持皮肤干燥,清洁。饮食上应注意清淡,少吃海鲜,多吃含维生素 B、C 的食物,并及时到医院检查以便及时处理。

孕妇发生腹痛的原因是什么，怎么办?

(1) 妊娠前 3 个月,下腹隐隐疼痛呈持续性的,无其他不舒服感觉,可能是逐步增大的子宫和与子宫相连的圆韧带受到牵拉所致,也可能是盆腔血管曲张所致,平卧以后自然缓解。

(2) 因为外伤、摔倒、性生活等诱因出现了阴道出血,呈阵发性腹痛,觉得腹壁紧一阵、松一阵,这可能是先兆流产、早产的现象,应到医院就诊。

(3) 如果有外伤、高血压等引起剧烈腹痛,持续不缓解并伴有心慌、头昏等可能是胎盘早期剥离,应立即到医院就诊。

（4）妊娠末期，出现一阵阵腹痛，从不规则到规则，从间歇时间长到间歇时间短，这可能是已临产，必须到医院检查，准备分娩。

孕期如何进行自我监护？

孕期自我监护包括：

（1）饮食应多样化：多吃些容易吸收，含有蛋白质、维生素的食物，增加营养，多喝含维生素的饮料及红糖水，避免吃有刺激性的食物。

（2）注意孕期用药：孕早期是胎儿各器官发育的时间，用药不慎对胎儿发育不利，甚至会使胎儿致畸。服用中药也必须遵医嘱。

（3）注意适当休息：生活要有规律，保持充足的睡眠，适当的户外活动，避免去人多空气混浊的公共场所，以免感染疾病，影响胎儿发育。

（4）取左侧卧位：减轻子宫对腹主动脉的压迫，减少下腔静脉血流的阻力，增加胎盘血液灌流量，促进胎儿的发育，减轻下肢水肿的发生。

（5）照常工作：孕8个月时避免重体力劳动，正常情况下不必提前休息。

（6）禁止盆浴：采取淋浴为宜，夏天每日1次，冬天至少每周1次，每晚清洗外阴，勤换内衣裤，不穿紧身纤维内衣裤。

（7）穿衣适合宽大、舒适，乳房和腰部不要束紧。不要穿高跟鞋，应穿平底布鞋。

218

过来又影响了子宫收缩。

引起子宫收缩乏力原因：

（1）胎位不正、头盆不称、胎头先露不能紧贴子宫下段和子宫颈，不能反射性地引起子宫收缩。

（2）产妇思想紧张，有恐惧心理。吃不好，休息不好，使大脑皮质受到抑制，致子宫收缩受影响。

（3）子宫过度膨大，如双胎、巨大儿、子宫肌纤维过度伸长、子宫肌发育不良、子宫肿瘤、子宫畸形等都会影响子宫收缩。

（4）过多应用镇痛剂和麻醉药，也能使子宫收缩乏力。如子痫产妇，应用大量镇静剂。

（5）内分泌失调。产妇体内所含的雌激素和催产素不足。

子宫收缩乏力分为原发性子宫收缩乏力和继发性子宫收缩乏力。

第一产程应检查子宫收缩乏力的原因，进行相应的处理，决定剖宫产分娩或者阴道分娩。如果胎儿、产道是正常的，可以从阴道分娩的，应加强宫缩，首先要消除产妇的紧张情绪，关心体贴，劝其多进食高热量的食物，给予肥皂水灌肠，促进子宫收缩，给镇静剂，让产妇充分休息后，宫缩就能自己发动，还可根据医嘱输液、人工破膜，使胎头紧贴子宫下段和子宫颈，反射性引起子宫收缩，羊水中的前列腺素还能刺激子宫收缩。还可以在医师的监护下使用少量催产素静脉滴注。

进入第二产程引起的宫缩乏力，在医师的监护下使用催产素点滴，胎先露低，可以从阴道分娩的可以用胎头吸引器或产钳助产。

第三产程引起子宫收缩乏力，可以致产后大出血，应立即予大剂量的催产素点滴，或子宫肌内注射催产素，同时按摩子宫，按摩乳头，以促进子宫收缩，预防产后出血。

为什么要提倡母乳喂养，有什么好处？

母乳喂养的好处有：

(1) 母乳是婴儿最佳食品，含有丰富的蛋白质、脂肪、糖和各种微量元素，各种营养成分比例合理，容易被婴儿消化吸收，能满足4～6个月婴儿生理发育所需要的全部营养。

(2) 母乳（特别是初乳）中含有多种免疫球蛋白和抗感染物质，可增加婴儿的抵抗能力，保护4～6个月的婴儿少得病。

(3) 由于婴儿吸吮乳头，可刺激子宫收缩，减少产后出血，有利于日后子宫恢复，抑制排卵，延长生育，还可减少乳腺癌和卵巢癌的发生。

(4) 母乳有利于婴儿智力的发育。在哺乳过程中母亲的声音、心音、气味和肌肤的接触能刺激婴儿大脑的发育，促使婴儿早期智力的开发。

(5) 母乳可增进母婴感情，有利于母婴感情的交流。

(6) 母乳安全卫生，温度适宜，经济方便，不易造成婴儿肠道感染和消化功能紊乱。

什么是初乳，有什么特点？

产妇分娩后1～2天内分泌的乳汁，呈黄色，量少较粘稠，它含有各种免疫球蛋白，可增强婴儿抗病能力。免疫球蛋白A可粘附在婴儿的胃肠道的粘膜上，T淋巴细胞和B淋巴细胞具有杀伤细菌和病毒的作用，可以防止婴儿消化道和呼吸道感染疾病。是初生婴儿最早获得的口服免疫抗体。

初乳所含的蛋白质比较高，最适合新生儿的需要，还含有小儿所需要的生长素，能促进肠道的发育。分娩后频繁吸吮，能促进乳汁的分泌，有利于新生儿的生长发育。

母乳喂养的体位有几种，怎样抱奶和含接乳头?

母乳喂养的体位有两种：

(1) 侧卧位或仰卧位。

(2) 坐位。坐位喂奶时椅子高度要合适，椅子不宜太软，背不宜后倾，以免使婴儿含吮不易定位。剖宫产、双胞胎婴儿可以采取坐位"环抱式"喂哺。

母乳喂养的体位不管采取哪一种方式，都要注意喂奶时体位要舒适，全身肌肉放松，有利于乳汁排出。

母亲抱着婴儿，使婴儿身体转向母亲，紧贴母亲的身体，下颌接触乳房，母亲用手掌托着婴儿臀部，手臂搂着婴儿身体，使母儿身体紧紧相贴（"三贴"），婴儿头与身体呈一直线，先将乳头触及婴儿的口唇诱发觅食反射，当婴儿口张大，舌向下的一瞬间，使乳头和大部分乳晕含入婴儿口内，此时婴儿下唇向外翻，舌呈勺状环绕乳头，含接时可见上方的乳晕比下方多，能看到慢而深的吸吮，有时会出现暂停，并听到吞咽的声音。

什么是母婴同室，有什么好处?

出生后母亲和婴儿24小时在一起，每天母婴分离（因医疗及一切操作需要）不超过1小时。

（1）母婴同室有利于母亲随时照顾自己的孩子。

（2）方便母亲喂养，可以按需哺乳。

（3）减少婴儿间相互交叉感染。

（4）有利于建立母儿感情。

乳头疼痛的原因是什么，如何护理？

乳头疼痛的原因主要是含接不正确，没有把乳头和大部分乳晕含入婴儿口中。

避免乳头疼痛应注意以下几点：

（1）哺乳前：母亲取舒适的体位，全身放松，按摩乳房以刺激排乳反射，挤出少量乳汁，使乳晕变软易被婴儿含接。

（2）哺乳时：注意正确地含接乳头，把乳头和大部分乳晕含入婴儿口中，如果有皲裂，应先在未损伤的一侧哺乳，以减轻对另一侧乳房的吸吮力，交替改变抱婴儿喂哺姿势，可以采取一次卧位，一次坐位交替喂哺，使吸吮力分散在乳头和乳晕的四周，频繁哺乳。如因某种原因需要中断喂哺，要用示（食指）轻轻按压婴儿下颌，温和地中断吸吮。

（3）哺乳后：挤出少许乳汁涂在乳头和乳晕上，短暂暴露和干燥乳头，因乳汁具有抑菌作用，含有丰富的蛋白质，能起到修复表皮的功能。

为什么会发生奶胀，如何护理？

如果分娩后最初几天没有做到有效的母乳喂养，喂哺的姿势不对，没有做到按需哺乳，吸吮的时间不够，就容易发生奶胀。

奶胀时哺乳前先用毛巾湿热敷乳房3～5分钟，轻轻地拍打、按摩乳房，用手挤出充足的乳汁，使乳晕变软，便于婴儿正确含吮乳头和大部乳晕。要频繁喂哺，将乳汁排空。哺乳后应配带支持胸罩，改善血液循环。

挤奶有什么适应症，怎样挤奶？

挤奶对母亲开始母乳喂养和坚持母乳喂养有很大的好处，而且很重要。

(1) 可以解决乳腺管的堵塞或乳汁淤积。

(2) 在孩子开始练习吸吮凹陷乳头时。

(3) 孩子拒绝吸奶时。

(4) 低体重儿不能吸吮乳头时。

(5) 有病的患儿不能吸吮乳头。

(6) 婴儿或者母亲生病时，需要保持泌乳。

(7) 母亲外出工作，不能按时吸吮乳房。

(8) 母亲乳胀，婴儿不能很好地含接乳房时。

(9) 有时需要把乳汁挤到婴儿口中。

正确的挤奶姿势是：

挤奶前应洗净双手，准备一个干净的容器，母亲站或坐都可以，身体前倾，保持舒适的体位，将大拇指放在乳头根部2厘米的乳晕上，示（食）指放在拇指对侧的乳晕上方，其他手指轻托乳房，用拇指与食指的内侧向胸壁压挤，手指固定不要在皮肤上移动，重复挤压、松弛达数分钟，沿乳头依次挤压所有乳窦。

怎样判断孩子已经吃饱了？

根据以下几个方面可以判断孩子是否吃饱：

（1）母亲的奶量是充足的，哺乳时能听到婴儿吞咽乳汁的声音，婴儿吃饱后吐出乳头。

（2）吃饱后婴儿腹部饱满，像蛙腹。

（3）吃饱后婴儿睡眠时间长，可达2～3小时，有规律，少哭闹。

（4）尿量多，24小时有6～8次小便，尿液清，呈微黄色。

（5）大便往往是大量糊状样，有时一天有4～5次或更多。

（6）体重不断增加，每天平均增加体重18～30克，每周增加150克以上，每月增加500克以上。

反之，新生儿体重增长缓慢，每月平均体重增加不到500克，或者2周以后体重低于出生体重。长时间哺乳，哺乳后不久就哭闹，吸吮时有力，但只吸不长时间就睡觉了，很快又醒来哭闹，大便呈绿色。由于肠蠕动加快，胆汁没有被肠道充分利用而排出，因此大便呈绿色。小便每24小时小于6次，色浓且有味，若有以上情况，应考虑孩子是否吃不饱。

新生儿为什么容易吐奶和溢奶，怎么办？

新生儿的胃处于水平位，食道和胃之间的贲门松，与肠道联接的幽门紧，胃容量小，所以吃奶后容易溢奶和吐奶。

溢奶：吃奶后搬动或者喂奶时吸进气体引起的，溢奶前没有恶心呕吐现象，而是从口中溢出奶来，溢出奶量少，有时从口角溢出奶或喂完奶后吐，吐出物是奶汁，多数是由于奶量过多，吸吮过急，吸入气体，所以在喂奶后抱起婴儿拍打后背，使之打嗝或者调整奶量及喂养的方法后，小孩5～6个月后，就会自愈。会溢奶的孩子最好先给孩子换尿布后喂奶，减少搬动。

228

吐奶：吐奶前孩子出现脸色苍白、恶心、烦躁不安、呕吐频繁且量多，呕吐呈喷射状，吐出物呈黄色或绿色，吐后精神萎靡。要注意有否病理因素，如有无消化道畸形、胎粪性梗阻、上呼吸感染、脑部疾病等。应到医院请医师诊治。

什么是新生儿黄疸？

新生儿在出生后的 2～3 天皮肤和巩膜发黄，4～6 天最明显，10～14 天消退。婴儿精神好，吃奶也好，没有不正常现象，称为新生儿黄疸。新生儿出生后 24 小时内出现皮肤黄染，巩膜也黄染，精神萎靡，吃奶量少，拒奶、吐奶，嗜睡或烦躁不安，2 周仍未消退的应考虑病理性黄疸。

高危新生儿：如手术儿、早产儿和宫内窘迫儿、新生儿窒息、败血症等都可以使黄疸加重，应引起注意。

常用避孕方法有哪些？

常用的避孕方法有：避孕套、口服避孕药、子宫内节育环、安全期避孕等。

1）避孕套：方法简便，效果良好，是目前最常见的男子避孕方法。

2）口服避孕药：口服避孕药可抑制排卵，抗着床，使宫颈粘液变稠。

（1）短效避孕药：是人工合成的雌激素和孕激素的合成制剂。主要作用是抑制排卵，避孕效果达 99.9%，副作用小，应用最广。

（2）长效避孕药：有长效口服避孕药，主要是抑制排卵，避孕效果达 98%，服药 1 次可避孕 1 个月。

3）长效避孕针：埋植 1 次有效期达 5 年。

4）橡胶阴道环：放置 1 个可持续 1 年。

5）探亲避孕药：主要作用是抗孕卵着床，使子宫颈粘液变稠，精子不易穿过。效果达 98%。

6）子宫内节育环（避孕环）。

7）安全期避孕：延长哺乳期避孕法、体外排精避孕法，都是不可靠的方法，不可取。

避孕套破了用什么方法补救?

（1）民间常用方法：避孕套破了以后女方应立即蹲下作排便动作，让精液自阴道内流出。这需要一定时间，因精子排出后约一分钟就呈凝胶状，一般在 20 分钟左右才液化。然后用清洁布蘸上稀醋酸（可用食用醋稀释），或用肥皂水擦洗阴道，此法效果不佳，因为精子的运动和性交时的宫缩使精子在 2～10 分钟内到达宫腔和输卵管。

（2）发现避孕套破后，立即在阴道内注入避孕药膏或放入避孕药膜以杀灭精子，这时不能保证精子是否全部停留在阴道内，因此仍会造成避孕失败。

（3）避孕套破后 5 天内放置避孕环，干扰受精卵着床。

（4）最有效的方法是事后口服避孕药。如用雌、孕激素复方片（α-18 甲基炔诺酮 500 微克和炔雌醇 50 微克）在避孕套破后 72 小时内的任何时间服 2 片。第一次服药后 12 小时再服 2 片，也可以用探亲避孕药，如 23 号或 53 号探亲避孕药，在避孕套破后尽快服用 1 片 53 号避孕药，连服 4 天，以后隔日服 1 片，共服 8 片，或按说明书要求服用，避孕效果可达 99%。

避孕环有什么作用？

避孕环具有如下作用：

（1）机械性阻碍孕卵在宫腔内种植，使孕卵不能生长发育。

（2）局部刺激子宫内膜，使子宫内膜产生非细菌性慢性炎症，不利于孕卵的种植。

（3）使子宫内膜局部释放前列腺素，输卵管蠕动加快，提前到达宫腔，不能种植，还可以刺激子宫收缩，将孕卵排出体外。

（4）带铜节育环还能释放铜离子，杀伤孕卵，还能使子宫内膜发育不良，不利于孕卵的种植，并能使宫颈粘液变稠，精子不易穿透，精子和卵子不能会合，无法受精。

为什么上环会出现阴道出血？

上了避孕环常有月经量增多，月经期延长，月经间期出血，大多发生在上环后第一次来月经，而到第二次月经来潮血量就会减少，这样有的会持续半年以上。主要原因是子宫内放置节育环，对人体是一种异物，由于异物的刺激，引起子宫收缩，使环与内膜摩擦，引起内膜创伤性出血。有的人也可能因子宫内膜凝血功能抑制，致出血量增多。

目前采用治疗方法，最好使用凝血剂和子宫收缩剂。如6-氨基己酸、钙剂、麦角、维生素C、铁合剂等。有的妇女确实不适合使用避孕环，取出后出血会自然停止，可改为其他方法避孕。

什么时候放环最合适，什么时候取环最合适？

放环最合适的时间是：

（1）月经干净后 3～7 日。这时子宫内膜较薄，处于增殖期，放环时有轻微损伤子宫内膜，但很快可以修复，这时的宫口也比较紧，放环不易脱落。

（2）人工流产后可以立即放环，可以节省一次手术的操作，又可防止人流后马上怀孕，但出血多的或有感染的不要放环。

（3）自然流产或中期引产应等第二次月经来潮后再放环，以免出血或感染。

（4）足月产后 3 个月，子宫复旧大小与正常相似的，可以放环。

（5）剖宫产后半年。

取环最合适的时间是：

（1）生育期：避孕一段时间以后想再怀孕的，可在月经干净后 3～7 日取环。

（2）绝经期：应于绝经后 6 个月到 1 年取环，此时卵巢功能衰退，宫颈和子宫开始萎缩变小，不及时取出会造成取环困难。

放避孕环应注意什么？

放避孕环应当注意以下几点：

（1）放环后要保持外阴的清洁，2 周内禁止盆浴、性生活，预防感染。

（2）术后要注意休息，减轻劳动，以免环丢失。

（3）放环后短时间内常有少量阴道出血和白带增多，由于内膜被擦伤及内膜受了刺激后，引起分泌增多，如果出血多或持续1周以上的，应请医师再作检查。

（4）放环后要定期复查，一般在放环1个月、3个月、半年、一年后各查1次，以后每年查1次，直至取环为止。因为脱环大多数发生在半年到1年之内，定期复查，可以及时处理，以免避孕失败。

什么时候做人工流产较好？

人工流产是指怀孕3个月内用人工的方法中止妊娠。如钳刮术、吸宫术。

妊娠10周以内可以使用吸宫术。此时子宫较小，胎盘未形成，手术操作容易，时间短，出血少，可在门诊进行。而10~14周时，妊娠子宫相对较大，必须要住院行钳刮术较为安全。

吸宫术最佳的时间是在停经40多天做最合适。因为停经时间短，子宫增大不明显，不易诊断，容易吸空，胎囊太小，吸不着，造成漏吸，术后胚胎继续发育，还要做第二次吸宫。子宫颈尚未变软，扩宫时容易损伤宫颈，造成术后阴道出血，易感染，如果计划外妊娠应抓住合适时机行人工流产，以免造成不必要的痛苦。

人工流产后应注意什么？

人工流产后应当注意：

（1）一般人工流产后阴道出血量不多，不超过月经量，若阴道流血超过10~15天，出血量多，则可能是组织残留，应到医院检查寻找原因。

（2）人工流产后，子宫内膜尚未修复，子宫未复旧，可能有几天阴道出血，应注意个人卫生，保持外阴清洁，适当休息，禁止性生活。

（3）一旦恢复房事后就应避孕，以免卵巢在转经前开始排卵后又会怀孕。人流后短时间内又怀孕，会由于子宫内膜恢复不好，营养不良，很容易引起胎盘粘连于子宫壁或胎盘植入，导致产后大出血。

反复做人工流产有什么危害？

反复人工流产的危害在于：

（1）术中出血多。

（2）吸宫不干净使部分胚胎组织或绒毛留于宫腔，而致持续性阴道出血、感染。

（3）子宫穿孔。哺乳期长期口服避孕药，子宫软，锐利器械容易穿通。

（4）感染。手术中消毒不严或组织残留都容易引起感染、败血症。

（5）宫颈或宫腔粘连，出现术后闭经或痛经。

（6）造成月经不调或闭经。

所以已婚妇女应做好避孕，采取有效的安全的避孕措施，以保证身体健康。

口服避孕药停药后要多久怀孕好？

停服口服避孕药最好要 6 个月以后再怀孕较为安全。停药后 1～3 个月，卵巢恢复排卵，这时应采取其他避孕方法。

万一在 6 个月内怀孕的，可向妇产科医师说明情况，以便正确对待此次妊娠，若有早期阴道出血，不必勉强保胎。让其自然淘汰，如果妊娠过程是正常的，可以在严密监护下继续怀孕。

七、儿科护理常识

新生儿居室有哪些要求？

小宝宝就要出生了，怎样给小宝宝准备适宜的居室呢？首先，要根据小生命的特点安排一个使他健康成长的舒适环境。

房间最好朝南向阳，通风，光照充足。小婴儿多晒太阳能帮助体内维生素 D 的吸收，不易发生因维生素 D 缺乏引起的缺钙症，但勿让阳光直射婴儿面部；其次，阳光中的紫外线有杀菌作用，朝阳的房间干燥，致病菌不易生长繁殖。居室经常开窗通风，保持空气新鲜，保持室内温度 22～24℃，湿度 50%～60%，使婴儿呼吸道不过于干燥。

新生儿神经系统发育不完全，所以必须保持室内安静，避免噪音和喧哗，保证新生儿足够的睡眠。避免太多人进出新生儿居室，有猫狗的家庭应限制小动物进入，预防感染。

新生儿衣着如何选择？

刚刚出生的小宝宝皮肤娇嫩，出汗多，衣服的面料应选用柔软、吸水性强、透气的棉制品，衣服穿着应宽松、舒适，易于穿脱，式样最好是和尚领斜襟，穿边打结的，忌用别针和钮扣。若用久藏在箱子里的旧衣服，应事先取出用水煮沸消毒、晒干，以避免婴儿接触樟脑而皮肤过敏，或可能发生因 G_6-PD（6-磷酸葡萄糖脱氢酶）缺乏而引起的溶血性贫血。

刚买的或刚做好的婴儿衣服，特别是内衣，一定要用清水清洗，开水烫过，经日光晒干后才可使用，收藏时不要用樟脑球，以防过敏。

新生儿尿布如何选用和清洁？

尿布是新生儿的重要用品，目前市面上一次性纸尿布经清洁消毒处理用过即弃，使用方便，但价格较昂贵，所以一般家庭多选用布类尿布。可选用柔软浅色而吸水性强的棉布或旧床单、旧棉织内衣裤制成。尿布使用前应用开水烫过或煮沸消毒。除短时外出作为临时措施外，尿布外勿加用塑料或橡皮包裹，因其透气性差，长时间使用易致婴儿尿布皮疹。

尿布要勤洗勤换，洗尿布时不要用洗衣粉、药皂或碱性太强的肥皂，因这些均会刺激婴儿皮肤引起皮疹，可选用温和的中性肥皂。正确的尿布洗法是将沾有大便的尿布用清水洗刷一遍，然后揉上中性肥皂，放置数分钟后用开水烫过，冷却后稍加揉搓，大便痕迹就很容易洗净了，最后用清水洗净晒干。如只是尿湿的尿布，只需用清水冲洗两三遍，再用开水烫过晒干即可。

如何为小婴儿施行皮肤护理？

新生儿出生后可每天洗澡，但脐带脱落前不用盆浴，可上下身分开洗，注意勿弄湿脐带。初生儿的颈部、腋下、腹股沟等皮肤皱折处胎脂较多，不宜用力擦洗，可用消毒植物油纱布轻轻揩去，以免胎脂分解成脂肪酸，刺激皮肤引起糜烂。

在进行皮肤护理时，宜选用无刺激性、不含毒性的肥皂或沐浴露，浴后用柔软毛巾擦干，臀部及皮褶处可撒些爽身粉，但不宜过多，过多的粉吸水后会结成硬块而擦伤皮肤。不宜直接从容器往婴儿颈部撒粉，应将粉撒在手上，然后再用手指涂抹婴儿颈部，以避免婴儿吸入粉末。

勤换尿布。每次便后用温水清洁婴儿臀部，并用软毛巾拭干，以防红臀。

新生儿五官如何护理？

为新生儿进行皮肤清洁护理时，应注意其面部、鼻腔及外耳道口的清洁，但勿挖耳道及鼻腔，忌揩洗口腔，尤其不应挑破牙龈上的所谓板牙或马牙，这是正常的上皮积聚。新生儿口腔粘膜极易被擦破，引起口腔炎甚至败血症，故只需在每次喂奶后再喂些白开水，即可起到清洁口腔的作用，个别需要清洗时，可用棉签蘸温开水轻轻涂抹口腔粘膜。

新生儿眼角常可见到分泌物，这是由于婴儿在母体分娩过程中被感染的缘故。可用生理盐水或专用纱布拭净后用0.5％新霉素或0.25％氯霉素眼药水滴眼。

怎样护理新生儿脐带？

新生儿脐带断端是皮肤暴露的伤口，护理不当，易导致感染，轻者可引起脐炎，重者可致败血症，危及生命，故应加强护理。

脐带未脱落前，不可将婴儿放入水中洗澡，要注意保持脐部干燥，勿弄湿或污染；注意检查脐部有无分泌物及出血，每日用75％或95％酒精洗净消毒并更换消毒的包扎纱布1

次。脐带残端脱落时间一般在生后 4～7 天。脐部有脓性分泌物时可用 3％双氧水洗净，涂以 0.26％碘酊，脐部感染严重者应及时送医院治疗；脐带残端有肉芽时，可用 10％硝酸银点灼，注意勿烧着脐周皮肤，然后用生理盐水洗净。

怎样给小婴儿洗澡？

给婴儿洗澡前，应准备好浴巾、小毛巾、衣服、尿布、婴儿浴皂、浴盆等，调节室温在 26～28℃，水温 40℃。大人应剪平指甲，取下手表、戒指、手镯，用肥皂洗净双手。

脐带未脱落前，不要将婴儿全身放入水中，可上下身分开洗。操作者坐在小凳上，左手掌托住头部，左手的拇指和中指从枕后轻压耳朵，避免水流入耳内，将宝宝身体夹在左侧腋下，右手以小毛巾沾水洗净双眼，然后洗脸、鼻、耳、颈部及头部。脱掉衣服，包好下身，洗颈部、腋下、前胸、后背、双臂和双手，洗完后用干净浴巾包裹上半身，把婴儿靠在左肘窝里，左手托住两大腿根部后洗下半身，洗后把婴儿放在干浴巾上轻轻擦干皮肤，用 75％酒精消毒脐端，更换消毒包扎纱布，迅速穿上衣服，包好尿布。

如宝宝脐带已脱落，无炎症时即可进行盆浴。盆里水可放七分满，先洗颜面部、头部，然后脱下衣服，让宝宝后颈枕在手臂上，手掌顺握胳膊，另一手托住臀部，平着抱起，慢慢放入盆中。打湿前身，手抹肥皂及搓洗，注意洗净颈部、腋下、手掌、腹股沟及会阴处肥皂。洗背侧时让宝宝采取趴卧姿势，下巴靠在大人左手臂上，左手掌握住胳膊，打湿背部擦洗，注意臀部清洁，洗净肥皂。再以洗前身之姿势抱离浴盆，用浴巾包裹宝宝全身，擦干身体，注意皱褶处，兜好尿布，穿上衣服。

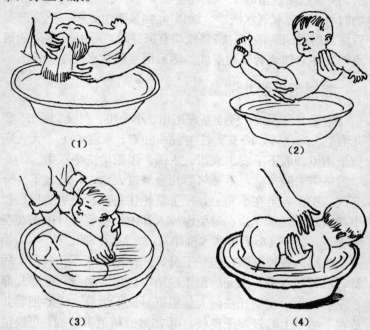

（1）

（2）

（3）

（4）

新生儿饮食如何调理？

正常足月儿分娩后母婴情况良好者，可在半小时后开始哺乳。从胎儿出生到产后12天的母乳称为初乳。初乳含有多种抗体和免疫蛋白物质，有益于婴儿的生长。让新生儿吸吮初乳能促进母乳的分泌，并对哺乳成功起重要作用。若婴儿有明显的饥饿表现或体重减轻过多时，可在哺乳后补充适量的糖水或牛奶，但切不可以糖水或牛乳代替母乳。母乳是新生儿最佳的营养食品。要让新生儿在未分泌乳汁前频繁吸吮，每日不应少于 12 次，有乳汁分泌后可每隔 3 小时 1 次，夜间可 4 小时 1 次，哺乳时间每次 15～20 分钟，如婴儿吸吮能力差或乳汁分泌少，可适当延长，但不宜超过 30 分钟。

新生儿口腔如何护理？

新生儿口腔一般不需要特别处理，只需在每次喂奶后喂少许温开水，就可以将残留在口腔中的奶液冲洗掉，起到清洁口腔的作用。平时，注意奶瓶、奶嘴的清洁消毒，每次哺乳前应清洁乳母双手和乳头，即可预防鹅口疮的发生。

鹅口疮，又名雪口疮，是由于白色念珠菌感染所致，多发生在婴儿的口腔颊部、舌背、牙龈或上颚等粘膜上，呈白色乳凝块状，以出生后第 2 周多见，可用消毒棉签蘸 2％碳酸氢钠溶液于哺乳前后洗口腔，或用制霉菌素 10 万～20 万单位研粉喂服或涂于患处，每日 3～4 次。新生儿口腔粘膜细嫩，极易损伤导致感染，故动作宜轻柔。对俗话所说的"板牙"、"螳螂嘴"切不可挑破，以免继发感染。

新生儿出现红臀怎么办？

"红臀"也就是尿布皮炎，是由于被大小便浸湿的尿布未及时更换，尿中的尿素被粪中的细菌分解产生的氨刺激皮肤引起的炎症。先在接触尿布的皮肤处发生边缘清楚的红斑，严重时出现丘疹、水泡和糜烂。

有红臀的小宝宝可在每次便后用温水洗净、擦干臀部后，局部涂擦锌氧油软膏或 10％鞣酸软膏。改变体位，让宝宝侧卧，暴露臀部，保持臀部皮肤干燥；如有水泡、糜烂或脓疱，可外用 0.5％新霉素软膏。

新生儿红臀是完全可以预防的。要选用柔软、吸水的尿布，勤换洗尿布，不要用洗衣粉洗，因洗衣粉刺激性强，不易冲净，残留在尿布上刺激婴儿皮肤，易引起红臀。每次便后应用温水擦洗臀部，使皮肤保持干燥、清洁。

怎样观察和护理新生儿黄疸？

一般足月儿出生后 2～3 天可出现皮肤、巩膜黄染，第4～6 天达高峰，7～10 天后逐渐自行消退。如婴儿一般情况良好，哭声响亮，吸奶好，精神正常，不必担心，这是生理性黄疸。早产儿可延迟至第 3～4 周才消退。

如果婴儿在生后 24 小时内出现黄疸，且色深发展快，持续时间超过 2 周，早产儿超过 4 周或者黄疸退而复现呈进行性加重，则属病理性黄疸，应及时就医。

引起病理性黄疸的常见几种疾病是：新生儿溶血病、G_6-PD（6-磷酸葡萄糖脱氢酶）缺乏症、新生儿肝炎综合征、新生儿败血症及其他感染以及母乳性黄疸、先天性胆道闭锁。

对新生儿黄疸，要注意观察黄疸出现的时间、速度、持续时间、色泽和程度、大小便变化。尿色的改变常先于皮肤和巩膜，新生儿肝炎或胆道闭锁时，大便呈灰白色；注意观察有无核黄疸（胆红素脑病）症状，病儿表现为嗜睡、拒食、淡漠和拥抱反射迟钝，若黄疸持续加重可出现尖叫、惊厥、双眼凝视、发热等症状，最后因中枢神经系统和肺、胃出血而死亡。

在护理新生儿黄疸时，应保持居室适宜的温湿度，空气新鲜，阳光充足，避免交叉感染，保持脐和臀部清洁。及时开奶，按时喂养可促使肠道正常菌群建立，有利于降低间接胆红素的浓度。对食欲差的婴儿喂养时应耐心，注意保暖，保持其皮肤清洁干燥。对施行光疗的新生儿要注意保护眼睛，多喂温开水，注意监测体温变化。

宝宝为什么啼哭，婴儿夜啼如何护理？

哭是新生儿寻求帮助的一种方式。引起啼哭的原因有饥饿、口渴、尿布湿、过热或过冷，睡眠受到干扰、疼痛不适等等。

啼 哭

通常，新生儿哭声圆润，短促有规律，常表示肚子饿；尿布湿常在睡醒或喂奶后30～60分钟后啼哭；当衣被有异物刺激或蚊子叮咬时，宝宝哭声较尖；过热过冷也可使宝宝不适而啼哭。

如果宝宝哭声尖细、嘶哑，大哭或哭声低而无力，同时伴有面色苍白、精神惊恐或两眼呆滞、拒乳、精神差，即使抱着也哭个不停，则表明宝宝有病了，要及时送医院检查治疗。

婴儿夜里啼哭时，要注意观察，辨明原因。在宝宝身体状况良好时，及时喂奶，更换尿布或排除异物等可很快使婴儿安静下来。有时候，由于白天亲友探视过多或外界噪音干扰，使宝宝兴奋过度，夜里易惊醒，睡一阵哭一阵，这时，可抱起宝宝走走，拍拍背，唱催眠曲，耐心温柔的安抚有助于宝宝进入睡眠状态。

如何辨别宝宝的大便？

宝宝大便的次数和形状因不同的喂养方式而不同。母乳喂养的宝宝每日大便2～3次，粪便软而不成形或呈稀粥状或水样便，偶有颗粒与粘液，呈金黄色或黄绿色，有一股酸臭味。人工喂养的宝宝每日大便1～2次，成形，淡黄色或粘土色。有些宝宝每日大便可达6～8次，如宝宝食欲好，精神好，体重增加正常，可不必治疗。当宝宝排蛋花汤样大便、水样便、粘液便、泡沫样大便，排便次数增多，同时有烦躁、哭闹、食欲下降等情况，表示有肠道感染，应立即就医。

如何护理新生儿发热？

新生儿体温调节中枢不健全，易受外界因素影响，当室温过高，包裹太多，暖箱温度或光疗下温度过高时，均可引起新生儿体温升高。

宝宝生后第2～4天，如环境温度高而进水量少，则可出现"脱水热"，婴儿哭闹、烦躁不安，体温38～39℃，脱水症状不一定明显，但可出现尿量减少，体重减轻，可给予温开水或葡萄糖水喂服，每次10～30毫升，每2小时1次，24小时后体温可恢复正常。预防"脱水热"的发生是在生后头几天，母乳不足时补充液体，同时避免过度保暖和注意环境温度。

此外，一些疾病如脐炎、败血症、疖肿、肺炎、颅内出血和核黄疸等均可引起发烧。

新生儿因体温调节中枢发育不成熟，对退热药不敏感，耐药性低，易产生副作用，严重时可引起过量中毒甚至死亡，因此新生儿发热不宜使用退热药，应针对病因进行处理。如松开包裹的衣服，促进散热，适当降低室温，可在室内放置冰块，风扇，但应避免直吹婴儿。用冷毛巾或冰袋放置其头部降温，或用温热水擦浴；多喂水，有助于降低体温，同时及时就医，对因治疗。

新生儿肺炎如何护理？

新生儿肺炎是新生儿期的常见病，死亡率较高，常见有吸入性肺炎和感染性肺炎两种类型。

吸入性肺炎是由于胎儿在子宫内或娩出时吸入羊水或胎粪，致使肺部发生炎症反应，未成熟儿因吞咽反射差，吸奶时易吸入肺内而引起乳汁吸入性肺炎。吸入性肺炎主要表现为呼吸急促、呻吟，严重时可出现口唇青紫，甚至抽搐。新生儿咳嗽反射差，常无咳嗽。

感染性肺炎有胎内感染和出生后感染。胎内感染性肺炎多有母亲患感染性疾病或羊膜早破病史。生后感染可因分娩过程中胎儿经过产道时吸入细菌或出生后由患有呼吸道疾病的家人或其他人接触而感染。感染性肺炎症状多不典型，无明显呼吸道症状，多表现为面色苍白，嗜睡，反应低下，拒奶，哭声低或不哭，口吐白沫，体温不升或有发热，呼吸浅快或不规则、呻吟等。

患儿居室应注意空气流通、新鲜，保持室温 22℃ 左右、湿度 50%～60%，注意保暖，喂养应少量多次，一次不要太饱，以防呕吐。拒奶时应鼻饲喂养或静脉输液。静脉滴注时应严格控制滴速和液体量，注意保持呼吸道通畅，宜侧卧，多拍背，勤翻身。有高热时应施行物理降温，呼吸困难时应供给氧气。

新生儿腹泻如何护理？

当新生儿受病毒或细菌感染、喂奶量或乳汁含糖量过多、受凉、对牛奶过敏或乳酸脱氢酶（肠道帮助乳糖吸收的酶）缺乏以及肠道外感染如上感、肺炎时，均可引起腹泻。主要表现为大便稀薄，水分多，呈蛋花样或水样便，排便次数增多，每日 5～6 次甚至 10 余次。新生儿腹泻后果严重，婴儿易产生脱水、代谢性酸中毒等，必须及时送医院治疗。

在腹泻急性期，轻症者应减少喂养量，母乳喂养者可缩短每次哺乳时间，人工喂养者可喂脱脂牛奶、豆奶或稀释奶，重症者应暂禁食 6～8 小时，给予静脉补液，注意补充热能、水和电解质，迅速纠正水和电解质紊乱，并适当选用抗菌素治疗。

病儿的衣物、尿布、奶瓶均应消毒处理，护理人员应注意手的清洁，防止交叉感染。有呕吐的婴儿应头向一侧，以防吸入呕吐物。

勤换尿布，每次便后用温水擦洗臀部，局部涂植物油预防尿布皮炎。有尿布皮炎者可涂以锌氧油软膏，侧卧，暴露臀部，保持臀部清洁干燥。

如何护理早产儿？

母亲妊娠不足 37 周即娩出的新生儿称为早产儿，出生时体重往往低于 2 500 克。早产儿因胎龄不足，出生时各个系统的功能发育均不够完善，抵抗力低下，易患各种疾病，死亡率高，护理时应特别注意保暖、喂养和预防感染。

早产儿体温调节机能差，对外界适应力低，体温不稳定，同时皮下脂肪薄，机体产热少，散热多，易发生低体温、皮下硬肿，故出生后应立即用柔软且保暖的棉被或绒衣包裹，有条件者放入暖箱，在家中可用热水袋、热水瓶保暖，水温以 50℃ 为宜，勿直接接触皮肤，避免烫伤。保持室温在 24～26℃，湿度 55%～65%，尽量保持体温在 36～37℃。

尽早喂奶。出生后可喂少许糖开水，尽量在 12 小时内喂母乳。吸吮能力差者，可挤出乳汁用滴管喂养，每 2～3 小时 1 次，开始量 5～10 毫升，以后逐渐增加。用牛乳喂养时，应将其稀释成 1：1 或 2：1 溶液。喂奶时应略抬高婴儿头部，右侧位，避免吸入气管或溢乳引起窒息。

早产儿免疫功能低下，护理时应注意隔离，凡与早产儿接触者均应洗净双手，穿洁净衣裤。婴儿食具、用品要专用，严格清洁消毒，保持室内空气新鲜、清洁卫生，严格控制人员进出婴儿室，患病者严禁接触早产儿，防止交叉感染。

新生儿及婴儿吐奶如何护理？

婴儿胃呈水平位，胃肌层发育较差，胃贲门肌不够发达，较松弛，容易出现溢乳；同时由于植物神经调节功能不成熟，易发生幽门痉挛而导致呕吐。所以正确的喂哺方法是母亲坐在高矮合适的椅子上，一侧腿略抬高，脚下垫一小凳，婴儿头部略高些，喂时乳母用食指及中指挟住乳房，以防堵塞婴儿鼻孔；此外，母婴身体要紧密相贴，应使婴儿含住乳头及大部分乳晕，喂后应把婴儿竖起，使其头靠在母亲肩膀上，轻拍其背部，约10～15分钟后再放回床上，可预防溢乳。有呃逆者，适当喂些白开水，可达到止呃效果。有吐奶时，可使婴儿头偏向一侧，以防吐奶时奶吸入气道而致窒息。

新生儿及婴儿鼻子不通气时如何护理？

新生儿及婴儿鼻子不通气主要是由于鼻腔分泌物堵塞鼻腔所致。可随时用细软布或棉签轻擦鼻腔分泌物，用液体石蜡油涂鼻翼部粘膜及鼻孔下的皮肤，以减少分泌物刺激。喂乳前或睡前5～10分钟用0.5%麻黄素滴鼻，每侧1～2滴，可减轻鼻粘膜充血肿胀，使呼吸道通畅，便于呼吸和吸吮。滴药时应抬起婴儿头部，以免麻黄素经鼻孔流出。

怎样给孩子断奶？

一般来说，母乳喂养到 8～10 个月就可考虑给孩子断奶了，断奶的时间最好选择春秋季节，婴儿身体状况良好时进行。如果婴儿正患病，应暂缓断奶。断奶前应每日逐渐减少哺乳次数，增加辅食品次数，先设法停止白天的喂奶，而以牛奶、谷类食品、蛋、蔬菜、水果来替代，再慢慢停掉夜间的喂奶，经半个月到 1 个月即可完全断奶。

正常小儿的体重、身高增长标准如何计算？

正常新生儿出生时体重平均为 3 千克，出生后前半年增加较快，平均每月增长 600～700 克，后半年较慢，每月平均增长 500 克，1 周岁时约为出生体重的 3 倍多，2 周岁时增至 4 倍，2 岁后每年平均增加 2 千克。

(1) 体重计算公式：

前半年　体重（千克）＝出生体重（千克）＋月龄×0.6

后半年　体重（千克）＝出生体重（千克）＋6×0.6＋（月龄－6）×0.5

2 岁以后　体重（千克）＝年龄×2＋8（千克）

出生时平均身长为 50 厘米，出生后前半年每月平均增长 2.5 厘米，后半年每月平均增长 1.5 厘米，1 周岁时达 75 厘米，2 岁时达 85 厘米，2 岁以后每年增长 5 厘米。

(2) 2 周岁以后身长计算公式：

身长（厘米）＝年龄×5＋85 厘米

身长的增长速度与个体差异、营养、内分泌、遗传、疾病等多种因素有关。当身长低于正常值 30% 以上时应视为异常。

婴幼儿急性上呼吸道感染如何护理？

急性上呼吸道感染又称上感，是小儿时期最常见的急性感染性疾病，一年四季均可发生，以冬春多见，易并发支气管炎、肺炎。由病毒、细菌和支原体引起，而以病毒为常见。

婴幼儿起病急，多有发热，体温可达39～40℃，持续2～3天至1周不等，由于突发高热可引起惊厥。伴有烦躁不安、鼻塞、流涕、食欲不振、呕吐、腹泻等。年长儿症状较轻，可有鼻塞、流涕、咳嗽、无力等，多在3～4天内自愈。

上感患儿应注意适当休息，多饮开水，发热期间宜给流质或易消化食物，注意口、鼻、眼的清洁，保持室内空气流通及适当的温湿度。高热者可施行物理降温，如用冷毛巾敷头部，50％酒精擦浴或温水擦浴，高热不退时要给予药物降温，适当用镇静剂以防惊厥。鼻塞影响呼吸时在进食前或睡前用0.5％麻黄素滴鼻，每侧1～2滴，用前应清洁鼻腔并注意滴药时抬高婴幼儿头部。

日常生活中要加强婴幼儿的体质锻炼，注意卫生，合理喂养，多到户外活动，多晒太阳，防止营养不良及佝偻病，避免发病诱因；保持居室空气新鲜，在气候变化时注意增减衣服；在呼吸道发病率高的季节，不带婴幼儿去公共场所，避免交叉感染。

婴幼儿高热如何护理？

发热是机体对致病因子的一种防御反应。如失去此种防御反应，体温不升高，则表示病情严重。小儿时期机体新陈代谢旺盛，其正常体温较成人稍高，日体温可波动1℃左右，晨低下午高，进食、哭闹、剧烈运动、穿着过多、室温过高时均可使体温暂时性升高。正常小儿体温 36～37.4℃，37.5～38℃为低热，38.1～39℃为中度发热，39.1～40.4℃为高热，40.5℃以上为超高热。当细菌、病毒及其他病原体感染机体时可引起发热。严重惊厥、新生儿脱水热、颅脑损伤、暑热症以及某些血液病、结缔组织病和变态反应性疾病也可导致体温升高。

小儿发热时，应及时送医院就诊对因治疗是十分重要的。在发热期间，可先试行物理降温，如松开衣服，用冰水袋敷头部，或用冷水毛巾拧干敷前额部，每3～5分钟换1次，或用温水（36～40℃）进行全身温湿敷，即用一条大毛巾用温水浸湿拧干包裹全身，每5～10分钟更换；也可用50％酒精擦洗腋下、颈部、腹股沟、腘窝等处，以促进散热。有高热惊厥病史者应及时用药物降温并给予镇静剂。

高热时婴幼儿应卧床休息，将其安置在通风良好、空气新鲜的房间，鼓励多饮水，以利毒素排出和降温。唇干时涂以石蜡油，在饮食方面应提供高热量、富含维生素、易消化的流质或半流质饮食；保持全身皮肤清洁干燥，汗多时及时擦干，及时更换衣服及床单，注意口腔卫生，定时测体温，注意面色、神志、体温、脉搏、呼吸等变化。

婴幼儿惊厥如何紧急处理？

惊厥俗称"抽风"，是大脑功能暂时紊乱的表现，以3岁以内小儿多见。其常见病因有高热、脑炎、脑脓肿、败血症、中毒性菌痢、中毒性脑病等感染性疾病；此外，一些非感染性疾病如颅内出血、先天性脑发育畸形、核黄疸、癫痫、中毒以及低钙血症、低镁血症等均可引起惊厥。

惊厥发作表现为突然意识丧失，两眼固定，眼球上翻，凝视或斜视，牙关紧闭，全身抖动或局部抖动，呼吸屏气持续数秒至数分。惊厥停止后也可反复发作甚至呈持续状态，反复抽搐可导致脑细胞损伤，影响小儿智力的发育，亦可导致中枢性衰竭而死亡。

发生惊厥时，父母首先应保持镇定，立即采取力所能及的措施，尽可能减少抽搐引起缺氧和对小儿中枢神经系统的损害，避免或减少合并症的发生。

（1）尽量减少对小儿的刺激，不要大呼小唤，应使小儿仰卧，头向一侧，颈部略垫高，松开衣领，保持呼吸道通畅，避免口腔唾液及呕吐物反流入气管内引起窒息或吸入性肺炎。

（2）严密看护，防止小儿抽搐时坠床、碰伤及咬伤舌头，必要时在上下齿之间放一不易咬断的硬物，以防舌咬伤。

（3）用拇指按压人中穴，有可能止住抽搐。

（4）发热者应行物理降温。可用冷毛巾敷头部或头枕冰袋，降低室温。

婴幼儿鹅口疮如何护理？

鹅口疮又称"雪口病"，由白色念珠菌引起。当口腔或奶具不洁、口腔粘膜损伤、营养不良、慢性腹泻，长期使用广谱抗生素或肾上腺皮质激素，导致肠道菌群失调及机体抵抗力低下时，霉菌可迅速生长而发病。主要表现为口腔粘膜有白色点状或乳凝块状物，常见于颊部、舌、齿龈及上腭等处，婴幼儿可出现食欲下降。

对鹅口疮，首选制霉菌素或克霉唑研粉局部涂用，若与碘甘油合用，效果更佳，同时应补充足够的 B 族维生素。注意口腔清洁卫生，多喂温凉开水，每日用棉球蘸 2%～5%碳酸氢钠溶液洗口腔 2～3 次。患儿应进食易消化，富含维生素的食物，忌刺激性，注意食物勿过热、过咸、过酸，可给温凉流质或半流质饮食，母乳喂养者可将母乳挤出用小勺喂哺。

日常护理中应注意保持奶具、乳母乳头及手的清洁，奶具应于每次喂奶后清洗并煮沸消毒，每次喂食后可喂服少量温开水。对较大的婴儿，母亲可在食指上缠干净的小棉布蘸生理盐水伸入婴儿口腔，轻轻清洁牙龈、颊部、舌头，可有效预防鹅口疮的发生。

小儿肠套叠有哪些征兆，如何护理？

肠套叠多见于 5 个月到 3 岁的肥胖婴幼儿。主要征兆是剧烈的腹痛，呈阵发性发作。发作时小儿哭闹不停，手脚乱动，多有呕吐或便秘。腹痛持续数分钟后缓解，小儿可安静入睡，但不久又发作，重复上述症状。检查腹部有明显肠形和蠕动波，8 小时后可排出带血大便，48 小时可出现肠坏死。所以遇到有以上情况应考虑肠套叠的可能，不要服用任何止痛药物，以免掩盖和延误病情，暂禁水和一切食物，应及时送小儿去医院检查治疗。

小儿湿疹如何护理？

婴幼儿皮肤细嫩，抗病能力差，易患皮肤病。湿疹就是婴幼儿期最常见的皮肤病，俗称"湿毒"，一般发生在宝宝出生后 2 个月左右，6 个月内。其病因尚未十分清楚，一般认为与过敏体质有关。进食海鲜食品、某些药物、花粉、慢性病是发病或病情加剧的诱因；冷空气的刺激也是诱发因素，因此，冬春季易患湿疹。

湿疹呈对称性、弥漫性和多形性，主要是头面皮肤出现红斑、米粒样丘疹、疱疹，有糜烂、渗液和结痂，边界不清，严重者遍及颜面和颈部、手及胸腹部，患儿用手搔抓而致继发感染，有的可反复发作，病程可迁延数月或数年。

湿疹的治疗主要是找出和去除各种诱发因素，包括食入、吸入和接触过的各种致敏物质，治疗原发感染病灶，适当局部用药。

对湿疹患儿，尽量避免其用手搔抓、摩擦，避免用热水袋和肥皂，防止搔抓破溃继发感染。及时为孩子修剪指甲，必要时戴手套。饮食及生活中应注意避免可能致敏因素，给孩子穿棉制品衣服，勤换内衣、尿布，勤洗澡，保持皮肤清洁干燥，预防细菌感染。

小儿便秘时如何进行饮食调理？

婴幼儿 3 日以上不解大便称为便秘。单纯性便秘时，孩子食欲、玩耍如常，可能偶尔会诉说腹痛或坐卧不宁，表情痛苦，而在排出大便后这些症状随即消失，对此家长不必担心。对于单纯性便秘，主要措施应从调整饮食入手，如给予蜂蜜，增加蔬菜、瓜果和粗纤维食物，或用开塞露、肥皂条通便，不宜服用石蜡油之类导泻，以防服用时小儿哭闹误吸入肺导致类脂性肺炎而经久不愈。平时，注意培养其良好的生活习惯，进食一定量的蔬菜和水果等含纤维素丰富的食物，尽可能少用泻药。

小儿长痱子时如何护理？

痱子可见于各年龄期小儿，主要发生在夏季高温季节。小儿头面部、颈部、躯干部、四肢可见密集性红色小丘疹。患儿哭闹、烦躁、瘙痒。

小儿长痱子时，可给洗温水澡，每日2次，以促进机体散热，浴后皮肤可外用痱子粉，保持皮肤清洁干燥，勤更衣，给小儿穿柔软、通气、宽松的全棉衣服，不要穿得太多，勤修剪指甲，以免搔抓皮肤。注意保持室内通风，空气流通，降低室温，可使用空调、电风扇或室内放置冰块来降低室内温度，多饮水，不食辛辣、油炸等刺激性食物。

小儿患蛔虫病时如何护理？

蛔虫病是小儿时期常见的肠道寄生虫病之一。主要因食入不洁食物引起。平时多无症状，或有食欲不振，诉说脐周疼痛，痛多不剧烈，可自行缓解，痛时喜按压，持续时间短。大量蛔虫寄生肠道可致营养不良、贫血、发育迟缓甚至导致并发症，如胆道蛔虫、肠梗阻等。成虫的代谢产物和毒素还可引起小儿精神不宁、易怒、睡眠不安、磨牙和顽固性荨麻疹、血管神经性水肿。

小儿诉腹痛时，应注意观察其面色，有无呕吐及吐虫，腹痛部位，有无压痛、反跳痛，腹胀，腹部包块等，并及时送诊。已明确是蛔虫引起的腹痛，可给予腹部热敷或解痉止痛剂，如阿托品、5％颠茄合剂。有并发症时应让小儿卧床休息并暂停饮食。因进食易引起呕吐而使成虫上窜入气管而致窒息死亡。不完全蛔虫性肠梗阻喂服麻油或生菜油可松解蛔虫团。完全性肠梗阻则需手术治疗。驱虫治疗一般在病情缓解后进行，可选用左旋咪唑、哌哔嗪、甲苯咪唑、肠虫清等。驱虫期间宜进食清淡、易消化食物。治疗 2 周后复查大便，如仍有虫卵，可重复驱虫。

蛔虫病的预防在于做好个人卫生和环境卫生，注意饮食卫生，不吃生冷和不洁食物，饭前便后洗手，勤剪手指甲，不吸吮手指头，不随地大便。在农村要加强粪便管理并进行无害化处理。

小儿蛲虫病如何防治和护理？

蛲虫病是小儿常见的寄生虫病。主要因虫卵污染手，或进食含虫卵的食物，或吸入有虫卵的空气尘埃而感染，偶可经肛门直接感染。患儿表现为肛门、会阴部奇痒，夜间尤甚，影响睡眠，出现夜惊、磨牙、遗尿等症状。局部搔伤可发生皮炎，甚至继发感染，侵入尿道可引起尿频、尿急，侵入阴道、输卵管、腹腔可引起阴道炎和腹膜炎。

要预防蛲虫病，主要应注意个人卫生，养成饭前便后洗手的习惯，克服吸吮手指的不良习惯。勤剪指甲、勤换内衣裤。对蛲虫病小儿，每次便后或晚间睡前、清晨用温水肥皂洗净肛周，并用 2%降汞软膏或 1%氧化锌软膏或蛲虫膏涂抹，连用 5～7 天，特别注意勤换内衣裤并煮沸消毒后曝晒，夜间应穿满裆裤并戴上手套，防止抓搔肛门局部引起自身重复感染。做好室内卫生，勤晒被褥，勤换洗床单。

小儿早期佝偻病如何护理？

佝偻病主要是由于体内维生素 D 的缺乏引起的，多见于

256

3岁以下幼儿。维生素D缺乏与以下几个因素有关。

（1）日光照射不足。

（2）食物中维生素D摄入不足。人乳、牛乳中维生素D含量较少，未及时补充含维生素多的食物如鱼肝油、蛋黄、肝等。

（3）人体需要量增加。

（4）慢性腹泻、肝脏疾病等影响维生素D的吸收和利用。

早期佝偻病时，小儿好哭闹、烦躁、睡眠不安、多汗。出汗与季节、气温无关，由于汗液刺激，小儿经常摇头擦枕可出现枕后秃发。进一步发展可出现骨骼系统的改变如颅骨软化，出现乒乓头，前囟闭合延迟，出牙迟缓，易患龋齿，1岁左右小儿可出现鸡胸、肋串珠、"O"形腿。

对早期佝偻病小儿的护理要保证居室光线充足，多开窗，让阳光照射进来，多带小儿到户外活动，多晒太阳；提倡母乳喂养，及时添加各种富含维生素D的辅食，如蛋黄、鱼、动物肝脏、蔬菜和水果等。

小儿患水痘时如何护理？

水痘是一种较常见的出疹性传染病，由疱疹病毒引起，存在于病儿的口、咽分泌物，血及疱疹中，经接触及飞沫传播，传染性强，发病前1～2日至疱疹完全结痂前均具有传染性。常见于婴幼儿和学龄前儿童，患病后获终身免疫。

水痘潜伏期2周左右。轻型水痘有中度发热，发病当日或次日出现向心性皮疹，以头躯干部多见，四肢少。初起时为丘疹或红色小斑疹，稀疏分散，迅速成"露珠"状疱疹，大小不等，基底围以红晕，有痒感，以后疱疹渐干，中心微见凹陷，结痂皮疹陆续出现，由此可见不同时期皮疹、丘疹、疱疹和结痂，此为水痘的特点，结痂脱落不留疤痕。重型水痘少见，多见于体弱或有免疫缺陷的儿童。主要表现为高热，疱疹遍布全身，易继发感染发生皮下坏死甚至败血症。

一旦发现孩子患了水痘应进行呼吸道隔离和接触隔离，直至病儿疱疹全部结痂。注意休息，大量饮水，给予高营养易消化的食物。穿着宜宽松、柔软，常更换，保持皮肤清洁，勤剪指甲或戴手套，避免抓伤。有皮肤瘙痒可外用0.25%碳酸炉甘石洗剂，疱疹破裂者可涂用龙胆紫。对高热及重症患儿应施行降温及补充液体。必要时输血浆，以提高机体抵抗力，对接触者可在3～6日内肌内注射丙种球蛋白，可阻止发病或减轻症状。

小儿患流行性腮腺炎时如何护理？

流行性腮腺炎是由腮腺炎病毒引起的急性呼吸道传染病。病毒存在于病人的唾液中，主要通过飞沫传播，一年四季均有发病，以春冬季发病率高，呈流行或散发，多见于儿童，病后可终身免疫。

潜伏期为2～3周，病初起时可有发热、头痛、呕吐、食欲不振、咽炎、结膜炎等症状，1～2日后出现腮腺肿大。多数以腮腺肿大及疼痛为首发症状。腮腺肿大由一侧开始，以耳垂为中心，边缘界线不清、疼痛、有压痛、皮肤表面发热有弹性感、局部不红，1～2日后可波及另一侧，进食酸性食物可使疼痛加剧，故患儿不肯张口进食。腮腺病毒可侵犯不同器官，引起胰腺炎、睾丸炎、卵巢炎和脑膜炎等。腮腺炎的治疗以对症为主，并用中药紫金锭、青黛散醋调局部外敷等。

在护理方面应对患儿进行隔离，直至腮腺肿胀完全消退，注意休息，给予易消化、营养丰富的半流质或流质食物，避免酸性食物。多饮水，做好口腔护理。高热时应进行降温处理，如温水擦浴、头部冷敷；腮腺肿胀早期可用冷毛巾局部冷敷，以减轻疼痛，有并发睾丸炎时局部用吊带托起并施行冷敷。

百日咳患儿如何护理?

百日咳是由百日咳嗜血杆菌引起的呼吸道传染病，5岁以下小儿多见。一年四季均可发病，以冬春季为多见。主要通过飞沫传播。

孩子在感染本病7～10日后出现症状。发病早期症状如同感冒，表现为低热、咳嗽、流涕及喷嚏，咳嗽日见加重，尤以夜间明显。1～2周后进入痉咳期，出现典型的阵发性痉挛性咳嗽，每次发作要连咳十几声甚至几十声，可持续数分钟，常于出现呕吐后咳嗽暂停。咳嗽时面红耳赤，颈静脉怒张，涕泪交加甚至小便失禁，因连续咳嗽可致缺氧，伴随一次长吸气而出现鸡鸣样吼声。如此一日发作几次或数十次，以夜间为重。发作可因进食、哭闹、煤烟气味、受寒而诱发。年龄愈小，病情愈重，3个月内婴儿常表现阵发性屏气，青紫，窒息，甚至全身痉挛，严重时可致死亡。痉咳期一般持续5～6周，此后渐轻而进入恢复期，约2～3周。

因本病咳嗽剧烈易导致肺炎，故应及时就诊。护理患儿时应注意观察体温、呼吸情况，有无烦躁、气急、青紫等症状，小婴儿应注意观察窒息、青紫、惊厥、精神状态及前囟门有无隆起，及时发现并配合医生正确处理，警惕百日咳脑病。患儿居室应空气新鲜，保持一定的室温（20℃左右）和湿度（60％），避免气温骤变和烟尘刺激而诱发咳嗽。及时添加衣服，关心体贴患儿，减少刺激，避免情绪波动。痉咳发作时轻轻拍其背，消除其恐惧心理。饮食上要少食多餐，不吃辛辣、刺激性食物。同时隔离患儿约 6 个星期，以预防百日咳的流行。

缺铁性贫血小儿如何护理？

缺铁性贫血多见于 6 个月到 3 岁的小儿。此期小儿正处于生长发育旺盛时期，铁的需求量较大，而食物中铁的摄取不足，使体内铁的贮存减少，血红蛋白合成减少；此外，长期少量的慢性出血如钩虫病、慢性胃肠炎、结核病和肝炎都能使铁丢失或消耗过多而引起缺铁性贫血。

缺铁性贫血起病缓慢，不易被注意，就诊时多为中度贫血。主要表现为精神差，烦躁不安，好静不爱动，食欲减退，口唇、甲床皮肤颜色逐渐变得苍白。随着贫血加重，较大患儿可诉头晕、眼花、耳鸣、疲乏，活动中感觉气喘，患儿头发无光泽，抵抗力降低，易生病。若不及时治疗，可导致心功能不全，并影响其生长和智力发育。

对确诊为缺铁性贫血的小儿，在药物治疗的同时应补充足够的营养，注意饮食的多样化，既供给丰富的蛋白质饮食，也要提供含铁丰富的食物如猪肝、鱼、肉、蛋类、绿色蔬菜、黄豆、海带等。同时注意荤素搭配，以利吸收，纠正偏食。在贫血治愈后也要注意营养物质的补充，以满足小儿生长发育的需要。贫血患儿抵抗力低，易感染，所以居室应空气流通，

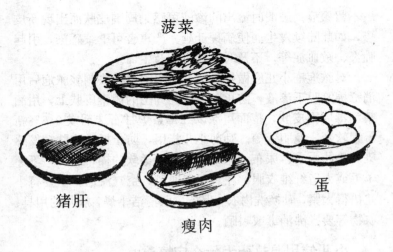

菠菜

猪肝

瘦肉

蛋

多进食含铁丰富的食物

阳光充足。尽量避免到人群拥挤的公共场所。贫血较严重的应卧床休息，必要时给氧。注意保持皮肤粘膜的清洁，做好口腔卫生。患有舌炎或口腔炎者，可用 4％硼酸水或生理盐水清洗口腔，局部可涂金霉素甘油或西瓜霜含服，同时服用维生素 B_2。

小儿脓疱疮时如何护理？

脓疱疮是夏季儿童常见的急性化脓性皮肤病，由葡萄球菌、链球菌引起。体质差、抵抗力低，患有痱子或湿疹、荨麻疹小儿易发生。脓疱疮多发生于颈面部、两腿、手等暴露部位，初起为小片状红斑，很快变成红疱，其周围有红晕，易破溃，破溃后出现红而湿润的糜烂面，创面干洁较慢，痊愈后不留瘢痕。破溃时流出的渗液可感染周围皮肤而出现新皮疹，如此陆续发生而使病程迁延。严重者可继续感染，引起肺炎，败血症等，不及时治疗可危及生命。

对脓疱疮小儿应做好隔离。可用消毒针头刺破脓疱后用消毒棉签吸干渗液，防止脓液流到周围的健康皮肤上，用酒精消毒周围皮肤，疮面可涂以红霉素炉甘石洗剂或0.5%新霉素软膏、龙胆紫等。勤剪小儿指甲，防止抓破皮肤继发感染。小儿内衣、尿布、床单等宜选用柔软的棉布制品，不穿羊毛或人造纤维衣服。注意居室通风，空气流通，不要将小儿捂得太紧，勤换洗内衣，保持皮肤清洁干燥，病儿的用具、衣物等要煮沸消毒或曝晒。

小儿使用退热药为什么应慎重？

临床上常碰到这样的情况，一旦小儿发热，即体温超过37.5℃，家长就紧张地要求用退热药。事实上，发热是人体防御疾病和适应内外环境变化的一种代偿反应，因而对一般发热，如体温在37.5～38.4℃不必用退热药，可采用物理降温措施，如头部冷敷、全身温湿敷、酒精擦浴及降低室内温度等；若体温太高引起惊厥或长期发热不退时，可选用退热剂，同时应鼓励多饮水，补充足够的液体。

新生儿体温调节中枢发育不健全，不宜使用退热药，以免引起体温不升、中毒等副作用。患有6-磷酸葡萄糖醛酸酶缺乏的小儿不能用水杨酸类和扑热息痛等退热药物，肝肾功能不全的小儿使用退热剂也要慎重，以免加重病情或诱发疾病。

给孩子喂药时应注意什么？

对年长儿应训练、鼓励其自愿服药，耐心说服，不要强迫，经确认药物服下后，家长应陪伴片刻才可离开。

在给婴幼儿服用片剂、粉剂时，一定要将片剂研成粉加水溶化成水剂，可加适量白糖调匀后喂之。喂药时有的家长一手捏着小孩的鼻孔，一手往嘴里灌药，这种方法是十分危险的，容易因婴幼儿哭闹而将药水误吸入气管而发生窒息。所以，喂药时最好有人在旁帮助，可将小儿抱起呈半卧位，围上毛巾，用小匙盛药液，从小儿的嘴角顺口颊方向缓慢倒入，然后给糖水或果汁1～2匙，患儿不合作时，喂药时可将小匙轻压舌中，将药液向咽部轻倒后，让孩子咽下后再取出小匙。新生儿也可用前端套有橡皮管的滴管放在口腔后部或侧面，轻捏滴管，使其间歇地咽下，能吸吮者也可将药液放在橡皮乳头内让其吸吮。

注意孩子哭闹时不要强行灌药。口服给药还需注意与食物的关系，如酸性食物可增加铁剂吸收率，促使铁的吸收；高脂饮食有利于脂溶性维生素 A、D、E 的吸收，增加疗效，故维生素 A、D、E 宜饭后服用。红霉素在碱性环境中抗菌力增强，所以与碱性食物如面食、苏打饼干同服有益。一般药物可在饭后半小时喂服。

小儿腹泻时为什么不能立即止泻？

腹泻时立即使用止泻剂虽使腹泻次数减少，但肠道内毒素吸收增加，反而加重全身症状。所以腹泻时不能马上用止泻药物，可使用饮食疗法、控制感染和补液。在饮食上可根据病儿的年龄选用豆乳制品、米糊、米汤、脱脂奶、稀饭、面条等无脂流质或半流质食物。长期慢性腹泻病儿在应用助消化药的同时，如大便检查未见异常，可适当使用复方樟脑酊、易蒙停、次碳酸铋或鞣酸蛋白之类的止泻收敛药。

秋泻时如何护理？

秋泻，顾名思义即秋季腹泻，是由病毒引起的急性肠道炎症，常见病毒为轮状病毒、柯萨奇病毒等，多见于半岁到2岁的小儿。起病急，初起常为高热和上呼吸道感染症状，常伴有呕吐，腹泻频繁，常为喷射性水样便或蛋花样便，量多，每日10～20余次不等，易致脱水，故需及时诊治。其预后良好，一般7～10天后痊愈。

重症秋泻应暂禁食8小时，可给予静脉补液，轻症腹泻可口服补液盐，减少进食量，进无脂易消化食物，可给予米汤、脱脂奶、豆奶或细面，量由少到多。母乳喂养者可缩短每次哺乳时间，暂停辅食，乳母饮食宜清淡，少脂。勤换尿布，每次便后擦洗臀部，涂鱼肝油或鞣酸软膏以预防尿布皮炎，已发生尿布皮炎者可在清洗臀部后涂以锌氧油软膏，使小儿侧卧，暴露臀部，保持局部皮肤清洁干燥。有高热者应施行物理降温或药物降温，做好奶瓶、病儿用具的清洁消毒工作，护理人员应注意手的清洁。与此同时，还需注意观察病儿的面色、神志、体温、脉搏，腹泻次数、量，排尿等情况。

小儿腹痛如何护理？

小儿常诉说腹部疼痛，2～3岁幼儿常把不适说是肚子痛。对此，父母应先弄清楚小儿是否真正腹痛，如小儿精神、食欲好，玩耍如常，不必担心；若孩子诉腹痛且面色苍白、出汗、哭闹不停，则必须立即送医院检查治疗。

腹痛的部位和压痛点往往相当于病变器官的部位。如腹痛在脐周围，阵发性，可缓解，也可一日数次发作，多是单纯的胃肠痉挛或肠蛔虫引起，此时孩子一般情况良好；上腹部隐痛，多见于胃、十二指肠溃疡；上腹部或偏右呈阵发性绞痛，应考虑胆道蛔虫；而右下腹部固定性疼

腹　痛

痛，应想到阑尾炎、肠套叠的可能。阑尾炎多见于6～12岁孩子，其特征是腹痛虽不明显却呈转移性腹痛，初起在上腹部，后渐移至右下腹，且有压痛、反跳痛。肠套叠好发于5个月～3岁婴幼儿，开始时剧烈，阵发性腹痛，痛时小儿哭闹躁动，几分钟后安静入睡，但不久又重复上述症状，如不及时治疗，将危及生命。此外，肠炎、肺炎、胸膜炎、过敏等也会引起腹痛。

遇有小孩腹痛，在未明确诊断前，切莫使用止痛药、灌肠或用泻药，或用热水袋热敷疼痛部位，以免延误或加重病情。同时，注意体温、脉搏、呼吸变化，体贴安慰病儿，消除其恐惧心理。

小儿烫伤后如何紧急护理？

烫伤是小儿时期最常见的意外事故，如开水烫伤，热汤、

热粥、热水袋取暖烫伤等等，一旦小儿不慎烫伤，如何进行紧急处理呢？

首先，家长应保持镇静，如烫伤范围小，仅仅局部皮肤发红、肿痛，可立即用冷水冲洗创面或将烫伤部位浸入冷水中20～30分钟，可达到止痛效果，并缩小红肿范围，一般不用包扎，局部可涂消毒的烫伤油或红花油，若有水疱，不要挑破，以免继发感染，可用

烫伤后立即将烫伤部位放入冷水中浸泡

干净纱布敷盖创面，使水疱内的水分自行慢慢吸收。如烫伤面积较大应立即脱去被热液浸透的衣服，如衣服和皮肤粘在一起，切勿撕拉，只能将未粘的部分剪去，并立即送医院处理。

怎样防止和护理幼儿误食中毒？

2～3岁的幼儿，正处于探索尝试阶段，好奇心强、好动，不论见到什么东西都想拿着玩或放进嘴里，各种带颜色的糖衣片、胶囊，一把抓起就放进嘴里，常把止咳糖浆当饮料喝。所以，此期幼儿误食药物中毒事件屡屡发生，故家里的各种药品一定要放置妥当，最好放在幼儿不能触及的地方或锁在柜子里，一些有毒的危险品如杀虫剂、灭鼠药、农药、樟脑丸等一定要妥善保存。

切忌把药剂、化学剂从原瓶中倒入其他瓶子，如把杀虫剂放入可口可乐瓶中，清洁剂倒在茶杯里，这经常造成事故。洗发香波、发乳、烫发液以及化妆品也应放置妥当；用完的杀虫剂瓶子，敌敌畏瓶等千万不要给小儿拿着洒水玩，否则，剩余的药液很容易渗透皮肤而中毒。

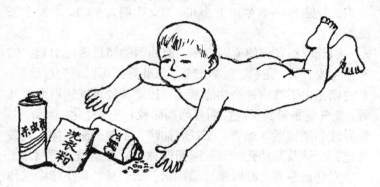

灭鼠、蟑螂毒饵应在晚上小儿睡觉后再放，白天一定要收起来，以免小儿下地走动时误食，千万不可粗心大意。

若幼儿误食有毒食物，可立即采取催吐、洗胃、导泻、洗肠法，使毒物尽快从消化道排除。但强酸、强碱中毒忌用此法。小儿误食中毒 4～6 小时内可用 1∶5 000 高锰酸钾液每次 100～200 毫升，让小儿迅速服下，然后用压舌板刺激咽后壁引起反复呕吐至呕吐物不含毒物残渣为止。神志不清者不能催吐，以免吸入引起窒息。强酸强碱中毒可立即口服牛奶、蛋清、米汤，保护胃粘膜，并能起到中和作用。同时立即就近送医院解毒处理。

哮喘患儿如何护理？

哮喘是呼吸系统最常见的变态反应性疾病。主要以气管、支气管痉挛、狭窄，粘膜水肿及分泌亢进，进而支气管梗阻，出现哮喘音或伴咳嗽，以呼气为主的呼吸困难，反复发作为特点。多见于4～5岁以上小儿，男女比例为3∶1，多发于寒冷季节。

引起哮喘发作的原因很多，有的因物质过敏而引起，如室内尘埃、螨、花粉、动物皮毛、鱼虾等都可以成为过敏原；有的则是由于植物神经功能紊乱，迷走神经过度兴奋而致气管、支气管平滑肌反应性明显增高而致；气候变化、运动、非特异性刺激物质（如烟、烹饪时油味、工业刺激气体）刺激气道、情绪及某些药物（如阿司匹林等）都能诱发哮喘。

发病前多有上呼吸道感染症状，如感冒。典型哮喘发作可先有发作性、刺激性干咳，或有似异物吸入引起的干咳，不久出现吸气性呼吸困难，呼吸时伴有哮鸣音，咳嗽加剧，伴有粘稠痰液，不易咳出，患儿面色苍白，鼻翼扇动，喜坐位。发作一段时间后，可自动缓解，或用药后缓解，缓解时小儿恢复正常，但不久又可复发。

有哮喘患儿的家庭，父母应及时送小儿去医院进行相对症的治疗，寻找引起发作的过敏原，以便采取相应的脱敏治疗和措施。日常生活中，应保持居室空气流通、新鲜，避免空气污染和其他刺激性物质，室内温、湿度应适宜，卧床宜备有靠背支架，以备不能平卧时使用。哮喘发作时病儿多大汗淋漓，缓解后宜用温水擦身，更换衣服、床单，注意保暖。急性发作时以软食为主，宜清淡，避免冷饮冷食，少量多餐，不要过饱，注意补充水分。加强心理护理，向病儿讲解哮喘诱因，帮助其坚持体育锻炼，改善体质，与家长密切配合。平时可对小儿进行冷水浴、干毛巾擦身等皮肤锻炼，使肺、气管、支气管的迷走神经的紧张状态得以缓和。

小儿患病期间如何调整饮食？

小儿患病时往往食欲降低或无食欲，此时应耐心，多体贴、关心病儿，尽量按照病儿的口味制作营养丰富、热量高、维生素丰富的流质或半流质饮食，宜清淡，少量多餐，多变换食物花样，注意膳食平衡和食物的色香味，增进食欲，不要强迫进食。

小儿厌食时怎么办？

在身体不舒服时，如患有咽炎、扁桃体炎、舌炎等急性发热性疾病时，小儿可出现食欲降低、厌食或拒食；新生儿颅内出血、脑膜炎、婴幼儿肝炎、贫血以及体内微量元素缺乏时也可使食欲减退，另外，婴幼儿出牙时也可因牙床疼痛而拒食。

若因疾病引起小儿厌食，家长则应及时带小儿去医院检查，治疗原发疾病。

生活中，大部分厌食的小儿多由于不良的饮食习惯引起，其主要原因在于父母。

正常情况下，进食前，人体产生食欲，消化液分泌增加，如果此时训斥责骂小孩，就会使其消化腺的兴奋性受抑制，消化液分泌减少而影响食物的消化和吸收，久而久之造成食欲不振、厌食和营养不良。还有饮食习惯差，如吃饭不定时，饭

厌 食

前给小儿零食、甜食；食物单一，口感差，过咸过淡，暴食贪食，父母挑食、偏食等均可导致孩子食欲降低而出现挑食、厌食的不良情况。所以，父母要以身作则，不挑食，养成良好的饮食习惯，定时进餐，进餐前不给小儿零食，注意经常改变食物的花样，注意色香味，尽量多照顾孩子的口味，进餐时要创造良好的气氛，不要在餐前或餐桌上训斥小孩，让孩子觉得吃饭是一件愉快的事，不要边看电视边吃饭，不要强求孩子吃多少。孩子厌食或挑食严重时应耐心，循循善导，利用小儿好奇、好胜、爱表扬的心理特点，激发孩子对食物的兴趣，改正其不良习惯。

怎样预防小儿肥胖症？

肥胖症是指体内脂肪贮存过多，体重超过同龄同身高的正常小儿的 20% 或两个标准差以上。一些脑部疾病、内分泌紊乱和少见的遗传性综合征可引起肥胖症。但大多数肥胖儿